KNAUR

Über die Autorin:
Karola Löwenstein wurde 1979 in Deutschland geboren, wo sie auch heute noch mit ihrer Familie lebt. Bevor sie mit dem Schreiben von Romanen begann, veröffentlichte sie erfolgreich Kurzgeschichten und Gedichte.
Mehr über die Autorin unter: www.facebook.com/KarolaLoewenstein

KAROLA LÖWENSTEIN

The Black GAME

GEFÄHRLICHE ERLÖSUNG

Roman

KNAUR

Besuchen Sie uns im Internet:
www.knaur.de

FSC
www.fsc.org
MIX
Papier aus verantwortungsvollen Quellen
FSC® C083411

Originalausgabe März 2016
Knaur Taschenbuch

Ein Imprint der Verlagsgruppe
Droemer Knaur GmbH & Co. KG, München

Redaktion: Anita Hirtreiter
Umschlaggestaltung: ZERO Werbeagentur, München
Umschlagabbildung: Gettyimages/Michele Galli
Satz: Wilhelm Vornehm, München
Druck und Bindung: CPI books GmbH, Leck
ISBN 978-3-426-51752-9

2 4 5 3 1

KAPITEL 1

»Warum bist du gestern Abend plötzlich verschwunden?«, fragte Sarah und griff nach einem Toast. Ihre Haare glänzten in einem warmen Braunton, und die Farbe erinnerte mich irgendwie an den Herbst und das, obwohl in New York längst der Sommer angebrochen war. Doch der Herbst mit seinen bunten Blättern und dem Versprechen von Kälte, Dunkelheit und Verfall entsprach wohl eher meiner Stimmung.

»Aus so einem Laden wie dem *Club 5* wäre ich auch so schnell verschwunden, wie mich meine Beine tragen können«, sagte Olivia und nickte mir aufmunternd zu. Dann betrachtete sie Sarah mit hochgezogenen Augenbrauen, die akribisch Schinken und Käse auf ihren Toast stapelte.

»Du hast den Höhepunkt des Abends verpasst: das *Black Game*.« Sarah betonte die Wörter mit verruchter Stimme und zwinkerte mir verschwörerisch zu, was nur bedeuten konnte, dass sie erfolgreich gewesen war.

Hatte Devon mit Sarah geschlafen? Meine Hände wurden plötzlich eiskalt. Offensichtlich hatte sie nicht bemerkt, wer hinter alldem steckte, denn sonst hätte sie es mir längst gesagt.

Die Wahrheit musste ans Licht gebracht werden, daran gab es keinen Zweifel. Auch Sarah hatte ein Recht darauf zu erfahren, welches doppelte Spiel Devon gespielt hatte. Ich wollte schon den Mund öffnen, wollte ausholen und erklären, wer sich hinter diesem Szenario verbarg, doch ich war wie erstarrt und sah Sarah nur sprachlos an, die sich ganz konzentriert ihrem Sandwich widmete. Mir wurde schlagartig klar, dass ich ihr im Moment die Wahrheit einfach nicht sagen konnte.

Es auszusprechen würde heißen, es wäre tatsächlich real, und ich könnte mir nicht mehr einreden, dass ich mich vielleicht doch geirrt hatte; dass alles ein großer Irrtum war und Devon gestern einfach mit seinen besten Freunden etwas trinken gegangen war und da nur ein Mann gestanden hatte, der ihm verblüffend ähnlich sah.

»Du kannst dir gar nicht vorstellen, wie glücklich es mich macht, dass ich endlich das Geheimnis der *Black Lounge* gelüftet habe«, sagte Sarah mit einem zufriedenen Grinsen, »und ganz ehrlich, das ist doch einmal ein Thema für eine Lounge. Unglaublich!« Sie biss herzhaft in ihr Sandwichungetüm.

»Unglaublich ist genau das richtige Wort«, entgegnete ich, ohne dass es mir gelang, Sarahs Begeisterung wirklich zu teilen. Normalerweise hätte ich das getan, denn sie war meine Freundin, und ich wusste genau, wie sehr sie sich gewünscht hatte, dieses Rätsel zu lösen.

»Du hast ja den spannendsten Teil verpasst.« Sarah sah mich mit ihren großen grauen Augen erwartungsvoll an. Sie platzte vor Spannung, das war ihr deutlich anzusehen. Sie wollte von ihrem großen Erfolg erzählen, dem Würfelspiel und dem unglaublichen Sex, den sie dafür bekommen hatte.

Aber ich konnte sie nicht bitten, mehr zu erzählen. Die Worte wollten einfach nicht über meine Lippen.

»Jetzt macht ihr mich doch neugierig«, sagte Olivia. »Was ist denn genau passiert, nachdem Anya geflüchtet ist?«

»So genau will ich es gar nicht wissen«, sagte ich abwehrend. Ich hatte keine Lust, mein Martyrium von letzter Nacht noch einmal zu durchleiden. Allein der Gedanke, dass ich mich eventuell doch geirrt haben könnte, hatte mich davon abgehalten, fluchtartig die Stadt zu verlassen und nie wieder einen Fuß auf New Yorker Boden zu setzen. »Die Details, die ich gestern aufgeschnappt habe, reichen mir eigentlich schon.«

»Ach was«, winkte Sarah ab, »ich werde dir alles genau erzählen.«

Ich zuckte unwillkürlich zusammen, denn ich war definitiv noch nicht bereit, aus meiner Illusion aufzuwachen.

»Was ist los, Anya?« Sarah musterte mich prüfend. Meine Reaktion war ihr natürlich aufgefallen. »Du bist doch mittlerweile ganz aufgeschlossen.«

»Du musst das nicht tun«, sagte ich gedehnt. Natürlich war ich aufgeschlossen, aber scheinbar nicht aufgeschlossen genug für Devon Draper.

»Warum nicht? Wenn ich dich erinnern darf, war es ja sogar Devon, der dir diese Einladung gegeben hat. Also sollte es dich auch interessieren, was dort hinter verschlossenen Türen so vor sich geht.« Sie neigte mit nachdenklichem Blick den Kopf. »Warum er das gemacht hat, musst du mir allerdings noch einmal erklären.«

»Sicher«, erwiderte ich matt.

»Nun, erzähl schon!«, sagte Olivia mit leiser Ungeduld in der Stimme. Mir war völlig klar, dass sich Sarah nicht mehr aufhalten lassen würde, den gestrigen Abend in all seinen fürchterlichen Facetten zu durchleuchten, jetzt, wo sie selbst Olivia neugierig gemacht hatte.

»Also«, holte Sarah mit einer ausladenden Geste aus, »nachdem Anya fluchtartig die *Black Lounge* verlassen hat, haben es sich die drei Männer auf der kleinen Bühne gemütlich gemacht. Übrigens gab es dort so miese Lichtverhältnisse, dass ich leider nicht erkennen konnte, wer nun wer war. Aber das sollte wohl so sein, um die Spannung noch ein wenig zu erhöhen. Ich sehe ja lieber, was mich erwartet.« Sarah kicherte vergnügt. »Einer ist schließlich aufgestanden und durch den Raum gegangen, ein großer, dunkelhaariger Mann.«

Ich sah kurz zu Sarah auf und erwischte mich bei dem abwegigen Gedanken, dass es vielleicht doch nicht Devon gewesen war und es eine ganz einfache Erklärung für diesen grotesken Abend gab.

»Der Dunkelhaarige ist jedenfalls durch den Raum gegangen und hat sich alle Frauen angesehen. Mira wäre bald in Ohnmacht gefallen, so aufgeregt war sie.« Sarah gab ein schnurrendes Geräusch von sich.

»Wirklich?« Das war keine Überraschung. Die Anspannung im Raum war greifbar gewesen.

»Ja, ja, jedenfalls hat er sich dann die Frau ausgesucht, die den kürzesten Rock trug«, sagte Sarah. »Dann sind alle vier durch eine Hintertür verschwunden, und die Show war vorbei.«

»Du wurdest nicht ausgewählt?« Ich atmete erleichtert aus.

»Nein, und das bedaure ich zutiefst.« Sarah schnalzte missmutig mit der Zunge und sah mich stirnrunzelnd an, als ob sie schon dabei wäre, einen Schlachtplan zu machen, um doch noch in den Genuss des *Black Game* zu kommen.

»Ist nicht wahr! Die Frau mit dem kürzesten Rock wird ausgewählt?« Olivia schnappte nach Luft. »Wie einfallslos.«

»Das sehe ich nicht so. Das wird dem Anlass und dem Thema gerecht. Beim *Black Game* geht es ja schließlich nicht um einen Literaturzirkel, sondern um exzessiven Sex. Stimmt's, Anya?«

»Ja«, sagte ich zögernd. »Und du hast nicht erkannt, wer diese Männer waren?« Ich nippte an meinem Kaffee.

»Keine Chance.« Sarah legte den Kopf schief und betrachtete mich nachdenklich. »Wir gehen nächste Woche einfach wieder da hin. Dann werde ich schon herausfinden, wer hinter dieser wirklich genialen Idee steckt«, sagte sie schließlich entschlossen. »Und dann werde ich es tun.«

»Nein!«, stieß ich schnell hervor.

»Warum nicht?«, sagte Sarah verdutzt und sah mich forschend an, als ob sie versuchen wollte, meine Gedanken zu lesen. »Irgendetwas stimmt nicht mit dir. Du bist schon den ganzen Morgen so komisch. Hat dich Trevor vor die Tür gesetzt?«

»Nein. Es ist alles okay, das ist nur einfach nicht mein Ding«, sagte ich ausweichend.

»Aber du hast die Einladung, und ohne dich komme ich da nicht rein. Ich muss wissen, wie das *Black Game* funktioniert, und dazu brauche ich dich.«

»Das weißt du doch jetzt schon. Es wird gewürfelt, was dich erwartet, und dann, ähm, wird es getan.« Ich lief rot an bei dem Gedanken, was alles für unaussprechliche Dinge in der *Black Lounge* passierten.

»Über etwas zu reden ist etwas ganz anderes als es zu tun. Man kann über den Geschmack einer Erdbeere reden, so viel man will. Wirklich wissen, wie sie schmeckt, wirst du erst, wenn du sie probiert hast. Außerdem weiß ich noch nicht, was hinter allen Zahlen steckt. Du weißt, ich kann kein Geheimnis ungelüftet lassen. Wir müssen noch einmal zum Ort der Sünde zurückkehren.« Sarah sah mich erwartungsvoll an.

»Das geht nicht«, wiederholte ich mechanisch.

»Was ist los?«, fragte Sarah eindringlich und durchbohrte mich regelrecht mit ihrem forschenden Blick. »Du bist nicht nur schockiert, dass es in diesem Club um Sex geht. Da ist noch etwas anderes.« Sie visierte mich prüfend mit ihren grauen Augen und spitzte nachdenklich die rot geschminkten Lippen.

»Also ich bin dermaßen schockiert, dass um Sex gewürfelt wird.« Olivia winkte ab. »Ich würde da auch nicht mehr hingehen. Zumal ihr Devon eine Einladung dafür gegeben hat. Wie schräg ist das denn?«

Doch Sarah ließ sich von Olivias Einwurf nicht ablenken. »Du kannst mir ruhig sagen, was dich bedrückt.« Ihre Stimme klang sanft und mitfühlend, und ich spürte ein paar Tränen in mir aufsteigen. Wie machte das Sarah nur immer wieder? »Du bist schon den ganzen Morgen so angespannt. Was ist los?« Kein Wunder, dass sie immer bekam, was sie wollte. Sie hatte so eine fordernde und zugleich liebevoll-fürsorgliche Art, der ich mich einfach nicht entziehen konnte.

Ich sah ihr zögernd in die Augen, deren Blick neugierig und auch einfühlsam auf mir lag. Und plötzlich wollte ich meinen Ballast einfach nur noch loswerden.

»Ich glaube …«, begann ich zögernd und brachte die Worte dann doch nicht über die Lippen.

»Was ist passiert, Anya?« Jetzt sah mich auch Olivia so mitfühlend an.

»Du weißt, dass du uns alles erzählen kannst.« Sarah nahm meine Hand, und in diesem Moment war es um meine mühsam aufrechterhaltene Fassung endgültig geschehen.

»Devon ist Teil dieser Farce«, sagte ich stockend.

Sarah holte zischend Luft. »Wie meinst du das?« Ich hörte deutlich das Zögern und das ungläubige Entsetzen in ihrer Stimme.

»Ich glaube, dass er einer dieser drei Männer ist«, stieß ich hervor. Ich hörte selbst den fahlen Klang meiner Stimme, der es an Kraft fehlte. Jetzt, wo die Worte gesagt waren, konnte ich die Tränen nicht mehr zurückhalten.

»Nein!«, sagte Olivia fassungslos, den Mund zu einem entsetzten O geformt.

Ich wischte mir über die Augen. »Es ist doch logisch, warum sonst hätte er mir die Einladung geben sollen, wenn er nicht gewollt hätte, dass ich mit ihm dort das *Black Game* spiele. Darum ging es doch die ganze Zeit. Er wollte es von Anfang an. Nur Sex und keine Beziehung. Ich bin so dumm gewesen, dass ich mir mehr erhofft habe.«

»Das wäre unglaublich«, sagte Sarah. Selbst sie schien diese Neuigkeit so sehr zu schockieren, dass sie sie noch nicht wahrhaben wollte. »Ich kann mir nicht vorstellen, dass er das wirklich vor dir verheimlicht haben sollte.«

»Natürlich hat er das, und das aus gutem Grund«, erwiderte ich. Der Zorn über das Entsetzliche gab meiner Stimme jetzt Kraft und vertrieb die Tränen wieder aus meinen Augen.

»Und was sagt Devon zu der ganzen Sache?«, fragte Olivia.

»Das kann ich nicht sagen«, murrte ich unlustig. »Denn ich habe nicht mit ihm gesprochen und ich werde es bestimmt auch nicht tun.« Der bittere Schmerz in meinem Herzen war so grauenhaft, als ob ein Widerhaken darin stecken würde und sich nicht lösen ließ.

»Du solltest ihm wenigstens die Gelegenheit geben, dazu Stellung zu nehmen. Vielleicht ist es auch ganz anders gewesen, oder du hast dich wirklich getäuscht. Schließlich war da oben alles ganz dunkel.« Sarah sah mich prüfend an. Doch ich schwieg. Jetzt, wo ich es ausgesprochen hatte, war mir klargeworden, dass es für Devons Einstellung zu Sex und Beziehungen nur eine Erklärung geben konnte.

»Wenn es tatsächlich so ist, finde ich, solltest du wenigstens mit ihm sprechen«, sagte Olivia und nahm einen Schluck ihres giftgrünen Getränkes. »Gib ihm die Chance, dazu Stellung zu nehmen.«

Ich versuchte mich von ihren Worten abzulenken, indem ich mich auf den Farbkontrast zwischen ihren rotblonden Haaren, den grüngrauen Augen und dem giftgrünen Getränk konzentrierte. Nur ihre grob gewebte Bluse in Erdbraun passte nicht so recht dazu.

»Anya, du musst etwas tun und kannst dich nicht einfach verkriechen«, sagte Sarah entschlossen.

»Es gibt nur noch eines, was ich tun kann, und das ist darüber hinwegzukommen, dass ich mich wieder einmal in den Falschen verliebt habe.«

»Nicht jeder Frosch, den man küsst, wird zum Prinzen. Das sollte dir doch auch klar sein. Aber je öfter man es probiert, umso höher ist die Chance, dass man seinen Traumprinzen doch noch erwischt. Und ehrlich gesagt, mit dem ein oder anderen Frosch kann man auch eine Menge Spaß haben.« Sarah zwinkerte mir aufmunternd zu. »Außerdem hat dir Devon nie versprochen, dass es mit euch beiden was Ernstes werden könnte, oder bin ich da nicht auf dem neuesten Stand?«

»Das hat er nicht«, bestätigte ich leise. »Es war meine Schuld. Ich hatte die Hoffnung, dass es doch anders sein könnte.« Eigentlich war ich mir sogar sicher gewesen, dass zwischen uns viel mehr war als nur eine rein körperliche Beziehung. »Wie hatte ich nur so dumm sein können?« Ich vergrub mein Gesicht in den Händen.

»Süße, du bist nicht dumm. Du bist einfach nur hoffnungslos romantisch veranlagt und versuchst immer das Beste in einem Menschen zu sehen. Das ist doch nichts Schlechtes. Sicher ist da auch etwas zwischen euch, was sich langsam entwickelt hat. Doch nicht jeder Mann ist monogam.« Ich sah auf, und Sarah blinzelte mir verschwörerisch zu. Sie war scheinbar schon längst darüber hinweg, dass Devon ein Doppelleben führte.

»Du meinst also, ich soll so tun, als wenn nichts passiert wäre, und weiter darauf warten, dass das geheimnisvolle Etwas zwischen uns stark genug wird, damit Devon irgendwann einmal monogam wird«, erwiderte ich zögernd.

»Warum nicht, Anya? Du hast doch immer gesagt, dass du dich in seiner Nähe lebendig und glücklich fühlst. Warum sollst du das aufgeben, worum dich vermutlich Hunderte Frauen beneiden? Warum hast du nicht einfach weiter Spaß mit ihm? Wenn ich mich recht erinnere, war der Sex mit ihm außergewöhnlich gut.«

»Das kommt nicht infrage«, sagte ich schnell. Hilfe suchend sah ich zu Olivia hinüber, deren überraschter Gesichtsausdruck mir bestätigte, dass das keine Option war. »Wenn ich einen Mann liebe, dann möchte ich die Einzige für ihn sein.«

Sarah zuckte mit den Achseln. »Na meinetwegen. Dann vergiss ihn lieber, denn bekehren wirst du ihn sicher nicht.« Sie spitzte die rot geschminkten Lippen. »In dem Ausmaß, in dem er das betrieben hat, war das doch schon eine unheilbare Sucht. Vielleicht ist es wirklich nicht schlecht, die Angelegenheit zu beenden und nach einem neuen Kandidaten Ausschau zu halten, der die Rolle des Traumprinzen übernimmt.«

Ja, das war die Lebensphilosophie von Sarah. Abhaken und weitermachen. Sooft ich schon versucht hatte, mir daran ein Beispiel zu nehmen, so war es mir doch nie gelungen. Ich konnte nicht so einfach zur Tagesordnung übergehen, als ob in den vergangenen Wochen nichts passiert wäre.

Devon hatte mich verändert. Er hatte mir gezeigt, wie lebendig man sich fühlen konnte, wenn man bereit war, ein wenig mehr Risiko in seinem Leben zuzulassen und neue Dinge auszuprobieren. Ich wollte diesen Weg weitergehen, es war allerdings ein Weg, den ich mit ihm gegangen war. Ohne Devon wusste ich nicht, ob ich die Richtung halten konnte.

Zudem spürte ich ganz deutlich, dass mir immer noch ganz warm ums Herz wurde, wenn ich an ihn dachte, und so einfach würde ich dieses Gefühl nicht abstellen können, so sehr ich mir das im Moment auch wünschte. Denn zu akzeptieren, dass er neben einer Beziehung zu mir noch Sex mit vielen anderen Frauen hatte, war mir einfach unmöglich. Vielleicht war Sarah dazu in der Lage, aber mir war klargeworden, dass für mich Sex und Liebe zusammengehörten und ich beides nicht voneinander trennen konnte.

»Ich finde, du solltest die Sache erst einmal verarbeiten«, sagte Olivia. »Devon hat dein Leben ziemlich durcheinandergewürfelt. Du musst dir jetzt darüber klarwerden, wie es für dich weitergehen soll. Was ist dir wichtig in deinem Leben? Tu etwas für dich, damit du mit dir wieder im Reinen bist.«

»Sie hatte nur eine aufregende Affäre, Olivia«, sagte Sarah und verdrehte die Augen. »Das ist doch keine dramatische Sache.«

»Für mich wäre es das«, erwiderte Olivia. »Weil ich, genauso wie Anya, Gefühle in diese Beziehung investiert hätte, und zu erfahren, dass der Mann, in den ich mich verliebt habe, Teil eines riesigen anrüchigen Events wäre, würde mich genauso aus der Bahn werfen. Du hast mein vollstes Verständnis.« Olivia nickte mir mitfühlend zu, während Sarah Luft ausstieß.

»Unsinn, ich würde mich darüber beschweren, dass er das *Black Game* mit mir nicht längst gespielt hätte, wenn ihm so viel daran liegt.«

»Er wollte es«, sagte ich kleinlaut.

»Wirklich?« Sarah sah mich erwartungsvoll an.

»Aber ich habe abgeblockt«, sagte ich schnell. »Ich hatte wohl schon so eine Ahnung, worauf ich mich da eingelassen hätte.«

»Noch ist es nicht zu spät«, sagte Sarah verschwörerisch. »Er würde es sicher noch mit dir tun, und gib zu, du warst zumindest schwer in Versuchung, dich in das Abenteuer zu stürzen.«

»Stimmt, das war ich«, beichtete ich meinen Freundinnen. »Aber da wusste ich ja auch noch nicht, in welchen Größenordnungen das bisher abgelaufen ist. Ich dachte, das ist so eine persönliche Neigung von ihm. Im Übrigen wollte er es dann doch nicht mit mir tun, weil er der Meinung war, ich würde ihm zu viel bedeuten, und er wollte mich nicht mit hineinziehen.«

»Oh, wie süß«, rief Sarah. »Er wollte sich mir dir als Lichtgestalt von seiner Sucht lösen. Aber er schafft es nicht, weil das *Black Game* einfach viel zu genial und verrucht und verführerisch ist. Die süße, verbotene Verlockung der Lust und der innersten dunkelsten Triebe kämpft gegen die Moral der Keuschheit und der reinen Liebe.«

»So kann man die Sache gut auf den Punkt bringen«, sagte ich resigniert, denn ich wusste, wer diesen Kampf gewinnen würde. Es war alles verloren. »Lasst uns über etwas anderes sprechen.«

»Meinetwegen.« Sarah zuckte mit den Schultern und wandte sich Olivia zu. »Was trinkst du da überhaupt?«, fragte sie und betrachtete neugierig den Inhalt von Olivias Glas.

»Das ist Weizengrassaft, ein wahres Wundermittel. Ich teste schon einmal ein paar Produkte für deine neue Ernährungsform. Du hast noch eine Woche Zeit, einen Mann aufzutreiben, mit dem du es nicht treibst.« Olivia nahm grinsend noch einen Schluck der giftgrünen Wunderdroge.

Sarahs Gesicht verzog sich zu einem verzweifelten Hilferuf.

Ob ich wollte oder nicht, ich musste grinsen. »Du hast gewettet und wenn du willst, dass Olivia bald in ein saftiges Steak beißt, musst du dir wohl etwas mehr Mühe geben«, sagte ich achselzuckend.

»Also ich finde, Anya sollte noch einmal mit Devon sprechen«, meinte Olivia, die wohl im Gegensatz zu Sarah noch nicht bereit war, das Thema Devon abzuschließen. »Ihr könnt doch jetzt nicht einfach so auseinandergehen.«

Bevor ich sagen konnte, dass ich das durchaus konnte, erwiderte Sarah: »Das wäre schon möglich, wenn man mit sich selbst absolut im Reinen ist. Du darfst aber nicht vergessen, dass Devon kein durchschnittlicher Mann ist. Seine Anziehungskraft ist wirklich beeindruckend, und auch Anya kann sich dem nicht entziehen. Zumindest ihre tiefsten und dunkelsten Triebe sind der Meinung, dass sie besser mit ihm in die *Black Lounge* gehen sollte, um eine unvergessliche Nacht zu erleben, anstatt so ein Goldstück wie Devon in den Wind zu schießen.«

»Sarah!«, sagte ich empört.

»Du weißt, dass ich recht habe«, zwinkerte sie mir zu. »Aber da ja Anyas vernünftige Seite am Ruder ist, haben die dunkelsten Triebe nicht viel zu melden. Wenn sie wirklich nicht mit seiner Geschichte klarkommt, dann sollte sie ihn tatsächlich nicht wiedersehen«, meinte sie prophetisch. »Aber so wie ich Anya kenne, wird sie nicht so schnell loslassen können, wie sie das im Moment wohl gern möchte. Es bleibt also spannend.«

Sarah spielte wohl auf meine Beziehung mit George an, über den ich immer noch nicht ganz hinweg war, aber hier lagen die Dinge doch wohl ganz anders.

»Ich werde die Sache abschließen«, sagte ich entschieden. »Lasst mir noch ein bisschen Zeit, das Ganze zu verdauen. Letzte Nacht ist für meinen Geschmack ziemlich viel passiert, aber ich bin mir ziemlich sicher, dass es besser ist, wenn wir uns nicht wiedersehen.«

»Da kannst du abwarten und grübeln, so lange du willst«, erwiderte Sarah. »Du musst dir im Klaren darüber sein, wie es weitergehen soll, damit du dich mit der Situation arrangieren kannst. Du musst entscheiden, ob du den Kontakt abbrechen oder weiter aufrechterhalten möchtest, und vor allem solltest du Devon klar sagen, was Sache ist.«

»Im Moment bin ich ziemlich durcheinander«, entgegnete ich ehrlich. Der Gedanke, jetzt Devon anzurufen und ihm ohne Umschweife mitzuteilen, dass ich ihn nicht wiedersehen konnte, weil ich ihn dabei erwischt hatte, Teil eines öffentlichen Sexspiels zu sein, war unerträglich. »Vielleicht ist es wirklich besser, wenn ich mir eine Auszeit nehme und ein paar Tage nach Minnesota fliege, um meine Gedanken zu sortieren. Devon hat mich oft genug im Unklaren darüber gelassen, wann wir uns wiedersehen. Es ist in Ordnung, wenn ich für ein paar Tage verschwinde.«

»Wie du meinst.« Sarah zuckte mit den Achseln. »Dann vertage die Entscheidung eben, bis du deine Gedanken und deine dunkelsten Wünsche sortiert hast.«

»Meine dunkelsten Wünsche haben mir diesen ganzen Schlamassel erst eingebrockt. Darauf verlasse ich mich besser nicht mehr«, sagte ich entschlossen und holte tief Luft. »Meine Entscheidung steht fest. Ich werde nach Minnesota fliegen und Abstand zu der Sache gewinnen, und jetzt lasst uns bitte endlich über etwas anderes reden.«

»Gut.« Sarah lächelte mich an, als ob sie inzwischen einen Plan ausgeheckt hätte. »Ich habe am Donnerstag ein Date mit einem Buchhalter.«

»Klingt ziemlich langweilig«, sagte ich.

»Das hoffe ich. Ich bin noch nicht bereit aufzugeben.« Sarah warf einen ehrfurchtsvollen Blick auf das Glas mit dem Weizengrassaft.

»Wir werden schon sehen.« Olivia lächelte erwartungsvoll.

»Wie läuft es denn bei dir?« Sarah sah Olivia erwartungsvoll an. »Wie kommst du mit Tom zurecht?«

Olivia schlürfte geräuschvoll das Glas leer, bevor sie antwortete. »Nun ja, es hat sich im Prinzip nicht viel geändert.«

»Also hat sich zumindest eine Kleinigkeit geändert«, interpretierte ich.

Olivia seufzte. »Ja, das schon, Tom gibt sich etwas mehr Mühe als sonst. Er scheint eine Vorliebe für Sex in der Dusche zu entwickeln.«

»Wirklich?« Sarah begann zu lachen, und Olivia nickte zerknirscht.

»Ja, jedes Mal, wenn ich duschen gehe, ist er sofort da und will Sex. Ich komme kaum noch dazu, mir mal die Haare zu waschen, wenn er da ist.«

»Du wolltest doch ein wenig mehr Schwung in deinem Sexleben«, sagte ich grinsend.

»Ja, das schon, aber ich wollte auch etwas Grundsätzliches in unserer Beziehung ändern. Ich habe oft das Gefühl, wir sind aus reiner Gewohnheit zusammen und treten seit Jahren auf der Stelle. Tom bewegt sich in keine Richtung. Obwohl ich ihm oft genug angeboten habe, mit ihm zusammenzuziehen, besteht er darauf, weiter sein eigenes Apartment zu behalten. Als ob er Angst hätte, dass er mir dann nicht mehr aus dem Weg gehen kann.«

»Ich glaube eher, Tom hat prinzipiell Angst vor Veränderungen«, sagte ich und biss in einen trockenen Toast.

»Möglich.« Olivia zuckte mit den Schultern.

»Wie habt ihr euch eigentlich kennengelernt? Ich kann mir gar nicht vorstellen, dass du mal Single warst«, fragte Sarah.

»Also, das war total romantisch.« Olivia lächelte, als sie in ihre Erinnerungen eintauchte. »Es war vor etwa fünf Jahren, kurz nachdem ich nach New York gezogen war. Ich hatte damals einen schlecht bezahlten Job als Kellnerin in einer aufstrebenden Restaurantkette, die sich auf vegetarisches Essen spezialisiert hatte.«

»Du hattest tatsächlich mal einen ganz normalen Job?«, fragte ich überrascht. Ich konnte mir Olivia ganz und gar nicht in der Uniform einer Kellnerin vorstellen. Seitdem ich sie vor zwei Jahren kennengelernt hatte, trug sie stets fair gehandelte Kleidungsstücke, die Schnitt und modische Farben konsequent vermissen ließen.

»Ja, als ich nach New York kam, wusste ich nicht, was ich wollte. Ich war damals noch auf der Suche nach mir selbst und habe ziemlich wahllos diesen Job angenommen. Die Bezahlung war zwar miserabel, aber ich habe das, was ich getan habe, mit voller Überzeugung gemacht.«

»Heißt das, du hast irgendwann einmal Fleisch gegessen?«, fragte Sarah überrascht.

»Ja, das letzte Mal vor fünf Jahren. Es hat nur zwei Wochen in diesem Restaurant gebraucht, und ich war völlig von diesem Konzept überzeugt. Insgesamt habe ich fast zwei Jahre dort gearbeitet. Während ich also beinahe jeden Tag Bratlinge, Gemüsevariationen und milchfreie Shakes serviert habe, fiel mir dieser Mann auf, der immer dann da war, wenn ich Dienst hatte.«

»Wie süß«, schmunzelte Sarah verschmitzt.

»Ja, Tom hat eine Weile gebraucht, bis er mehr zu mir sagen konnte außer: Ein Sellerieschnitzel und einen Mango-Shake, bitte!«

»Ja, Tom war noch nie der Schnellste.« Sarah grinste und warf das braune Haar in den Nacken.

Doch Olivia war so in ihre Geschichte versunken, dass sie die Stichelei nicht zu bemerken schien. »Irgendwann hat er all seinen Mut zusammengenommen und mich gefragt, ob ich mit ihm ausgehen möchte. Er war so schüchtern und zurückhaltend. Das hat mir gefallen. Wir haben uns ganz langsam kennengelernt, und das war gut so. Er hat mir erzählt, dass er seit einem Besuch in einer Schlachterei kein Fleisch mehr gegessen hat, und das hat mich sehr beeindruckt. Wir haben immer in Ruhe über alle Themen reden können, die uns bewegten. Ich kann mich nicht erinnern, dass wir uns jemals richtig gestritten hätten. Wenn wir uneins waren, sind wir uns eher eine Weile aus dem Weg gegangen, bis jeder seine Gedanken wieder geordnet hatte.«

»Ihr habt noch nie gestritten?«, fragte ich erstaunt.

»Nein, wir haben alle Probleme bisher immer mit Geduld und Ruhe gelöst.«

»Du meinst, ihr habt einfach so lange nicht mehr über ein Problem geredet, bis ihr beide vergessen habt, dass es überhaupt jemals existiert hat«, sagte Sarah schmunzelnd.

»Das nennt man Friedlichkeit«, erwiderte Olivia beleidigt.

»Das ist eine Vermeidungsstrategie«, konterte Sarah. »Aber davon lassen sich Probleme nicht lösen, sonst würdest du jetzt immer noch im siebten Himmel schweben.«

»Ich halte es für eine Illusion, dass es solche Beziehungen tatsächlich gibt. Das ist bestimmt nur eine Erfindung von ein paar testosterongesteuerten Männern, um ihre Frauen glücklich zu machen«, sagte Olivia entschlossen.

»Du stellst infrage, dass es Liebe gibt?«, fragte ich überrascht. »Das hatte doch vor kurzem noch ganz anders geklungen.«

»Ich bezweifle nicht, dass es Liebe gibt«, entgegnete Olivia. »Aber ich glaube nicht daran, dass es diese extreme Verliebtheit gibt, die du in allen Kinofilmen bewundern kannst.«

»Oh doch«, sagte ich schwermütig. »Die gibt es, und wenn du aus deiner rosaroten Wolke gefallen bist, landest du knallhart auf dem Asphalt der Realität.«

»Nein, ich will das nicht hören!«, rief Olivia und schloss die Augen.

»Doch«, erwiderte ich. »Genau so fühlt es sich an. In einem Moment glaubst du noch, das größte Glück der Erde gefunden zu haben, und im nächsten Moment wachst du auf und stellst fest, dass alles eine Illusion war und dein Herz zerschmettert am Boden liegt und einen irreparablen Schaden hat.«

»Süße, du brauchst wirklich etwas Abstand«, seufzte Olivia mitfühlend. »Bei mir und Tom ist es nie so schlimm gekommen. Wir haben uns langsam aufeinander eingelassen und uns in Ruhe kennengelernt. Bei dir und Devon ging alles viel zu schnell. Ihr habt euch keine Zeit gelassen, euch wirklich kennenzulernen. Kein Wunder, dass die Sache schiefgegangen ist.«

»So muss es aber sein«, seufzte Sarah. »Wenn du jemanden triffst und sofort in seinem Bann stehst, dann ist das einzig Richtige, was du tun kannst, loslassen und dich treiben lassen. Das nennt sich Leben.« Sie nickte mir zu, und in diesem Moment war ich dankbar für ihre Unterstützung.

»Sarah muss es wissen«, warf ich ein. »Sie hat eindeutig mehr Erfahrung als ich und sie hätte sich an meiner Stelle nicht ansatzweise so lange geziert, wie ich es getan habe. Devon musste hart arbeiten, um mich davon zu überzeugen, dass ich mich auf ihn einlassen soll.«

»Und was hat es dir gebracht?«, fragte Olivia.

»Den irrsten Sex meines Lebens«, antwortete ich ehrlich. »Ich hatte keine Ahnung, dass so etwas möglich ist, und ich werde Sarah nie wieder Vorwürfe machen.«

»Wirklich?«, fragte Olivia nachdenklich.

Sarah musterte sie neugierig. »Haben deine Versuche, Schwung in euer Sexleben zu bringen, denn wirklich gar nichts gebracht?«

Die Schamröte stieg Olivia ins Gesicht, und sie schüttelte den Kopf, woraufhin Sarah seufzte. »Es ist ja schon einmal ein Fortschritt, dass ihr herausgefunden habt, was Tom mag, und jetzt müsst ihr nur noch erforschen, was das Richtige für dich ist.«

Nachdenklich betrachtete ich Sarah. Sie hatte ein gutes Gefühl, andere und ihre Bedürfnisse einzuschätzen. Manchmal wusste sie Dinge eher, als sie einem selbst bewusst waren, und auch dieses Mal hatte sie recht. Ich musste eine Entscheidung treffen, wie und ob ich Devon gegenübertreten sollte, und diese Entscheidung wog schwer.

»Ich geh packen«, sagte ich plötzlich und trank meinen Kaffee aus.

»Du fliegst heute noch nach Minnesota?« Sarah sah mich fragend an.

»Nichts ist erholsamer als der Anblick eines endlosen Maisfeldes. Ihr könnt gern mitkommen«, bot ich an.

»Ich würde so gern, aber morgen stellt sich eine Aushilfe vor, die ich einlernen muss. Wenn sie gut ist, kann ich mich dann öfter mal um andere Dinge kümmern.« Olivia nickte mir aufmunternd zu.

»Ich komme mit«, sagte Sarah zu meiner Überraschung und erhob sich ebenfalls. »Nach der Sache mit der *Black Lounge* brauche ich mal wieder eine Pause von New York. Ich muss mich wieder auf meine Stärken besinnen. Ein wenig Landluft wird mir guttun, damit ich mich in prüde Stimmung bringen kann für mein Date mit dem Buchhalter. Außerdem ist es besser, wenn du nicht so viel allein bist.«

»Meine Eltern sind doch da«, erwiderte ich.

»Das ist nicht dasselbe wie eine Freundin«, entgegnete sie entschlossen und schob mich zur Tür. »Los, pack deine Sachen! Ich buche uns einen Flug. Danke fürs Frühstück, Olivia.«

»Nichts zu danken«, rief uns Olivia hinterher. »Du hast dir ja ohnehin mal wieder alles selbst mitgebracht. Viel Spaß und meldet euch, wenn ihr wieder da seid!«

KAPITEL 2

Die Koffer standen gepackt bereit, und während Sarah sich entschieden hatte, die Zeit bis zu unserem Abflug am Nachmittag mit einem Schönheitsschläfchen zu überbrücken, kam ich in meinem Apartment nicht zur Ruhe.

Alles erinnerte mich hier drin an Devon, und diese Tatsache bestätigte mir, dass es gut war, die Stadt für ein paar Tage zu verlassen, um wieder einen klaren Kopf zu bekommen.

Doch bis dahin musste ich noch ein paar Stunden überbrücken und hier drinnen würde ich es nicht lange aushalten. Kurz entschlossen warf ich mir eine leichte Jacke über und verließ mein Apartment. Ein langer Spaziergang war besser, als mich allein mit den Erinnerungen an die vergangene Nacht zu quälen.

Gemächlich schlenderte ich durch die belebten Straßen und sog die Eindrücke in mich auf. Aber die vielen Gesichter, den Verkehrslärm und den Geruch nach Abgasen und heißem Asphalt nahm ich nur gedämpft wahr. Immer wieder wanderten meine Gedanken zurück zur *Black Lounge*. Sarah hatte recht. Die dunkle Seite von Devon hatte mich angelockt und sie tat es immer noch, und bis jetzt hatte ich dem wenig entgegenzusetzen.

Meine einzige Hoffnung war tatsächlich, dass die Zeit die Eindrücke verblassen ließ und ich irgendwann ohne Reue darauf zurückblicken konnte.

Ich fand mich wenig später im Central Park wieder. Meine Beine hatten mich dorthin geführt, wo ich mich in dieser Stadt vermutlich am meisten zu Hause fühlte. Gemächlich schlenderte ich über die breiten Wege und ließ meine Gedanken schweifen.

Ich hatte wirklich geglaubt, Devon zu kennen. Doch genau genommen wusste ich nur das über ihn, was er mir erlaubt hatte zu wissen, und dass er in der *Black Lounge* ein Doppelleben führte, gehörte definitiv nicht zu den Details, die ich hatte erfahren dürfen.

Je länger ich darüber nachdachte, umso mehr wurde mir klar, dass es nicht sein ausschweifendes Sexleben war, das mich verletzte. Wahrscheinlich hatte er mit Hunderten von Frauen geschlafen, sie erregt und befriedigt, und mir war jetzt völlig klar, warum er das Spiel mit der Lust so virtuos beherrschte.

Den ersten Schock hatte ich mittlerweile überwunden. Mit seiner regen Vergangenheit konnte ich durchaus leben, wenn er nur offen zu mir gewesen wäre. Es verletzte mich, dass er nicht genug Vertrauen zu mir gehabt hatte, um ehrlich zu sein und von Anfang an mit offenen Karten zu spielen.

Er hatte mich nie als gleichberechtigte Partnerin wahrgenommen, und wenn ich ihm etwas bedeutet hatte, so konnte es nicht viel gewesen sein.

Ich blieb stehen und wunderte mich, dass ich wieder vor meinem Haus stand. Vor lauter Grübeln hatte ich gar nicht gemerkt, dass ich auf meinem üblichen Weg wieder heimgegangen war. Ich warf einen kurzen Blick auf die Uhr. Es war Zeit, sich auf den Weg zum Flughafen zu machen.

Seufzend stieg ich in den Lift und fuhr nach oben. Bald würde ich wieder in Mankato sein, und dort war alles leichter zu ertragen. Ich verließ den Aufzug und ging durch den Flur. Erst im letzten Moment bemerkte ich, dass jemand vor meiner Apartmenttür an der Wand lehnte.

Es war Devon.

Ich blieb erstarrt stehen und sah ihn nur erschrocken an, als er sich aufrichtete und mich mit brennendem Blick musterte.

»Wo warst du die ganze Zeit?«, fragte er.

Perplex starrte ich zurück. Er hatte mich gestern Abend nicht gesehen.

Natürlich nicht!

Und nun spielte er sein albernes Versteckspiel weiter. Wenn ich gestern Abend ins Bett gegangen wäre und nicht in die *Black Lounge*, würde ich ihm jetzt um den Hals fallen und ihn liebevoll begrüßen, ohne auch nur die geringste Ahnung zu haben, was er gestern getan hatte.

Dass er die Frechheit besaß, hier aufzutauchen, und auch noch den Ahnungslosen spielte, war eindeutig zu viel. Ich spürte eine brennende Wut in mir aufsteigen.

»Wo ich war?«, sagte ich ungehalten. »Wo warst du denn gestern Abend?«

Er sah mich erstaunt an, doch er fing sich schnell wieder und erwiderte ruhig: »Ich war mit Marc und Ralph unterwegs. Warum fragst du?«

»Mit Marc und Ralph?«, sagte ich spitz. »Und was habt ihr unternommen?«

»Anya!«, sagte Devon verunsichert. »Ich weiß nicht, ob das ein guter Moment ist.«

»Ich denke nicht, dass irgendein Moment gut ist, um darüber zu sprechen, wie viel Spaß du in der *Black Lounge* hattest. Welche Frau hast du gestern Nacht glücklich gemacht? Oder war es mehr als nur eine?«

Devon erstarrte, und sein Gesichtsausdruck veränderte sich schlagartig. Er wurde blass, und das Entsetzen über meine harschen Worte breitete sich über sein ganzes Gesicht aus.

Er hatte tatsächlich keine Ahnung, dass ich sein Geheimnis gelüftet hatte. Ich schob mich an ihm vorbei und schloss mein Apartment auf.

»Verschwinde, Devon!«, stieß ich verächtlich hervor und wollte die Tür mit einem lauten Knall hinter mir schließen.

Was hatten wir uns noch zu sagen? Ich wollte jetzt nicht reden, ich war wütend. Nein, Wut war kein Ausdruck für den Zorn, den ich fühlte. Ich liebte ihn, ich liebte ihn immer noch, das war mir in dem Moment klar, in dem ich ihn gesehen hatte. Aber ich fühlte mich verraten, belogen und hintergangen, und das wog im Moment bei weitem schwerer.

Doch die Tür fiel nicht ins Schloss. Devon hatte einen Fuß in den Türspalt geklemmt und stand in meinem Apartment, bevor ich protestieren konnte.

»Wir werden jetzt reden, und ich gehe erst, wenn du mir zugehört hast«, sagte er ernst. Er hatte sich erstaunlich schnell wieder gefasst.

»Ich will dir aber nicht mehr zuhören. Du hast mich angelogen.« Meine Stimme war immer noch laut, aber Devons bitterernste Miene bremste meinen ungezügelten Zorn.

»Das ist nicht wahr«, entgegnete er kühl. »Was habe ich dir versprochen und nicht gehalten?«

»Keine Sorge«, sagte ich und konnte den Sarkasmus in meiner Stimme nicht unterdrücken. »Du hast mir nie etwas versprochen, was du nicht gehalten hast. Nein, im Gegenteil, du hast mich ja sogar vor dir gewarnt, aber hier geht es nicht um dich und deine Schuld. Hier geht es zur Abwechslung einmal um mich, und ich ertrage es nicht, mit einem Mann zu schlafen, der gleichzeitig halb Manhattan mit seinen erotischen Talenten beglückt. Was mich am meisten stört, ist, dass du mir nie die Wahl gelassen hast. Du hast mir dieses kleine Detail ganz geflissentlich verschwiegen und jedes Mal, wenn ich kurz davor war, es aufzudecken, hast du dich herausgeredet. Du hast mich angelogen. Das ist doch ganz offensichtlich.« Das Vertrauen zwischen uns, falls es das jemals gegeben hatte, war zerstört.

Devon hatte mir schweigend zugehört. Sein Gesicht verriet mir nicht, was er dachte oder fühlte, und eigentlich wollte ich es auch gar nicht wissen.

»Das ist alles?«, fragte er, und seine abgeklärte Miene ließ die Wut in mir wieder auflodern.

»Bist du jeden Abend dorthin gegangen, nachdem du bei mir gewesen bist?«, fragte ich bissig.

»Nein, verdammt!« Nun wurde er laut.

»Devon, ich habe keine Ahnung, was ich dir noch glauben kann«, sagte ich resigniert. »Verschweigst du mir noch mehr?«

»Anya, wir kennen uns erst seit ein paar Wochen. Du kannst doch nicht erwarten, dass wir einander eine umfassende Lebensbeichte ablegen, wenn eigentlich klar war, dass wir uns lediglich für eine bestimmte Zeit treffen, um einfach nur Sex zu haben.« Er seufzte, schloss die Augen und rieb sich mit einer Hand über die Stirn.

»Einfach nur Sex«, wiederholte ich langsam die zerstörerischen Worte, die sich schmerzhaft in mein Herz fraßen. »Also war es für dich wirklich nie mehr?« Meine Stimme stockte, und ich konnte den Schmerz darin nicht länger verbergen. Devon musterte mich, und in seinem Blick lag plötzlich eine gut verborgene Verletzlichkeit.

»Ich weiß nicht«, sagte er kaum hörbar. »Vielleicht war da mehr.«

»Vielleicht?«, fragte ich. »Bist du dir nicht sicher, was du fühlst?«

»Ehrlich gesagt nicht«, gab er stirnrunzelnd zu. »Ich weiß, dass ich mich gern mit dir treffe und die Zeit mit dir genieße. Für mich gibt es im Moment keinen Grund, unser Arrangement zu beenden.«

»Aha«, sagte ich nachdenklich. Seine kühle Argumentation brachte mich sichtlich durcheinander. So wie er es formulierte, gab es gar keinen Grund, sich aufzuregen.

»Ich verstehe natürlich, dass dich die Wahrheit über das *Black Game* im ersten Moment irritiert hat. Das ist sicher einer der Gründe, warum ich dir bisher nicht viel davon erzählt habe.«

»Die Wahrheit über das *Black Game* hat mich nicht irritiert. Ich bin wütend, weil du mir so viel von dir verschwiegen hast, und ehrlich gesagt bin ich auch sauer, weil du gleichzeitig noch mit anderen Frauen geschlafen hast.«

»Das habe ich nur bedingt. Wenn du schon über mich urteilst, dann solltest du wenigstens die ganze Wahrheit kennen.«

»Bitte, dann erzähl mir die ganze Wahrheit und lass dieses Mal nichts aus!«, stieß ich hervor. »Wann hat das alles angefangen?«

Devon holte tief Luft. »Seitdem ich aus Peking zurück bin. Es war ein verlockendes Angebot, und ich konnte nicht nein sagen. Es fing klein an und hat immer größere Ausmaße angenommen.«

»Seit zwei Jahren machst du das schon?« Fassungslos ließ ich mich auf mein Sofa fallen.

»In etwa zwei Jahre, am Anfang waren es nur wenige Frauen, die kamen, und wir haben das *Black Game* nur alle zwei Monate veranstaltet, aber bald hatte sich die Sache rumgesprochen, und es kamen immer mehr Frauen. Wir haben das *Black Game* dann einmal im Monat gespielt und schließlich wöchentlich. Es wurde immer größer, und wir mussten ein Schweigegeld und eine Geheimhaltungsverpflichtung einführen. Wenn rauskommen würde, dass Devon Draper, der angesehene Unternehmensberater, eine dunkle Seite hat, wäre ich ruiniert. Kein Geschäftspartner würde mich mehr ernst nehmen.«

»Ein teurer Spaß für ein paar wilde Nächte!«, erwiderte ich.

»Nicht für mich. Der *Club 5* bezahlt das Schweigegeld. Ich trage nur das Risiko, entdeckt zu werden. Keine der Frauen hat je mein Gesicht gesehen, und das muss auch so bleiben.«

»Ich werde kein Wort darüber verlieren«, sagte ich verächtlich. »Aber es ließ sich nicht vermeiden, dass Sarah und Olivia es mitbekommen.« Seine Vorsicht war sicher keine Entschuldigung für sein Verhalten, doch zumindest eine Erklärung für seine Zurückhaltung.

»Ich habe dir anfangs nichts davon erzählt, weil ich dich nicht kannte. Ich erzähle nie etwas über meine Rolle im *Black Game*, ich bin in diesem Club nur ein anonymer Schatten. Ganz selten werbe ich Frauen für das *Black Game* an, wenn ich denke, dass sie gut dorthin passen würden, oder ich Lust habe, mit ihnen zu schlafen. Meist machen das Marc und Ralph. Sonst gibt es keine nachprüfbaren Verbindungen.«

»Aber dieses Mal ist etwas schiefgelaufen, oder?«

»Schiefgelaufen ist das falsche Wort. Die Dinge haben einen anderen Lauf genommen, als ich erwartet hatte, denn eigentlich habe ich einen untrüglichen Blick dafür, welche Frau von dem *Black Game* profitiert und welche nicht.«

»Aus diesem Grund hast du mich angesprochen.« Ich erinnerte mich an diesen Morgen im Büro, als wenn es gestern gewesen wäre.

»Ja, das habe ich und ich bin immer noch der Meinung, dass es für dich ein unglaubliches Erlebnis sein würde.« Devon kam die wenigen Schritte zu mir und ließ sich neben mich auf das Sofa sinken. Seine Stimme war sanfter und leiser geworden, und ich spürte wieder diese Spannung zwischen uns, dieses Prickeln, das sofort in der Luft lag, wenn er mir näher kam.

»Ich kann das nicht«, sagte ich erschrocken und rutschte ein Stück zur Seite. »Hast du mit anderen Frauen geschlafen, während du dich mit mir getroffen hast?«

»Anya.« Devon seufzte gequält.

»Das heißt also ja«, sagte ich und schaffte es nicht, die Enttäuschung in meiner Stimme zu verbergen.

»Du hast von Anfang an gewusst, worauf du dich einlässt«, sagte er streng. »Du hast es genossen, dich von mir verführen zu lassen, und du würdest auch das *Black Game* genießen. Darüber sind wir uns doch einig.«

»Ja«, sagte ich düster. »Vielleicht haben wir eine grundverschiedene Einstellung zu dem Thema, aber ich erinnere mich auch gut daran, dass du selbst gesagt hast, ich wäre dir zu viel wert, um dieses Spiel zu spielen.«

»Das stimmt, und dazu stehe ich. Aus diesem Grund habe ich seit einer Weile in der *Black Lounge* nur noch im Hintergrund mitgewirkt. Ich habe mich zurückgenommen, weil ich ehrlich gesagt lieber mit dir gewürfelt hätte als mit irgendeiner fremden Frau.«

»Warum hast du mir das nicht einfach gesagt?«, flüsterte ich. Warum jetzt, wo alles zu spät war?

»Warum warst du nicht offen zu mir?«, sagte er eindringlich, und seine blauen Augen leuchteten verlockend.

»Wie meinst du das?« Die Intensität seines Blickes verwirrte mich. »Ich habe dir keine zwielichtigen Sachen aus meiner Vergangenheit verschwiegen.«

»Das *Black Game* ist keine zwielichtige Sache«, sagte Devon entschieden. »Dort treffen sich Erwachsene, die sehr genau wissen, worauf sie sich einlassen. Es findet immer alles im gegenseitigen Einvernehmen statt. Das ist dir doch klar, oder?«

Ich nickte langsam. Natürlich stand es jedem frei, seine Sexualität so auszuleben, wie er das mochte. Ob es mein Ding war, war eine ganz andere Angelegenheit.

»Aber ich meine etwas anderes.« Er musterte mich mit diesem forschenden Blick, der schlagartig dafür sorgte, dass sich die Härchen in meinem Nacken aufstellten.

»Was denn?«, fragte ich verunsichert. Wie konnte ich mich nach alldem immer noch so zu ihm hingezogen fühlen?

»Es war von Anfang an klar, dass ich eine sexuelle Beziehung zu dir haben werde, nicht mehr und nicht weniger. Du hast dich damit ausdrücklich einverstanden erklärt und mir versichert, dass du dazu in der Lage bist. Das war eine Lüge, und zwar von Anfang an. Ich habe doch genau gespürt, dass da Gefühle bei dir im Spiel sind.«

»Nicht nur bei mir«, sagte ich sofort. »Du hast doch sicher auch gespürt, dass da etwas zwischen uns ist oder war. Das wirst du doch nicht leugnen.«

Devon presste die Lippen zu einem schmalen Strich zusammen.

»Du kannst es nicht abstreiten. In deine Kategorie der sexuellen Objekte passe ich schon lange nicht mehr. Nur wegen dem Sex hättest du mich nicht treffen müssen, den hättest du auch in der *Black Lounge* bekommen.«

»Meinetwegen«, knurrte Devon unmutig, als wenn ich ihn bei etwas Verbotenem erwischt hätte. »Da waren vermutlich ein paar Gefühle im Spiel, über die ich mir noch nicht so recht klargeworden bin, aber das scheint ja im

Moment ohnehin keine Rolle mehr zu spielen. Du hast dir deine Meinung über mich ja schon gebildet.«

»Bittest du mich gerade darum, dass wir einfach weitermachen, als wenn nichts passiert wäre?«, fragte ich überrascht und entsetzt zugleich.

»Wie ich schon sagte, für mich gibt es keinen Grund, etwas zu ändern. Triff dich weiter mit mir, Anya. Marc und Ralph übernehmen vorerst meine Rolle im *Black Game*. Ich schlafe also nur noch ausschließlich mit dir. Das ist das Angebot, das ich dir mache.«

»Erzähl mir, warum du mit dem *Black Game* angefangen hast«, sagte ich, anstatt seine Frage zu beantworten. Ich konnte nicht einfach zur Tagesordnung übergehen, als wenn gestern Abend nichts Besonderes passiert wäre. »Ich muss verstehen, warum du das tust oder getan hast. Wer ist dafür verantwortlich, oder war es ganz allein deine Idee?«

»Reicht es dir nicht zu wissen, dass es vorbei ist?« Devon sah mich an. »Wenn du es nicht tun möchtest, akzeptiere ich das, aber dann gibt es keinen Grund mehr für mich, darüber zu sprechen.«

»Das kann ich nicht«, sagte ich. »Nicht im Moment. Ich brauche Abstand von dir, der Stadt und dem *Black Game*.«

»Du verlässt New York?«, fragte er mit einem Blick zu meinen Koffern, die schon neben der Tür standen.

»Ich besuche für ein paar Tage meine Eltern in Minnesota«, sagte ich schnell.

»Dann nutze die Zeit, um eine Entscheidung zu treffen. Mein Angebot steht, und ich erwarte bald eine Antwort.«

»Gib mir etwas Zeit!«, bat ich. Ich hatte keine Ahnung, ob sich meine Meinung zu Devons Rolle im *Black Game* ändern würde und ich einfach darüber hinwegsehen konnte, wenn ein paar Tage ins Land gegangen waren.

Im Moment konnte ich einfach nicht sagen, dass es egal war. Denn es war mir nicht egal, dass er mit unzähligen Frauen in New York geschlafen hatte, dass er ein exzessives Sexspiel betrieb und mich eigentlich nur hatte kennenlernen wollen, damit ich ein Teil davon wurde.

Was für mich ungleich schwerer wog, war, dass ich genau wusste, dass ich zu einer Beziehung bereit gewesen war und Devon nicht einmal jetzt sagen konnte, dass er ebenso dachte. Wieder einmal versprach er mir nichts, und ich wusste nicht, ob ich weiterhin bereit war, mich mit so wenig zufriedenzugeben wie einem »vielleicht«.

»Egal, was passiert, ich bin für dich da«, sagte er eindringlich und sah mich mit einem weichen Blick an, der mich genau spüren ließ, dass hinter seiner Fassade so viel mehr steckte. Er war fähig, zu lieben und eine Beziehung zu führen, nur ob er jemals dafür bereit war, war eine ganz andere Sache.

Ein Klopfen an der Tür unterbrach unseren stummen, nachdenklichen Blickkontakt. »Das Taxi ist da«, hörte ich Sarahs Stimme durch die Tür. »Ich trag schon die erste Tasche runter.«

»Ich muss zum Flughafen«, sagte ich und stand auf.

»Gut, melde dich bei mir, wenn du wieder da bist, und sage mir, wie du dich entschieden hast.« In seiner Stimme lag eine Spur Hoffnung und auch Wehmut, was mich gänzlich durcheinanderbrachte.

Begriff er jetzt, was er an mir hatte, wenn er kurz davor stand, mich zu verlieren?

Ich sah, wie er zur Tür ging, und mein Herz zog sich schmerzhaft zusammen. Verdammte Gefühle! Sie brachten meine logische Entscheidung durcheinander, erwogen das Unmögliche und ließen die Hoffnung wieder zu, dass Devon doch ganz anders war und eigentlich ganz tief in ihm auch der warmherzige und fürsorgliche Mann steckte, den ich mir an meiner Seite wünschte, um glücklich alt zu werden.

Ich schloss die Augen und hörte, wie die Tür ins Schloss fiel. Dann sackte ich auf dem Sofa zusammen.

Es war alles zu viel, und das Durcheinander in meinem Kopf und meinem Herzen war beinahe unerträglich.

Ich wartete auf die Erleichterung, die nun kommen musste, weil ich das Richtige getan und ihn weggeschickt hatte. Doch da war keine Erleichterung, und auch die Wut auf ihn war verflogen, und das machte die Sache erst so richtig kompliziert.

KAPITEL 3

Das Orange zog mich sofort in seinen Bann, ein leuchtender, fröhlicher Farbton, der mich willkommen hieß. Die Küche meiner Eltern sah so aus wie immer. Weiße Möbel, orangefarbene Wände und ein steingefliester Fußboden, der an heißen Sommertagen angenehme Kühle spendete.

Doch heute breitete sich bei diesem Anblick kein Glücksgefühl in meinem Bauch aus, auch das unendlich tröstende Gefühl, nach Hause zu kommen, wurde von der Gewissheit überschattet, dass etwas Gravierendes mit mir nicht in Ordnung war.

Ich schloss die Tür und stellte meine Reisetasche ab.

»Wie hübsch«, rief Sarah begeistert, als sie hinter mir die Küche betrat. Gerade in diesem Moment kam meine Mutter aus dem Wohnzimmer.

»Mom!«, sagte ich erleichtert. Sie wirkte zierlich, doch trotz ihrer schmalen Silhouette konnte man ihr ihre unbändige Willenskraft mit jedem Schritt anmerken. Ihre blonden Haare waren von silbernen Strähnen durchzogen und zu einem korrekten Zopf geflochten.

Sie machte zwei Schritte auf mich zu, dann nahm sie mich einfach fest in den Arm.

»Du siehst nicht gut aus, Schatz«, flüsterte sie in mein Haar.

»Es war eine anstrengende Woche«, entgegnete ich.

»Du kannst deiner Mutter ruhig sagen, dass du wegen einem Mann so unglücklich bist«, sagte Sarah in diesem Moment, und ich bereute plötzlich zutiefst, sie mitgenommen zu haben.

»Das weiß ich schon seit einer Weile«, entgegnete meine Mutter zu meiner Überraschung. Ich hatte ganz vergessen, wie gut sich Sarah mit meinen Eltern verstand. Seitdem wir noch zu Collegezeiten ein Wochenende gemeinsam in New York verbracht hatten, lagen die drei auf der gleichen Wellenlänge.

»Schöne Haarfarbe, Sarah«, sagte meine Mutter und nahm auch Sarah herzlich in den Arm.

»Ja, ich treffe mich am Donnerstag mit einem Buchhalter und dachte, ein wenig mehr Natürlichkeit würde mir gut stehen.« Sie strich sich durch die braunen Locken.

»Ein Buchhalter? Seit wann hast du eine Vorliebe für solide Männer? Ich dachte immer, du magst es etwas ausgefallener.« Der direkten Art von Sarah stand meine Mutter in nichts nach.

»Das ist eine lange Geschichte«, sagte Sarah ausweichend, und ich musste lachen. So weit ins Detail wollte sie sicher nicht gehen und meine Mutter über die ungewöhnliche Wette aufklären, die sie mit Olivia eingegangen war.

»Ich will es lieber nicht wissen«, sagte meine Mutter schmunzelnd und widmete sich der Kaffeemaschine. »Und welcher Mann ist schuld, dass du so unglücklich bist?«, fragte sie mich ganz beiläufig.

»Das ist ebenfalls eine ziemlich lange Geschichte«, versuchte ich auszuweichen.

»Das ist eigentlich schnell erzählt«, fiel mir Sarah in den Rücken. »Erst wollte sie nichts von Devon wissen und dann, nachdem sie ihre Meinung geändert hat, stürzte sie sich Hals über Kopf in diese Beziehung. Leider hat Devon ihr da ein paar wichtige Details aus seinem Leben vorenthalten, und schon war der Vertrauensbruch perfekt.« Sarah nahm ein paar zartgelbe Tassen aus dem Küchenschrank und setzte sich an den Tisch, als ob sie hier schon immer zu Hause gewesen wäre.

»So war sie schon immer. Erst zaghaft und dann gab es kein Halten mehr.« Meine Mutter lächelte Sarah zu. Die beiden verstanden sich ja blendend. Ich zog mir ebenfalls einen Stuhl heran und ließ mich daraufsinken.

»Aber die Sache mit Devon ist noch nicht zu Ende«, sagte Sarah siegesgewiss. »Auch wenn Anya erst einmal auf der Flucht ist wie beim letzten Mal. Als wir uns auf dem College kennengelernt haben, war sie auch in dieser Stimmung. Wie hieß der Junge noch einmal?«

»George«, sagte ich seufzend.

»Er ist übrigens wieder in der Stadt«, sagte meine Mutter und lächelte mir verschwörerisch zu, während sie die Tassen mit Kaffee füllte.

»Wie bitte?« Ich richtete mich auf.

»Er ist vor einem Monat hergezogen und richtet die alte Farm der Donalds wieder her. Dein Vater ist oft drüben und hilft ihm, so gut er kann. Nachdem er Jahre durch die ganze Welt gereist ist, hat er anscheinend endlich verstanden, dass es zu Hause doch am schönsten ist.«

»Wo sonst?«, sagte mein Vater in diesem Moment. »Um das zu erkennen, muss ich nicht sechs Jahre unterwegs sein.« Er war von der Hofseite in die Küche getreten. Ich sprang auf und fiel ihm um den Hals.

»Hi, Anya. Schön, dich zu sehen«, sagte er, nachdem er mich wieder losgelassen hatte. Ich musterte ihn kritisch und fand ein paar neue graue Haare zwischen den schwarzen. Er schien mir auch ein wenig schmaler geworden zu sein, seitdem wir uns das letzte Mal gesehen hatten. Doch seine braunen Augen leuchteten sanft wie eh und je, und endlich wusste ich, dass alles wieder in Ordnung kommen würde.

Nicht gleich vielleicht, doch wenn ich lang genug hierbleiben würde, würden die Erinnerungen an New York ganz sicher verblassen, genauso wie die Erinnerungen an George verblasst waren, nachdem ich Mankato nach der Highschool verlassen hatte.

»Du siehst Jahr für Jahr besser aus, Sarah.« Er zwinkerte ihr zu.

»Sie wollen doch nur, dass ich das Stadtleben aufgebe«, kicherte Sarah.

»Exakt. Wann zieht ihr wieder nach Hause? Du warst lang genug in New York, Anya.« Er zog sich einen Stuhl hervor und nahm am Küchentisch Platz.

»Bald«, entgegnete ich und ließ mich wieder auf meinen Stuhl sinken. »Noch ein paar tausend Dollar und ich packe meine Sachen. Sarah kommt übrigens mit.«

»Gute Entscheidung, Mädchen, dann weiß ich, dass die Farm in guten Händen ist. Nur ein paar anständige Männer müsst ihr euch noch zulegen. Solche, die auch mit anpacken können. Einen Traktor zu reparieren ist kein Kinderspiel.«

»Wir arbeiten daran«, sagte Sarah grinsend.

»Das ist gut. Was gibt es zum Abendessen?« Er wandte sich meiner Mutter zu.

»Ich habe Hühnersuppe gekocht«, sagte sie fürsorglich. »Du siehst seit ein paar Tagen ziemlich abgekämpft aus. Vielleicht solltest du dich nicht so bei George überarbeiten. Er hat schließlich eine eigene Familie, die sich um ihn kümmern kann.«

»Ich weiß, aber die haben doch keine Ahnung, wie man mit einer Kreissäge umgeht.«

Während meine Eltern ausdiskutierten, ob die Familie von George handwerklich begabt war oder nicht, winkte ich

Sarah zu, damit wir die Zeit bis zum Abendessen nutzen konnten, um unser Gepäck zu verstauen.

Das Gästezimmer, in dem Sarah schlafen würde, lag im ersten Stock direkt neben meinem alten Kinderzimmer, das ich bezog.

Schnaufend hievte ich Sarahs Koffer nach oben. Ebenso wie die Küche war der Flur orange gestrichen, und selbst bei schlechtem Wetter hatte man das Gefühl, dass die Sonne in die Zimmer schien.

»Was hast du alles mitgenommen?«, fragte ich und stellte den Koffer neben dem Bett ab. »Du brauchst hier nur Jeans, Pullover und Gummistiefel.«

»Man muss immer auf alles vorbereitet sein, vielleicht treffe ich hier einen netten, bodenständigen Mann, der mich gern ausführen möchte«, sagte Sarah, während sie den Inhalt einer Tasche auf dem Bett verteilte. »Noch ist die Sache mit dem Buchhalter nicht in trockenen Tüchern.«

Ich musterte die schicken Oberteile und Kleider, die sie eingepackt hatte, und war mir sicher, dass sie damit in der hiesigen Bar für Aufregung sorgen würde.

»Nun erzähl endlich!«, sagte Sarah ganz unvermittelt, nachdem sie ein blassgrün schillerndes Paillettenkleid in den Schrank gehängt hatte.

»Was meinst du?«, fragte ich.

»Ich meine, was passiert ist.« Sie sah mich prüfend an. »Heute Morgen warst du schlecht drauf, aber während des gesamten Fluges warst du permanent kurz davor, in Tränen auszubrechen.«

Ich wollte schon abwiegeln und Sarah ausweichen, aber sie sah mich so durchdringend an, dass mir meine Ausreden regelrecht im Hals stecken blieben.

»Devon«, sagte ich stockend.

»Was ist mit ihm? Hast du dir endlich überlegt, dass deine Reaktion etwas vorschnell war und du ihm wenigstens die Gelegenheit geben möchtest, zu der ganzen Sache Stellung zu nehmen?«

»Er war heute da«, sagte ich leise. »Wir haben über Samstagabend gesprochen.«

»Oh!« Sarah wirkte überrascht und setzte sich auf die gemusterte Tagesdecke. Sie zog mich am Arm, sodass ich mich bewegen und mich neben sie sinken lassen musste.

»Was hat er gesagt?«, fragte sie vorsichtig, als ich keine Anstalten machte zu reden.

»Er würde das *Black Game* für mich aufgeben, zumindest vorerst«, sagte ich stockend.

»Das sind gute Nachrichten.« Sarah lächelte mir aufmunternd zu. »Und weiter? Na los, erzähl! Ich muss wissen, was los ist!«

»Er hat mir nichts versprochen, so wie immer. Er hat nur gesagt, dass er sich weiter mit mir treffen möchte, und zwar nur noch ausschließlich mit mir.«

»Oh, wie süß!« Sarah riss die grauen Augen auf. »Und was hast du gesagt?« Sie sah mich erwartungsvoll an. Schlagartig war mir klar, dass Sarahs Reaktion auf Devons Besuch eine andere gewesen wäre. Natürlich hätte sie ihm sofort eine zweite Chance gegeben.

»Das war nicht süß. Ich habe ihn erst einmal weggeschickt, damit ich mir über meine Gefühle klar werden kann.« Ich sah angestrengt zu Boden.

»Wie bitte?« Sarahs Stimme hatte einen schrillen Unterton.

»Ich habe ihn weggeschickt«, wiederholte ich ruhig.

»Warum das denn?« Sarah klang empört. »Gut, das war keine Glanzleistung, was er da vollbracht hat, aber er hat es ja auf eine sehr noble Weise betrieben.«

»Darum geht es mir gar nicht. Dass Devon ein sexuell ausschweifendes Leben führt, war mir schon klar.«

»Na wunderbar. Das Einzige, was jetzt zählt, ist doch, dass er es dir zuliebe aufgeben will. Für einen Devon Draper ist das quasi eine Liebeserklärung. Sieh es als Jugendsünde an! Jeder trifft mal ein paar falsche Entscheidungen, wenn er auf der Suche nach seinem Lebensglück ist. Dafür ist diese Zeit schließlich da, um Fehler zu machen und aus ihnen zu lernen. Bis man dann endlich begreift, was das wahre Glück für einen ist und wo beziehungsweise bei wem man es finden kann.«

»Ein Liebesbeweis sieht für mich aber ganz anders aus«, sagte ich. »Außerdem hatte ich nicht den Eindruck, dass wir auf dem Weg zu irgendeinem Lebensglück sind. Er will sich weiter mit mir treffen, weil er mich schon irgendwie mag, aber wie stark dieses Gefühl bei ihm ist, weiß er selbst nicht einmal.«

»Na, das klingt doch ausbaufähig.«

»Da bin ich mir nicht so sicher«, entgegnete ich verdrießlich. »Vermutlich kann er nur diese losen sexuellen Beziehungen führen, und sobald ich ihn langweile, packt er seine Sachen und sucht sich den nächsten Kick. Ich weiß nicht, ob ich so eine Art von Beziehung führen kann.«

»Hm!« Sarah sah mich nachdenklich an.

»Ich weiß, was du denkst. Warum hat sie nicht einfach Spaß mit Devon, und damit hat sich die Sache. Aber ich kriege es einfach nicht hin, meine Gefühle aus dem Ganzen rauszuhalten. Natürlich war es wunderschön mit ihm, allerdings waren da auch immer wieder diese fürchterlichen Momente der Ungewissheit. Er hat völlig recht, es ist mir nicht gelungen, meine Gefühle außen vor zu lassen, und deswegen weiß ich nicht, ob es wirklich eine gute Idee ist, wenn ich mich weiterhin mit ihm treffe.«

»Du grübelst zu viel, Süße«, sagte Sarah, doch ich sah ein Lächeln auf ihren Lippen.

»Ich weiß«, sagte ich resigniert und ließ das Kinn auf meinen Brustkorb sinken.

»Für mich wäre dieser Mann eine Offenbarung, zumindest in sexueller Hinsicht. Und ich meine, er bietet dir an, dass er nur noch mit dir Sex haben will, das ist quasi ein Exklusivrecht. Hast du eine Ahnung, was die eine oder andere vermögende Dame der Upper East Side dafür zahlen würde, den Sexgott von Manhattan in ihrem Penthouse zu empfangen? Du würdest staunen.«

»Ich habe da schon eine Ahnung bekommen.« Ich stand auf und trat ans Fenster. »Aber was er mit diesen Frauen gemacht hat? Das ist doch wirklich grenzwertig, oder?« Ich sah Sarah Hilfe suchend an und bemerkte an ihrem begeisterten Blick, dass sie sicher schon mindestens die Hälfte der Dinge, die Devon in der *Black Lounge* praktizierte, ausprobiert hatte. »Ich komme mir vor wie ein ahnungsloses Mauerblümchen«, sagte ich resigniert.

»Ach Quatsch.« Sarah winkte ab. »Du hast dein Leben voll im Griff und stehst auf eigenen Beinen. Darum beneide ich dich. Im Gegensatz zu mir hast du dich auf die wichtigen Dinge konzentriert, während ich mir immer nur nett die Zeit vertrieben habe und nicht wirklich weitergekommen bin.«

»Du hast wenigstens Erfahrungen gesammelt, ich fühle mich ihm überhaupt nicht gewachsen.«

»Du kannst doch deine Erfahrungen mit ihm sammeln. Außerdem ist das halb so dramatisch, wie es im ersten Moment klingt. Devon hat sexuell ein paar Grenzbereiche ausgelotet. Na und? Er hat niemandem weh getan, der das nicht wollte. Du darfst nicht vergessen, dass die Frauen in der

Black Lounge keine verschüchterten Jungfrauen waren. Es waren allesamt erwachsene Frauen, die ganz genau wussten, worauf sie sich einließen.« Sarah war neben mich getreten, während sie genau das wiederholt hatte, was Devon mir auch schon gesagt hatte.

»Aber SM, Bonding und was weiß ich noch alles, du lieber Himmel, ich habe keine Ahnung, wie so etwas funktioniert, und ich bin mir sicher, dass Devon nicht darauf verzichten kann. Er erwartet sicher, dass ich so etwas mit ihm mache.«

»Es funktioniert gut.« Sarah grinste. »Außerdem weiß Devon sicher sehr genau, wie weit er bei dir gehen kann. Lass dich doch einfach darauf ein.«

»Ach, Sarah«, seufzte ich. »Ich weiß nicht, ob er wirklich bereit ist, sich auf mich so einzulassen, wie ich mir das wünsche.«

»Ich will dich nicht dazu drängen, zu Devon zurückzukehren, wenn es dich unglücklich macht, aber ich will, dass du dir die Sache noch einmal in Ruhe überlegst, denn wirklich glücklich scheinst du mit dieser Trennung auch nicht zu sein.« Sie sah mich fragend an, und ich nickte zaghaft. »Da waren doch auch so viele glückliche Momente mit ihm. Überwiegen diese schönen Augenblicke, dann gib ihm noch eine Chance, es besser zu machen, wenn nicht, dann schließe es wirklich ab und schau nie wieder zurück. Ich will nicht, dass es dir wieder jahrelang schlechtgeht. Die Sache mit George hast du schließlich auch nie richtig verdaut.«

Sarah nahm mich in den Arm, und ich ließ es zu. Meine Gedanken rasten zu den Momenten zurück, in denen ich mit Devon glücklich gewesen war.

Ich erinnerte mich an das Gefühl, aufgewacht zu sein, wenn ich mit ihm zusammen war, und an die Momente, in denen ich mich mit Devon so lebendig gefühlt hatte wie nie zuvor in meinem Leben, an das Kribbeln in meinem Bauch, wenn er in meiner Nähe war, und an die Lust zu leben, wenn er mich mit neuen Erfahrungen konfrontierte. Und dann spürte ich, wie Sarahs Worte in meinem Kopf zu wirken begannen.

KAPITEL 4

Der schwarze Sportwagen schoss wie ein Pfeil die schmale, kurvige Straße entlang. Die Fahrbahn war nass vom Regen. Hier und dort klebten Blätter auf dem Asphalt, die der stürmische Wind abgerissen hatte. Die Dämmerung war schon längst über die Berge gezogen, und nur noch ein schmaler Streifen Helligkeit am Horizont zeugte vom vergangenen Tag.

Der Fahrer des Wagens starrte verbissen in die Dunkelheit, als ob sie ihm eine Antwort geben würde. Doch es blieb stumm in dem kleinen Wagen, so stumm, dass er die Stille nicht mehr ertrug und das Radio einschaltete, während er weiter sinnlos durch die Nacht raste.

Der Regen nahm zu und verwandelte die Straße in einen gleißenden Spiegel, der das Licht der Scheinwerfer reflektierte.

Das Reh, das plötzlich auf der Straße stand, sah Devon viel zu spät. Er versuchte auszuweichen, während das Dröhnen der Bässe im Rauschen des Regens unterging. Die Reifen verloren die Haftung mit der Straße, und das Auto schlitterte rechts gegen die Felsen. Splitternd und berstend donnerte der Wagen am Felsen entlang, dann drehte er sich unverhofft und schoss über die Absperrung hinweg, wo er in der Tiefe verschwand.

Mit einem spitzen Schrei erwachte ich am frühen Morgen.

Es dauerte eine Weile, bis ich begriff, dass ich nur geträumt hatte. Schon die zweite Nacht hintereinander verfolgten mich die Bilder dieses Traumes. Es war so real, dass mir immer noch die Tränen über die Wangen liefen. Er durfte nicht sterben. Egal, was er getan hatte, ich liebte ihn.

Die fürchterliche Stille und die Dunkelheit dieses Traumes machten mir Angst, und diese Bilder würden nur schwer verblassen. Sarahs munteres Geplauder fehlte mir auf einmal. Doch sie schlief nebenan vermutlich noch tief und fest. Ich atmete tief durch und versuchte mich wieder zu beruhigen. Ein düsterer Traum war noch lange kein Grund, sie so zeitig zu wecken. Ich sah aus dem Fenster, wo der beginnende Morgen den Himmel rosarot färbte, als ob er mir sagen wollte, dass die Nacht hinter mir lag und heute einfach ein wunderbarer Tag werden konnte.

Ich holte tief Luft und ließ meinen Blick durch mein Zimmer streifen, das meine Mutter während meiner Anwesenheit in ein nettes Gästezimmer umgewandelt hatte. Doch auch wenn die Wände neu gestrichen worden waren und neue Möbel im Zimmer standen, so war es doch immer noch mein Zuhause. Ich war das erste Mal seit Tagen wirklich allein. Jetzt war ein guter Moment, um endlich darüber zu entscheiden, wie es weitergehen sollte. Es war der letzte Tag, heute würden wir nach New York zurückkehren.

Auch wenn ich mir ernsthaft vorgenommen hatte, in Ruhe über die Ereignisse des vergangenen Wochenendes nachzudenken und eine Entscheidung zu treffen, so hatte ich mich doch bereitwillig ablenken lassen; von der Arbeit auf dem Hof, den Freunden meiner Eltern, die uns unbedingt ihre Rinderfarm zeigen wollten.

Sarah war so verzückt von den Kälbchen und dem Leben auf dem Land gewesen, dass sie sogar vergessen hatte, mich weiter zu einer Entscheidung zu drängen. Stattdessen war sie völlig und ganz in das Farmleben eingetaucht. Mein Vater hatte sie restlos davon überzeugt, dass ihre Zukunft hier in Minnesota lag und nicht in dem Moloch einer riesigen Großstadt wie New York.

Doch es war mir klar, dass sie so dachte, auch mein Vater konnte auf seine Weise sehr überzeugend sein. Er hatte mich und Sarah gleich am Morgen nach unserer Ankunft so sehr in die Arbeit auf dem Hof eingespannt, dass ich einfach nicht mehr dazu gekommen war, in Ruhe meine Gedanken zu sortieren.

All das, was ich seit Sonntag erfolgreich verdrängt hatte, schoss jetzt allerdings mit einer Gewalt in meinen Kopf, die mich schwindelig machte. Die Bilder des vergangenen Wochenendes standen mir wieder glasklar vor Augen. Ich sah Devon vor mir im *Club 5*, wie er im Schatten stand und von zahlreichen Frauen gierig betrachtet wurde.

Dann kam mir das Bild in den Sinn, wie er im Flur vor meinem Apartment auf mich gewartet hatte. Er musste lange dort gestanden haben, bevor ich gekommen war. Sein schmerzvoller Blick, als er begriff, dass ich sein gut gehütetes Geheimnis erfahren hatte und ich nichts mehr mit ihm zu tun haben wollte, schnürte mir die Kehle zu.

Wollte ich ihn wirklich zurück? Konnte ich mit seiner Vergangenheit leben? Und war das *Black Game* wirklich beendet?

Was verbarg er noch vor mir? Es waren noch so viele Fragen offen, aber auf der anderen Seite war da dieses warme Gefühl in meinem Bauch, wenn ich an ihn dachte. Die Gefühle, die ich für ihn hegte, waren unvermindert stark und wurden nicht schwächer. Konnte dieses Gefühl nicht letztendlich stärker sein als alle Zweifel?

Die Unentschlossenheit zerriss mich fast, und ich sprang regelrecht aus meinem Bett. Devon hatte mir eine unbegreifliche Wahrheit verschwiegen, und natürlich war es richtig gewesen, erst einmal Abstand voneinander zu gewinnen. Doch der erste Schock war endgültig vorüber, und jetzt lagen die Dinge vielleicht wieder anders. Ich schlüpfte in meine Jeans und warf mir schnell einen Pullover über. Ich musste raus und ein wenig frische Landluft schnappen, bevor wir morgen die Heimreise antreten würden.

Mit einer Tasse Kaffee in der Hand trat ich in den Hof und sah gerade, wie mein Vater seinen Wagen mit allerlei Werkzeug belud. Die Sonne durchbrach den Horizont, und ein warmes Leuchten lag über der altvertrauten Landschaft und vertrieb die letzten Schatten meines düsteren Traumes.

»Guten Morgen«, sagte ich lächelnd und trat zu ihm. Ich sog tief die warme Luft ein, sie war rein, klar und roch nach Erde und frisch gemähtem Gras. Es roch nach zu Hause. Das Zwitschern der Vögel lag vertraut in der Luft, und ein warmes Gefühl machte sich in meinem Bauch breit.

Mein Vater sah überrascht auf, als wenn er mich um diese Uhrzeit noch nicht erwartet hätte. »Guten Morgen, Schatz«, erwiderte er meinen Gruß, doch ich vermisste die überschwengliche Freude darin, die ihm sonst der frühe Morgen bereitete, wenn der ganze Tag noch vor ihm lag.

»Alles okay?«, fragte ich.

»Ja klar, ich habe nicht mit dir gerechnet.« Er warf einen Blick zum Werkzeugschuppen.

»Versteckst du jemanden vor mir?«, fragte ich spöttisch und folgte seinem Blick.

»Na ja, George ist hier und hilft mir beim Aufladen«, erwiderte er, und ich spürte deutlich sein Unbehagen. »Ich borge ihm etwas Werkzeug, aber gearbeitet wird heute nicht, versprochen. Ich dachte, du schläfst noch, denn ich weiß ja, dass du ihn eigentlich nie mehr wiedersehen willst.« Er warf mir einen entschuldigenden Blick zu, während ich mich an meine harschen Worte anlässlich meines Auszuges vor vielen Jahren erinnerte.

»Schon gut.« Ich winkte ab. »Ich bin darüber hinweg. Wir sind erwachsene Menschen, und die Sache liegt schon Ewigkeiten zurück.«

»Da bin ich ja beruhigt.« Mein Vater seufzte erleichtert und hob eine Box mit Schrauben auf die Ladefläche. »Zum Frühstück bin ich wieder zurück.«

Ich warf einen Blick auf den Werkzeugschuppen und beschloss, dass ich dennoch nicht wild darauf war, mich mit George peinlich anzuschweigen.

»Dann bis gleich«, sagte ich an meinen Vater gewandt. »Mom braucht mich in der Küche.«

Mit wenigen Schritten war ich wieder ins Haus geschlüpft, wo meine Mutter in der Küche bereits mit Speck und Eiern beschäftigt war. Ein verlockender Frühstücksgeruch begann sich im Raum auszubreiten.

»Guten Morgen«, sagte sie, als sie mich sah. »Deckst du bitte den Tisch.«

»Sicher«, sagte ich schnell, froh, dass sie tatsächlich etwas für mich zu tun hatte. Während ich das zartgelbe Geschirr auf den Tisch stellte, wanderte mein Blick immer wieder zum Fenster, durch das ich schließlich eine große Gestalt aus dem Werkzeugschuppen treten sah.

Ich hatte George seit Jahren nicht mehr gesehen, genau genommen seit sechs Jahren nicht mehr. Ganz genau genommen seit dem Abend, an dem er mir kühl und abgeklärt mitgeteilt hatte, dass er nicht mehr mit mir zusammen sein konnte, weil er mit Leslie durch Europa touren wollte, anstatt mit mir aufs College zu gehen, so wie wir es geplant hatten.

Wenn er mich nicht verlassen hätte, wäre ich hiergeblieben, hätte mit ihm zusammen das College in Minneapolis besucht und wäre ein Teil des Lebens in Mankato geblieben. Es hätte so einfach sein können, sein Glück zu finden.

Jetzt trat George aus dem Schatten des Schuppens, und ich konnte ihn deutlich erkennen, kurze blonde Haare und strahlend grüne Augen. Er sah noch fast genauso aus, wie ich ihn in Erinnerung hatte. Er war nur größer und breiter geworden. Sein Gesicht hatte die Spuren der Jugend verloren, was sicher auch an dem Bart liegen mochte, den sich George hatte wachsen lassen. Dort stand nicht mehr der Junge, in den ich einmal verliebt gewesen war, sondern ein Mann, der mir fremd war. Auf seinen Schultern klebten ein paar Hobelspäne, und er war über und über von feinem Holzstaub bedeckt.

Dennoch fühlte ich mich plötzlich in die Vergangenheit versetzt.

»Ich kann nicht mehr mit dir zusammen sein.« Mit diesen Worten hatte mich George an der Haustür meiner Eltern begrüßt. Er hatte Jeans und T-Shirt getragen, und ich stand ihm geschminkt und in einem atemberaubenden Kleid gegenüber. Dieser Abend sollte der krönende Abschluss meiner Highschool-Zeit werden.

»Ich fahre heute Abend mit Leslie zum Flughafen. Wir wollen nach Europa und dann weiter nach Asien.« Seine Worte hatten mir den Boden unter den Füßen weggezogen.

»Was?«, hatte ich gekrächzt, unfähig zu begreifen, was gerade passiert war. Am Vorabend hatten wir noch mürrisch über das richtige Wohnheim in Minneapolis diskutiert, und plötzlich war alles anders.

Der Schock hatte mich gelähmt, und ich hatte mich tagelang in meinem Zimmer verkrochen. Auf einmal erkannte ich das Muster meines Verhaltens wieder und erschrak über mich selbst. Damals hatte ich den Entschluss gefasst, nach New York zu ziehen. Nach dem Schock mit Devon hatte ich mich ebenso verkrochen wie damals und war zurück nach Mankato geflüchtet. Ich schüttelte den Kopf. Dieser Irrsinn musste ein Ende haben.

»Anya?« Meine Mutter fasste mich an der Schulter. Ich hatte gar nicht gemerkt, dass ich wie hypnotisiert aus dem Fenster gestarrt hatte.

»Alles okay«, sagte ich schnell und wandte meinen Blick ab. Aber eigentlich war nichts mehr okay. Ich hatte ihn nie mit meinen Gefühlen und meinem Frust über das plötzliche Ende unserer Beziehung konfrontiert. Wir waren mit einem lauten Knall auseinandergegangen, als ich die Haustür vor seiner Nase zugeschlagen hatte. Er hatte mich vor den Trümmern meiner Lebensplanung sitzenlassen, und ich war so weit weggelaufen, wie ich konnte.

»Er hat sich geändert«, sagte meine Mutter und ließ sich auf einen Stuhl neben mir nieder.

»Selbst wenn, dann macht es die Vergangenheit nicht weniger schlimm«, seufzte ich und sah zu, wie George und mein Vater in das Auto stiegen und davonfuhren. »Aber es ist vorbei und das ist auch gut so.«

»Was ist vorbei?«, fragte Sarah gähnend. »Ihr könnt mich ruhig wecken, ich schlafe hier wie ein Baby.«

»Die Sache mit George ist vorbei«, sagte ich.

»Das hoffe ich doch«, sagte Sarah, goss sich eine Tasse Kaffee ein und setzte sich neben meine Mutter. »Ihr wart Teenager. Was weiß man da schon darüber, wie man eine funktionierende Beziehung führt.«

»Nicht genug, um ein ganzes Leben glücklich zu werden.« Meine Mutter lächelte vielsagend. »Ich bereue nicht, dass sich die Dinge so entwickelt haben, Anya. Es war gut, dass du nach New York gegangen bist und dort wertvolle Erfahrungen gesammelt hast. Das hat dich zu einer starken und unabhängigen Frau gemacht, auf die ich mehr als stolz sein kann, und das mit dem Liebesglück wird auch noch kommen. Du bist noch jung und hast viel Zeit.«

»Danke, Mom«, seufzte ich, goss mir einen Kaffee ein und nahm ebenfalls am großen Küchentisch Platz. »Ist er denn jetzt mit Leslie glücklich?«, fragte ich.

»Ich denke schon, zumindest renoviert er dieses Haus für sie und die Kinder.« Meine Mutter schob die Zuckerdose an die richtige Stelle.

»Wie bitte?« Ich riss die Augen auf. »Die beiden haben Kinder?«

»Ja, Mary ist drei, und der kleine John ist ein Jahr alt«, sagte meine Mutter. »Sie leben im Moment bei George' Eltern, aber er will bald in das renovierte Haus ziehen.«

»Aha«, entgegnete ich matt. George lebte hier meinen Traum. Er hatte einen Umweg über Europa eingelegt, doch schlussendlich war er an der Stelle, die ich einst für ihn geplant hatte. Von wegen lebe dein Leben.

»Das ist schon ziemlich ärmlich«, gluckste Sarah. »Es ist gut, dass du deinen Weg gegangen bist.«

»Ja«, sagte ich unentschlossen. War ich bisher wirklich ganz unbefangen meinen Weg gegangen? Wenn ich ganz ehrlich war, hatte ich das lange Zeit nicht getan. Ich hatte George und unserer verlorenen Zukunft nachgetrauert. Doch ich musste endlich loslassen, damit ich wirklich glücklich werden konnte. Ich hatte mitten in New York gelebt, mitten in der quirligsten und lebendigsten Stadt, die ich kannte, und trotzdem hatte ich mir nicht erlaubt, an diesem Leben teilzunehmen.

Ich hatte nur zugesehen, wie andere Menschen ihr Leben lebten, als ob ich die ganzen Jahre abgetaucht wäre, weit weg vom Puls der Zeit.

Doch es gab jemanden, der mich in dieses Leben zurückführen wollte. Ein Mann, der sein Leben meinetwegen ändern wollte, und selbst wenn wir erst am Anfang eines ungewissen Weges standen und er sich seiner Gefühle noch nicht wirklich klar war, so hieß das doch nicht, dass sich nicht alles noch zum Guten wenden konnte.

Der Gedanke an Devon floss so warm und tröstend in mein Herz, dass ich überrascht innehielt. Mein Herz wollte ihn und keinen anderen, und er wollte mich. Die Bedenken, die mir mein Kopf noch in den Weg warf, würden wir überwinden.

Noch war es nicht zu spät, noch konnte ich das retten, was zwischen uns übrig war.

KAPITEL 5

Ich warf einen letzten nervösen Blick auf meine Uhr, bevor ich das Restaurant betrat. Devon hatte sofort einem Treffen zugestimmt, als ich ihn nach meiner Ankunft in New York angerufen hatte. Ihn in meinem Apartment zu treffen wäre mir zu intim gewesen, aber hier auf neutralem Boden schien es mir leichter, unser Gespräch auf das Wesentliche zu konzentrieren. Ich kannte mittlerweile Devons Wirkung auf mich und ich war mir hundertprozentig sicher, dass ich nicht in der Lage war, meine vernünftige Seite in das Gespräch einzubringen, wenn ich mit ihm allein in einem Raum sein würde.

Angenehmerweise hatte er ein gewöhnliches Steakhouse gewählt, sodass mich weder Stäbchen noch exotische Aromen vom Wesentlichen ablenken würden. Ich nannte dem Kellner meinen Namen, und er führte mich durch das gut besuchte Restaurant zu einem Tisch, der ein wenig separat stand.

Erst im letzten Moment sah ich, dass Devon schon dort saß und mich genau beobachtet hatte. Nur ich war wieder ahnungslos gewesen, fast wie eine Gazelle, die dem Wasserloch nah gekommen war, ohne rechtzeitig das gut versteckte Raubtier gespürt zu haben.

Doch jetzt fühlte ich seine Nähe umso stärker, und zwar mit jeder Zelle meines Körpers. Die Härchen in meinem Nacken stellten sich auf, und eine Gänsehaut wanderte über meine Arme.

Er trug dunkle Kleidung, so wie er es meistens tat, als wenn er genau wüsste, wie gut ihm dieser Farbton stand.

»Hi, Anya«, sagte er. Seine Stimme drang durch mein Ohr genau in mein Herz, und ich holte erstaunt Luft. Seine Augen leuchteten eindringlich, und ich verlor mich einen Moment in seinem Blick. »Es ist schön, dich wiederzusehen.«

»Hi«, sagte ich und widerstand dem Impuls, wieder aufzustehen und ihn in meine Arme zu ziehen, damit ich seinen kraftvollen Körper ganz nah an meinem spüren konnte. Es waren wenige Tage vergangen, seitdem ich ihn Samstagabend in der *Black Lounge* überrascht hatte, aber mir kam es wie eine Ewigkeit vor, so viel war in dieser kurzen Zeit geschehen.

»Hattest du genug Zeit, um nachzudenken?«, fragte er, während er den Kellner herbeiwinkte. Er kam ja gleich zur Sache, und zwar ohne einen Umweg über diverse Höflichkeiten zu nehmen.

Ich bestellte ein Glas Rotwein, atmete tief durch und versuchte mich zu konzentrieren, um die verwirrende Anziehungskraft seines Körpers auszublenden.

»Das hatte ich«, sagte ich mit fester Stimme, nachdem auch Devon seine Getränkebestellung aufgegeben hatte. Ich würde mich von seiner einschüchternden Ruhe und Gelassenheit nicht nervös machen lassen. Er war es schließlich, der nervös sein sollte nach dem, was er sich geleistet hatte, und nicht ich.

»Und zu welchem Schluss bist du gekommen?« Er musterte mich unentwegt, und in seiner Stimme war nicht die Spur von Anspannung zu hören. »Mein Angebot steht immer noch. Unverändert.« Seine Worte waren ein süßes Versprechen. Wir könnten einfach alles vergessen und weitermachen, als wenn nichts passiert wäre. Ich verlor mich einen Moment in seinem Blick und sah mich selbst plötzlich wieder in seinen Armen liegen, während seine gierigen Küsse auf meiner nackten Haut brannten.

Wie schaffte er es nur, mich so schnell abzulenken?

Und nein! So schnell würde ich ihm nicht vergeben. Seine Rolle im *Black Game* war keine kleine, unbedeutende Sache, auch wenn er sicher überzeugt davon war, dass es nur eine mehr oder weniger wichtige Nebensächlichkeit war.

Jetzt war wohl der Moment gekommen, an dem ich entscheiden musste, ob ich seine Meinung teilen und sein Angebot annehmen konnte. Doch dazu musste ich die Vergangenheit wirklich ruhen lassen.

Nur wenige Worte trennten mich davon, mich wieder in diese rasante und berauschende Affäre zu stürzen, die, nachdem klar war, wie weit Devons sexuelle Wünsche tatsächlich gingen, nur noch wilder werden konnte.

Mein Blick blieb an seinen Händen hängen, die entspannt auf dem Tisch lagen. Mit diesen Händen hatte er mich berührt, aber auch noch so viele Frauen mehr und mit ihnen hatte er Dinge getan, die über mein Vorstellungsvermögen weit hinausgingen.

Der Gedanke ließ mich zögern. Ich traute mir selbst nicht in seiner Gegenwart. Welcher Teil von mir traf hier die Entscheidungen? Mein Herz, mein Kopf oder mein Körper?

Ich spielte den Gedanken schnell durch. Wenn er mir jetzt nahekommen würde, wenn ich seine Haut an meiner spüren würde, seine Lippen auf meinen Brüsten, und er mich im selben Atemzug bitten würde, sofort mit ihm in die *Black Lounge* zu fahren, würde ich es vermutlich tun.

Doch würden mein Herz und mein Kopf am nächsten Morgen mit dieser Entscheidung klarkommen? Ich erschrak vor meinen eigenen Gedanken.

Plötzlich ging mir dieses Gespräch einfach viel zu schnell. Nein, das konnte ich nicht, ich konnte diese Beziehung nicht auf Sex reduzieren, auch mein Herz und mein Kopf mussten damit einverstanden sein.

»Es ist schwer zu begreifen, wie man sich so in den Extremen verlieren kann wie du«, begann ich, um Zeit zu gewinnen, und sah ihn erwartungsvoll an.

»Du kennst mich«, sagte er lediglich. »Hattest du ernsthaft vermutet, dass ich bisher ein biederes Sexualleben geführt habe? Eigentlich hätte es dich nicht überraschen dürfen.«

»Nein, für bieder habe ich dich nie gehalten«, sagte ich. »Aber dass es solche Ausmaße angenommen hat, hat mir ehrlich gesagt Angst gemacht. Bist du sicher, dass es dir reichen würde, dich nur mit mir zu treffen?« Meine Worte spiegelten meine inneren Zweifel nur allzu deutlich wider, und ich glaubte wirklich kaum daran, dass Devon nach dieser Überdosis an sexuellen Extremen zu einem langweiligen Alltag mit nur einer Frau übergehen konnte.

Ich dachte unwillkürlich an Olivia und Tom, deren Sexualleben zwar noch eine letzte Total-Therapie bekam, aber im Prinzip schon scheintot war. Mit so einer Situation würde sich Devon niemals im Leben arrangieren können.

»Ich bin eigentlich froh, dass die Sache herausgekommen ist«, sagte er ganz unvermittelt. »Du weißt jetzt genau, was du von mir erwarten kannst.«

»Ja, ich habe tatsächlich eine Ahnung davon bekommen, obwohl ich ehrlich gesagt nur einen Bruchteil der zwölf Dinge erfahren habe, die du gerne tust.«

»Das können wir ändern«, sagte er und nahm ganz unvermittelt meine Hand in seine. Die Berührung jagte meine Hand hinauf und breitete sich in meinem ganzen Körper aus. »Spürst du diese Energie zwischen uns?«, fragte er mit einem wohligen Seufzen.

»Ja«, hauchte ich fasziniert von dem Prickeln, das sich in meinem ganzen Körper auszubreiten begann. Weswegen war ich eigentlich so schockiert gewesen? Das fühlte sich so unglaublich gut an, dass man alles dafür vergessen konnte.

»Gibt es da noch etwas zu überlegen?«, fragte er mit einem dunklen, lockenden Klang in seiner Stimme.

»Du triffst dich nur noch ausschließlich mit mir?«, fragte ich schnell, bevor ich zu keiner sinnvollen Antwort mehr fähig sein würde.

»Das habe ich gesagt und an mein Wort werde ich mich halten.«

»Du bist dir bewusst, dass Gefühle im Spiel sind, bei dir und bei mir«, erinnerte ich ihn. »Wir wollen beide mehr als nur eine lose sexuelle Verbindung.«

Er zögerte kurz, dann nickte er leicht. »Ja, aber ich kann dir nichts versprechen. Ich habe keine Erfahrung mit solchen Dingen. Ich weiß nur, dass ich gern in deiner Nähe sein möchte und dass ich dich und deine Lust ganz allein für mich haben möchte.« Er flüsterte jetzt wieder, und dadurch gewannen seine Worte eine verführerische Eindringlichkeit. Er beugte sich nach vorn und kam mir so nah, dass ich seinen Atem heiß auf meinen Lippen spürte. Das süße Prickeln war betörend, verlockend und verzehrend zugleich, es weckte Erinnerungen und es weckte auch das Gefühl der Liebe wieder in mir.

»Du darfst mir nicht weh tun«, sagte ich leise und neigte ein wenig den Kopf. »Das werde ich nicht überleben.« Ich meinte nicht den harten Sex, den er bevorzugte, und als er meiner Bewegung folgte, wusste ich, dass er verstanden hatte, dass es um meine Gefühle ging.

»Das habe ich nicht vor«, sagte er. Seine Lippen berührten nun fast meine. »Aber ich bin nicht der Typ für rosa Herzen und schmalztriefende Liebesschwüre. Du weißt, dass du da bei mir an der falschen Adresse bist.«

»Das ist auch nicht das, was ich von dir erwarte«, sagte ich schnell. »Genauso wenig wie du von mir erwarten kannst, dass ich mich in ein Lederoutfit werfe und mit dir in den nächsten SM-Club gehe.«

»Ein reizvoller Gedanke.« Devon strich mit einem Finger an meiner Hand entlang, und ich spürte, wie mir die Wärme in den Kopf stieg und sich meine Gedanken selbständig machten.

»Ich werde versuchen, aufgeschlossen zu sein«, sagte ich kompromissbereit, während der Kellner an den Tisch trat und die Getränke servierte. Nachdem wir unsere Essensbestellung aufgegeben hatten, verschwand er wieder leise und dezent.

»Und ich werde versuchen, deine Gefühle nicht zu verletzen«, setzte Devon unsere Unterhaltung nahtlos fort.

»Wir werden Zeit brauchen«, sagte ich schnell und lehnte mich ein wenig zurück, um wieder Platz in meinem Kopf zu schaffen. Hatte ich gerade wirklich zugestimmt, einen neuen Versuch mit Devon zu wagen?

»Wir haben keine Eile und wenn wir schon gerade dabei sind, unsere Wünsche zu äußern.« Devon grinste. »Ich möchte mit dir in die *Black Lounge* gehen. Vielleicht versuchst du das einmal für mich?«

»Ich weiß, dass du das möchtest, du hast von Anfang an kein Geheimnis daraus gemacht«, sagte ich nachdenklich und begriff langsam, worauf ich mich hier eingelassen hatte.

»Du weißt, dass wir dort viel Spaß haben werden.«

»Ich denke, es ist besser, wir lassen das Thema *Black Lounge* erst einmal ruhen«, sagte ich und hielt inne. Wenn er mich schon überzeugt hatte, dann musste ich wenigstens ein paar von meinen Bedingungen einbringen. »Und dann fangen wir an, uns noch einmal neu kennenzulernen.«

»Du meinst, wir fangen noch einmal von vorn an?«, fragte er skeptisch.

»Ja, Devon. Das ist das Einzige, was ich dir anbieten kann. Wir fangen noch einmal von vorn an. Die Basis zwischen uns muss Vertrauen sein, und dieses Vertrauen muss erst wieder wachsen.« Ich sah ihn eine Weile schweigend an, während er über meinen Vorschlag nachdachte.

Dann sagte er leise: »Einverstanden. Ich nehme alles, was ich von dir bekommen kann, auch wenn es nur so wenig ist.« Sein Blick war voller Wärme, und ein Lächeln schlich sich auf seine Lippen.

»Es ist nicht wenig«, erwiderte ich. »Ich habe beschlossen, mein Leben zu ändern und mehr Risiken einzugehen. Für mich ist das eine ganze Menge.«

»Und wie bist du zu dieser Erkenntnis gelangt?«, fragte er, und ich sah die Neugier in seinem Gesicht.

»Ich habe George wiedergesehen und festgestellt, dass ich viel zu lange an der Vergangenheit gehangen habe. Ich habe so viel von meinem eigenen Leben verpasst. Das muss ich nachholen.«

»Aha.« Devon grinste. »Ich hatte nicht gedacht, dass du gerade in Minnesota zu dieser Erkenntnis kommst, aber ich kann dir nur zustimmen.«

»Ja, jahrelang habe ich mich eingeigelt und meine Lebenszeit damit vergeudet, einer verpassten Chance hinterherzutrauern.« Ich sah ihn entschlossen an.

»Ich bin beeindruckt«, erwiderte Devon jetzt. »Das klingt, als ob du mich endlich verstehst.«

»Vielleicht tue ich das«, sagte ich langsam. »Ich will einen Neuanfang mit dir, auch wenn uns niemand auf der Welt garantieren kann, dass das wirklich gutgeht. Vielleicht schaffen wir es ja gemeinsam, einen Mittelweg zu finden, irgendwo zwischen Langeweile und Todesangst.« Ich hatte mich zu ihm gebeugt.

»Ich bin süchtig nach dir, das muss ich dir vorher gestehen«, sagte er, und nun sah ich, dass diese Worte seine Gelassenheit durchbrachen. Sein Blick war ernst. »Und Geduld gehört auch nicht unbedingt zu meinen Stärken. Manchen Verlockungen kann ich mich nur schwer entziehen.«

»Wir werden nichts überstürzen«, entgegnete ich. »Ich muss wissen, wer du bist, Devon Draper.«

»Auch wenn Langsamkeit nicht mein bevorzugtes Tempo ist, werde ich deinen Wunsch respektieren«, sagte Devon bedächtig.

»Gut, dann auf unseren Neuanfang.« Ich hob mein Glas, und Devon stieß mit mir an.

»Auf den Neuanfang.« Er ließ mich nicht aus den Augen, beobachtete mich unentwegt mit seinem brennenden Blick, bis ich mein Glas mit einem leichten Zittern wieder auf dem Tisch abstellte. Mir war klar, dass er sich meinen Wünschen gebeugt hatte. Anstatt nahtlos anzusetzen, hatte ich auf einen Neuanfang beharrt, auf ein behutsames Kennenlernen, und ich wusste, dass ich damit eine von seinen Grenzen überschritten hatte.

»Wir sollten darum würfeln, was wir heute Nacht noch unternehmen«, sagte er mit einem verführerischen Lächeln auf den Lippen, und ich begriff, dass er die Würfel noch immer in der Tasche trug.

»Heute Abend sollten wir es bei einem Abendessen belassen«, erwiderte ich, obwohl es mir schwerfiel, seinem Angebot zu widerstehen. Doch wir hatten soeben beschlossen, es langsam angehen zu lassen, und es war sicher keine gute Idee, das *Black Game* in mein Schlafzimmer zu verlegen.

Das gefährliche Blitzen in Devons Augen raubte mir den Atem. Was hatte ich nur getan? Die Jagd auf mich war wieder eröffnet. Das wurde mir schlagartig klar, als ich den brennenden Blick sah, mit dem er mich musterte.

»Was wäre, wenn ich heute bei dir übernachte?«, fragte er mit samtener Stimme, und mir stockte der Atem.

»Mach es mir nicht so schwer, Devon«, flüsterte ich und versuchte der Verlockung dieses Mal nicht zu erliegen. Ich schloss kurz die Augen und atmete tief durch. »Meine Antwort lautet: Nein«, sagte ich schließlich mit fester Stimme, und ein mir unbekanntes Machtgefühl ergriff mich, als ich den entschlossenen Ausdruck in seiner Miene wahrnahm.

»Anya Summers, wir sollten uns tatsächlich noch einmal neu kennenlernen«, flüsterte er dunkel. »Du offenbarst ganz neue Facetten, und das macht mich sehr, sehr neugierig.« Er nahm meine Hand und küsste leicht meinen Handrücken. Seine Berührung war fatal, ein Schauer raste meine Haut entlang, und ich wünschte mir plötzlich, seine Lippen überall spüren zu können. Warum war es auf einmal nur so schwer, meinem eigenen Vorsatz treu zu bleiben? Ich musste mich gegen die Übermacht seiner Verführungskünste zur Wehr setzen.

»Ja, Mr. Draper«, erwiderte ich mit einem provokanten Unterton in meiner Stimme und ich sah in seinem erstaunten Blick, dass ich den richtigen Ton getroffen hatte. »Ich melde mich bei Ihnen, wenn ich wieder Zeit für Sie habe.« Ich betonte lasziv jedes Wort und als ich dieses gierige Brennen in Devons Augen aufblitzen sah, musste ich lächeln.

»Du hast beschlossen, mich mit meinen eigenen Mitteln zu quälen«, stöhnte er. »Das ist nur fair, und im Moment werde ich nicht darauf bestehen, mich gleich heute Nacht für deine kleinen Frechheiten zu revanchieren.«

»Dazu wirst du auch keine Gelegenheit bekommen, denn heute Abend schlafe ich allein in meinem Apartment.«

»Natürlich«, erwiderte Devon, doch sein Blick war noch immer unverändert dunkel. Er grübelte darüber nach, wie er die Schlacht noch gewinnen konnte.

In diesem Moment kam der Kellner mit dem Essen, und ich war froh über die Unterbrechung. Ich wusste, dass ich Devons Verführungskünsten nicht gewachsen war und er nur genügend Zeit brauchte, um mich umzustimmen. Ich mied seinen Blick und widmete mich in aller Ruhe meinem Steak.

»Und du bist ganz sicher, dass ich heute nicht bei dir übernachten soll?«, fragte Devon ganz unvermittelt nach einer Weile, und ich spürte sein Knie unter dem Tisch, das sich sacht zwischen meine Beine drängte.

Ich sah zu ihm auf und schaute in das Blau eines wolkenlosen Tages in Minnesota.

»Ganz sicher.« Ich lächelte und versuchte das erregende Pochen in meiner Mitte zu ignorieren.

Er beugte sich zu mir und legte einen Finger unter mein Kinn, und endlich spürte ich seine Lippen auf meinen, weich, warm und zärtlich. Er schmeckte nach Rotwein und Sünde – eine gefährliche Mischung.

»Ganz sicher?«, fragte er dunkel, und das Vibrieren in seiner Stimme löste eine Flut verlockender Gefühle in mir aus.

Heute durfte ich nicht schwach werden.

»Ja«, sagte ich klar und deutlich und lehnte mich zurück. Dann hob ich mein Glas und nahm einen Schluck Rotwein.

»Du weißt doch, Lust muss reifen und Tiefe entwickeln«, erinnerte ich ihn und mich an seine eigenen Worte.

»Das tut sie schon«, flüsterte er heiser, und ich wusste, dass wir auf dem richtigen Weg waren.

KAPITEL 6

Devon war nicht da, als mich der Wecker am Mittwochmorgen pünktlich aus dem Schlaf riss. Dennoch machte mich dieser Gedanke nicht unglücklich, wie er es in den vergangenen Wochen so oft getan hatte.

Die Unsicherheit darüber, ob Devon die Sache zwischen uns wirklich ernst war, war von mir gewichen. Er hätte das *Black Game* nicht aufgegeben, wenn ihm nichts an mir liegen würde.

Nachdenklich drehte ich mich auf den Bauch. Die dringlichste Frage, die mich wirklich beschäftigte, war die, zu welcher Art von Beziehung Devon in der Lage war und ob das, was er mir geben konnte, mich glücklich machen würde.

Ich hatte nicht einmal eine Ahnung, wie ich das nennen sollte, was zwischen uns passierte. Für eine Affäre war es zu viel und für eine klassische Beziehung noch viel zu wenig. Doch es kam einer Beziehung wohl viel näher als einer Affäre.

Sex war für ihn immer der maßgebende Teil einer Beziehung gewesen. Aber was passierte, wenn der Reiz des Neuen irgendwann verflogen war und sich der Alltag in eine Beziehung schlich?

Würde sich zwischen uns etwas Tiefes und Bleibendes entwickeln, das dann an diese Stelle trat?

Doch ungeachtet meiner Zweifel und der unsicheren Begrifflichkeiten breitete sich ein warmes Gefühl in meinem Bauch aus. Ich würde ihn nur für mich haben, und nicht nur das. Er würde bald bei mir übernachten, und wenn ich ihm gegenüber weiter so unnachgiebig blieb, würde er mich wohl wieder darum bitten, und ich würde seiner Bitte irgendwann nachgeben und nicht umgekehrt. Was für ein Triumph!

Eine gelöste Heiterkeit ergriff mich, und ich sprang energiegeladen aus dem Bett, um in meine Laufsachen zu schlüpfen. Mittlerweile war es Hochsommer in New York geworden, und die Tage wurden heiß. Am frühen Morgen war es im Central Park noch angenehm kühl und die Luft halbwegs frisch.

Ich lief gemütlich die Straße entlang und fiel dann bald in einen zügigen Laufschritt. Betty kam mir entgegen, so wie jeden Morgen, und auch Rick Charles grüßte mich an der üblichen Stelle. Es war beinahe so wie immer, aber eine Kleinigkeit war doch anders, und das war ich.

Die Temperaturen stiegen mit dem Stand der Sonne, und ich konnte es kaum erwarten, unter die Dusche zu kommen. Hoffentlich funktionierte die Klimaanlage im Büro. Trevors schwitzende Glatze und die sich im Laufe des Tages stetig ausbreitenden feuchten Flecken auf seinem Hemd waren ein Anblick, auf den ich gut und gern verzichten konnte.

Auf dem Gang zu meinem Apartment war noch alles ruhig. Ich schloss die Tür auf und ging unter die Dusche. Während das heiße Wasser an mir herablief, überlegte ich, wann ich Devon anrufen sollte, um ein neues Treffen zu vereinbaren. Im Laufe des Tages sollte ich mich auf jeden Fall melden, und am Wochenende konnten wir wieder ausgehen und weiter daran arbeiten, uns besser kennenzulernen.

Ich grinste zufrieden und stieg aus der Dusche. Gerade als ich mich in ein dickes Handtuch wickelte, hörte ich ein ungeduldiges Klopfen an der Tür.

Das konnte nur Sarah sein. Sicher wollte sie wissen, wie der gestrige Abend verlaufen war und ob ich es geschafft hatte, den Sexgott von Manhattan exklusiv an mich zu binden. Das war allemal ein guter Grund, um heute Abend mit ihr und Olivia eine Flasche Champagner zu öffnen.

Ich hatte die gute Nachricht schon auf den Lippen, als ich die Tür öffnete. Doch anstatt in Sarahs graue Augen blickte ich in ein stürmisches Blau.

»Devon!«, sagte ich erstaunt und wurde mir in diesem Moment gewahr, dass ich nur in ein knappes Handtuch gehüllt war.

»Guten Morgen, Anya«, sagte er leise, und ein hungriges Lächeln glitt über seine Lippen, während sein Blick an meinem Körper hinabglitt. Schlagartig breitete sich ein warmes Gefühl in meinem Bauch aus, und ich fühlte deutlich, wie mir die Hitze ins Gesicht stieg. Allein sein Blick war eine halbe Berührung, intensiv genug, um mich einen Moment vergessen zu lassen, wo ich mich befand.

Das war nicht gut, schoss es mir in den Kopf, unser zartes ausgeglichenes Machtgefälle geriet gerade völlig aus der Balance.

Doch es war zu spät. Mit einem Schritt stand er in meinem Apartment. Das leise Geräusch der ins Schloss fallenden Tür nahm ich nur noch ganz entfernt wahr.

»Hast du mit mir gerechnet?«, fragte er, und ich spürte seinen Blick wieder auf meinem knappen Handtuch liegen.

»Offen gestanden nein. Ich dachte, wir wollten es langsam angehen lassen und uns besser kennenlernen«, erwiderte ich leise, ohne den Blick von seinen Lippen zu nehmen, die gefährlich nah an meinen waren. »Ich sollte dich wieder wegschicken.« Ich hörte selbst, dass meine Gegenwehr ziemlich schwach klang.

»Vermutlich, denn ehrlich gesagt bin ich gekommen, um dich zu ficken«, sagte er ruhig. »Ich habe eine Nacht über unser Gespräch geschlafen und festgestellt, dass ich keine Lust darauf habe, mich in irgendeiner Art zu bremsen. Wenn ich Lust habe, dich zu sehen, dann komme ich vorbei, und wenn ich Lust habe, dich zu ficken, dann tue ich es. Du weißt, dass mir meine eigene Entscheidungsfreiheit sehr am Herzen liegt.«

»Ich weiß«, sagte ich gedehnt. Mein Herz begann zu rasen, vor Freude, vor Erregung und vor Ungeduld zugleich. Gleichzeitig war seine direkte Ankündigung eine Provokation ohnegleichen, der ich eigentlich nicht nachgeben sollte. Doch dieser Mann war eine Versuchung, gegen die ich mich nur schwer zur Wehr setzen konnte, und wenn ich ganz ehrlich war, wollte ich es auch nicht. Nur durch reine Willenskraft hatte ich es gestern geschafft, seinen Avancen zu widerstehen. Aber es war alles klar zwischen uns, es gab im Moment keinen Grund, gegen diese starke Verlockung anzukämpfen.

»Außerdem liegt es mir auch sehr am Herzen, dass du glücklich und zufrieden mit unserem Arrangement bist.« Er strich mit einem Finger an meiner Wange entlang. »Ich habe deine Bedürfnisse schon viel zu lang vernachlässigt.«

»Ich war nicht in der Stadt«, erwiderte ich. »Arrangement? So nennst du also das, was zwischen uns ist?«

»Nein, da ist mehr«, sagte er nachdenklich. »Als du in Minnesota warst und es unklar war, wie du dich entscheiden würdest, da wurde mir erst wirklich klar, wie sehr ich dich vermisse. Ich bin froh, dass du dich für mich entschieden hast.«

»Ich bin froh, dass du dich gegen das *Black Game* entschieden hast.«

»Anya«, sagte er eindringlich, »ich bin das *Black Game* und ich werde es weiterspielen, und zwar mit dir.«

»Ich weiß nicht, ob ich das kann, was du von mir möchtest«, entgegnete ich zweifelnd und begriff mit klopfendem Herzen, was auf mich zukommen würde.

»Wir lassen es langsam angehen.« Er beugte sich zu mir und küsste zart meine Lippen. Dann wanderten seine Küsse zu meinem Hals, und er leckte sanft an meinem Ohrläppchen. »Glaube mir, du wirst es genießen, und wir können sofort damit anfangen.« Seine Stimme klang dunkel und verlockend, und mir entwich ein sehnsuchtsvolles Seufzen.

»Mmh«, sagte ich nachdenklich und längst bereit, mich darauf einzulassen. Dennoch musste ich wenigstens versuchen, meinen Stolz noch eine Weile zu wahren. Ich spürte das Zucken eines spöttischen Lächelns in meinem Mundwinkel, und das fühlte sich ziemlich gut an. Ich wand mich aus seiner Umarmung und trat einen Schritt zurück.

»Vielleicht mag ich es heute ganz sanft«, sagte ich und spitzte die Lippen, wie ich es oft bei Sarah sah, ein süßer, unwiderstehlicher Schmollmund. Sanft strich ich mit meiner Hand an seiner Wange entlang. Die Bartstoppeln kratzten an meiner Haut und hinterließen ein leichtes Summen.

»Dann wirst du jetzt nicht bekommen, was du dir wünschst«, sagte Devon leise und mit einem dunklen Knurren in der Stimme. Mit einer schnellen Bewegung riss er mir das Handtuch vom Körper.

»Mmh!«, seufzte er mit einem verführerischen Lächeln auf den Lippen, während er seine Hände fest um meine Brüste schloss.

Ich keuchte überrascht auf, unfähig, mich zu bewegen.

»Gut so?«, fragte er.

Ich nickte hastig und drängte mich an ihn. Das warme Brennen in meiner Mitte strafte meine Zurückhaltung Lügen.

»Das hat mir so sehr gefehlt.« Devon sah mich durchdringend an, und der liebevolle und zugleich hungrige Blick, der mich traf, raubte mir den Atem. »Komm!« Er nahm meine Hand und zog mich in mein Schlafzimmer. Dort warf er alle Kissen und Decken zu Boden und zog mich auf die Matratze.

Während ich nackt war, trug er immer noch ein weißes Hemd und eine schwarze Anzughose. Das Machtgefälle war wieder an seiner üblichen Stelle. Wie hatte ich nur einen Moment denken können, dass ich die Zügel in der Hand hatte?

»Möchtest du würfeln, damit ich eine Inspiration bekomme?«, fragte er und küsste leicht und weich meine Lippen, während er mit einem Finger an meinem Ohr entlangstrich, über meinen Hals und weiter hinab zu meinen Schultern. Präzise und langsam fuhr er der Rundung meiner Brüste nach, und ich schloss seufzend die Augen. Ich spürte seinen Finger über meinen Bauch streichen und schließlich zwischen meinen Beinen verschwinden.

»Nein danke«, sagte ich spöttisch. »Ich vertraue ganz auf deine spontane Kreativität.«

»Ah!«, fuhr ich überrascht zusammen, als er mit seinen Fingern ruckartig in mich eindrang und mich schnell und geschickt massierte.

»Ich glaube, es wäre eine gute Idee, wenn du heute die Devote spielst«, sagte er nachdenklich, während er immer schneller und fester zustieß. »Ich denke, du hast vergessen, mit wem du einen Pakt geschlossen hast. Eine kleine Lektion zum Thema Gehorsam und Demut wird dir guttun. Hast du etwas dagegen einzuwenden?«

Ich keuchte, während süße Wellen durch meinen Körper rollten.

»Ich habe dir eine Frage gestellt!«, sagte er drohend, und ich spürte seine Lippen an meinen Brustwarzen. Er leckte ganz zart darüber und drang dabei mit seinen Fingern unablässig in mich ein. »Möchtest du heute Morgen meine persönliche Untergebene sein?«

Ich versuchte zu antworten, dass ich mir nicht so richtig sicher war, ob ich so etwas konnte. Doch bevor ich mich konzentrieren konnte, um meine Antwort zu formulieren, hatten seine Zähne schon meine Brustwarze umschlossen, und er biss fest zu.

»Ja«, schrie ich überrascht auf, Schmerz und Erregung wechselten einander ab und vermischten sich auf betörende Weise. »Jajaja!«, wimmerte ich, während der Druck auf meine Brustwarze immer fester wurde. »Ich mache alles, was du willst.« Ich wand mich, soweit es meine fixierte Brustwarze zuließ, während er unablässig, schnell und geschickt seine Finger in mich stieß. Was hatte ich mir nur dabei gedacht, ihn so zu provozieren?

Langsam lockerte sich der Druck seiner Zähne, und ich atmete hektisch ein und aus, während der Schmerz verklang.

»Wunderbar«, sagte er schmeichelnd, und auch die Bewegung seiner Hand wurde langsamer. »Du wirst es nicht bereuen.«

»Nicht aufhören«, bat ich.

»Das musst du dir erst verdienen«, sagte er vielversprechend, und mir wurde mulmig zumute. »Steh auf und knie dich mit gespreizten Beinen neben das Bett!«

Der Schmerz war noch nicht ganz verklungen, und ich beeilte mich, seinen Wunsch zu erfüllen. Schnell stand ich auf und kniete mich neben mein Bett, ganz so wie es Devon von mir verlangt hatte. Worauf hatte ich mich jetzt nur wieder eingelassen? Hatte ich wirklich geglaubt, dass das *Black Game* nicht über kurz oder lang in meinem Schlafzimmer stattfinden würde?

»Ich wusste doch, dass dir diese Rolle liegt. Das sieht sehr gehorsam aus«, sagte er mit einem zufriedenen Lächeln, während er aufstand und vor mich trat. Aus seiner Hosentasche zog er ein kleines Etui und öffnete es. »Gib mir deine Hand«, forderte er mich ohne Umschweife auf.

Als ich meinen Arm hob und ihm entgegenstreckte, streifte er mir ein schmales silbernes Armband um das Handgelenk, an dem ein Glöckchen hing, das bei jeder Bewegung klimperte und klingelte.

»Ich möchte, dass du deine Arme jetzt hebst und die Hände hinter deinem Kopf verschränkst.« Er betrachtete mich genüsslich von oben und genoss sichtlich die Perspektive.

Ich folgte seiner Anweisung und spürte genau, dass in dieser Position meine Brüste weit nach vorn gestreckt waren. Außerdem klingelte das Glöckchen an meinem Handgelenk schon bei der kleinsten Bewegung.

»Was für ein atemberaubender Anblick«, seufzte Devon und strich mir sanft über die Brustwarzen. Dennoch zuckte ich unter seiner Berührung zusammen, und sofort klingelte es. »Du bist wunderschön, Anya, und heute werde ich beginnen, dich zu einer sanften und hingebungsvollen Liebhaberin zu erziehen. Es soll dir Freude bereiten, mir zur Verfügung zu stehen und meine Wünsche widerspruchslos und schnell zu erfüllen. Deswegen werde ich dich belohnen, wenn du deine Aufgabe erfüllst, und ich werde dich bestrafen, wenn du es nicht schaffst.«

Ich nickte ergeben und zugleich neugierig, was er sich wohl ausgedacht hatte. Es musste etwas mit diesem Armband zu tun haben, und da er es schon in seiner Hosentasche gehabt hatte, war er mit dem festen Vorsatz hierhergekommen, um heute seine dominante Ader voll auszuleben. Der gestrige Abend fiel mir wieder ein. Das war wohl die angekündigte Revanche und sie hatte nicht lange auf sich warten lassen.

»Deine Aufgabe ist es, dich nicht zu rühren, bis ich mich komplett ausgezogen habe«, sagte er mit einem erwartungsvollen Lächeln auf den Lippen. »Schaffst du das, dann werde ich dir sofort einen atemberaubenden Orgasmus schenken und dich so für deinen Gehorsam belohnen. Schaffst du das nicht, dann werde ich dich bestrafen, bevor ich dich ficke. Das ist wichtig, damit du lernst, dass du mit mir keine Spielchen spielen sollst. Los geht's!« Er beugte sich zu mir hinab und küsste mich zart auf die Lippen.

Ich fragte mich gerade, was das Komplizierte an dieser Aufgabe sein sollte, als Devon in Zeitlupentempo begann, einen Knopf seines Hemdes nach dem anderen zu öffnen. Beim vierten Knopf wusste ich, worauf er hinauswollte, denn in meinen Oberarmen begann es ganz langsam zu ziehen, und auch in meinen Rückenmuskeln machte sich ein leichtes Zittern bemerkbar. Die unbequeme Position sorgte auch dafür, dass mir langsam, aber sicher die Knie schmerzten. Die knapp sechs Meilen lange Strecke, die ich heute Morgen schon gelaufen war, reichte eigentlich aus, um sich ausreichend auszupowern. Dieses zusätzliche Kraftpensum, das Devon hier von mir erwartete, würde ich nur unter größter Anstrengung bewältigen können.

Doch er spielte auf Zeit, wohl wissend, dass ich heute Morgen schon ein Lauftraining absolviert hatte und nicht ewig in dieser Position verharren konnte. Während Devon endlich alle Knöpfe seines Hemdes geöffnete hatte und es von den Armen streifte, beobachtete er mich gespannt und erwartungsvoll.

»Gibst du auf?«, fragte er.

»Nein«, sagte ich lächelnd. »Ich kann mir doch den Orgasmus nicht entgehen lassen.« Meine Knie schmerzten immer unerträglicher, und ich spürte, dass es nicht mehr lange dauern würde, bis mich meine Muskulatur im Stich lassen würde und irgendein Körperteil zu zittern begann. »Erregt es dich, mich zu bestrafen?«, fragte ich.

Devon legte in aller Ruhe seine Hose ab und zog seine Schuhe und Strümpfe aus. Nachdem er alles ordentlich auf einem Stuhl neben meinem Kleiderschrank abgelegt hatte, wandte er sich wieder mir zu. Er trug nur noch seine Boxershorts, und ich fragte mich, wie lange es wohl dauern würde, bis er sie endlich ausziehen würde. Mein Blick glitt über seine muskulöse Brust, die kräftigen Oberarme und blieb schließlich an seinen gut definierten Bauchmuskeln hängen.

»Ja«, sagte er schließlich, als er meinen Blick bemerkte. »Es erregt mich, dass du mir gehörst und du dich mir unterordnen wirst. Das hat es schon von Beginn an getan. Ich mag es, alles im Griff zu haben, und ich weiß, dass es dich erregen wird, wenn ich dich bestrafe und dich danach ficken werde. Wenn du das nicht möchtest, ist das jetzt deine letzte Gelegenheit, um auszusteigen.« Ohne den Augenkontakt zu unterbrechen, ging er langsam in die Knie und blieb schließlich vor mir hocken. Sein Blick faszinierte mich, hungrig, neugierig und voller dunkler Versprechen musterte er mich unentwegt.

Ich erinnerte mich an den Moment im Auto, als er mit mir zur *Black Lounge* fahren wollte und es doch nicht getan hatte, weil ich kalte Füße bekommen hatte. Wir waren wieder an derselben Stelle, an einer Grenze, und wenn ich Devon als Freund haben wollte, dann musste ich mich mit dieser Seite seines Wesens arrangieren. Ich wollte mutiger sein und neue Erfahrungen sammeln, und das war die Gelegenheit, ein Stück in seine Welt einzutauchen und ihn noch besser kennenzulernen, vermutlich noch besser, als wenn wir nur miteinander reden würden.

Während ich noch den Gedanken weiterverfolgte, war Devons rechte Hand an der Innenseite meines Oberschenkels entlanggewandert. Mein Atem ging unwillkürlich schneller, während er den Blickkontakt mit mir nicht abbrach.

Seine Lippen näherten sich meinen, während gleichzeitig seine Finger an meiner empfindlichsten Stelle angelangt waren und mich sanft zu massieren begannen.

»Devon …«, keuchte ich. Er sah mich an und legte einen Finger auf seine Lippen. In mir zog sich alles in lustvoller Erwartung zusammen. Ich spürte die Hitze und Feuchtigkeit in meiner Mitte und ich wusste, dass Devon sie ebenso bemerkt hatte.

»Was ist, wenn ich gewinne?«, fragte ich mit abgehacktem Atem.

»Möchtest du denn gewinnen oder bist du gar nicht neugierig, was passiert, wenn du verlierst?« Er drang mit seinen Fingern in mich ein, immer wieder, immer fester, während die Muskeln in meinen Oberschenkeln zu zucken begannen.

Noch hatte ich eine Chance, es durchzuhalten. Devon zog sich wieder zurück und richtete sich ganz langsam auf. Dann begann er in aller Ruhe seine Boxershorts abzustreifen.

Und plötzlich packte es mich. Ich musste es wissen. Wenn Hunderte Frauen in diese Lounge gekommen waren, um zu erleben, wie Devon sie in die devote Rolle drängte, dann musste es ein atemberaubendes Erlebnis sein. Ob es das Richtige für mich war, konnte ich nur herausfinden, wenn ich es tat.

Ich sah Devon fest in die Augen, hob meinen Arm und schüttelte ihn, bis das Glöckchen hell und klar erklang.

In dem Moment, in dem der Ton durch den Raum schallte, sah ich das begeisterte Aufflackern in Devons Gesicht und den sich langsam ausbreitenden Triumph.

Um meine Entscheidung noch deutlicher zu machen, richtete ich mich auf und zog ihm mit einem schnellen Ruck die Boxershorts hinunter. Bevor er sich von der Überraschung erholen konnte, hatte ich ihn schon in den Mund genommen und saugte fest an seiner Erektion.

Ihm entfuhr ein überraschter Laut, als ich ihn in meinen Mund hinein- und wieder hinausgleiten ließ. Immer wieder und immer tiefer. Ich spürte, wie seine Erregung ins Endlose wuchs, wie sein Körper immer heißer wurde und seine Haut zu brennen schien.

Er stöhnte unbeherrscht, und als ich mir sicher war, dass ich ihn fest in der Hand hatte, beschloss ich, ihn noch ein wenig mehr zu quälen. Gerade als ich meinte, dass er kurz davor war zu kommen, stoppte ich meine Liebkosungen und sah ihn herausfordernd an.

»Und nun?«, knurrte ich, nahm ihn wieder in den Mund und biss leicht zu.

Ich blinzelte nach oben und sah das gefährliche Blitzen in seinen Augen. Meine Provokation trieb ihn an die Grenze seiner Selbstbeherrschung. Ich biss fester zu.

»Anya!«, keuchte er rauh, und dieser Ton erregte mich. Ich lockerte meinen Biss und leckte ihn sanft. Er nutzte den Moment und trat einen Schritt zurück. Dann holte er mehrmals tief Luft, um sich zu sammeln, und zog seine Boxershorts wieder an. »So verlockend das ist, aber es wird dich nicht retten. Du hast dieses Spiel leider verloren. Steh auf!«, sagte er, und ich folgte langsam seiner Aufforderung, streckte meine Glieder und blieb schließlich vor dem Bett stehen. Sein Blick leuchtete vor Entschlossenheit und vor Vorfreude. »Wirst du deine Strafe akzeptieren?«

»Ja, Sir«, sagte ich und schlug die Augen nieder, wie ich es der Situation als angemessen empfand.

»Du bist ein Naturlatent. Ich sagte doch, dass dir diese Rolle liegt. Knie dich auf das Bett«, befahl er mit rauher Stimme. »Für dein Verhalten halte ich zwölf Schläge für angemessen.«

Mit einem flauen Gefühl der Erregung begab ich mich in die Position, die er von mir gefordert hatte. Bevor ich weiter darüber nachdenken konnte, was nun passieren würde und wie ich die Bestrafung, die er für mich angedacht hatte, ertragen würde, sauste schon seine Hand das erste Mal auf meinen Po hinab. Der Schmerz folgte mit einer kleinen Zeitverzögerung, und ich keuchte überrascht auf. Es tat verdammt weh, und die Haut auf meinem Po glühte sofort.

Doch gleichzeitig hallte der Schmerz in meiner Mitte wider, und ich spürte, wie ich feucht wurde.

Der zweite und dritte Schlag folgte sofort, und mein Keuchen ging in ein heiseres Zischen über. Verdammt, war das heiß und hart zugleich! Ich war mir plötzlich nicht mehr sicher, ob ich das wirklich aushalten würde.

»Schrei ruhig«, sagte Devon, und ich hörte die wachsende Erregung in seiner Stimme.

»Niemals«, zischte ich. Diese Genugtuung würde ich ihm nicht gönnen.

Schlag vier und fünf waren fester, und mir entwich ein heiseres Keuchen, während ich ein Beben in meinen Oberschenkeln spürte.

Devon verteilte die Schläge gleichmäßig auf meinem Po, und mittlerweile spürte ich das schmerzhafte Glühen überall.

Bei Schlag sechs und sieben musste ich in allerhöchster Beherrschung die Zähne zusammenbeißen, um dem Schmerz nicht durch einen Schrei Luft zu machen. Meine Atmung ging schneller, und der Schmerz mischte sich mit meiner Erregung. Plötzlich spürte ich Devons Finger sanft über meinen Po streichen. Seine Finger glitten tiefer, und er drang schnell in mich ein.

»Ah«, keuchte ich überrascht auf, während er in einem schnellen Rhythmus in mich hineinstieß. Meine Anspannung löste sich, diese Erregung war tiefer und drängender, als ich es je vorher erlebt hatte.

»Sehr gut«, knurrte Devon, »das hätten wir schon viel eher machen sollen.« Er massierte mich sanft, und ich drängte mich seiner Hand entgegen. Nur noch ein kleines bisschen und ich würde in einem riesigen Orgasmus vergehen, der vermutlich nie wieder aufhören würde.

Doch plötzlich verschwanden seine Finger, und beinahe im selben Augenblick spürte ich seine Hand auf meinen Po hinabsausen. Der Schmerz war fatal, ich glaubte beinahe zu zerspringen und zuckte zusammen.

»Halte deine Position!«, drohte Devon. »Sonst beginne ich wieder von vorn.« Schlag neun und zehn ertrug ich mit zusammengebissenen Zähnen und ohne zu zucken, doch das verräterische Beben und Zittern in meinen Oberschenkeln wurde immer stärker.

»Gleich hast du es geschafft«, flüsterte Devon an meinem Ohr. Schlag elf traf mich so heftig, dass mir die Tränen in die

Augen traten und mir ein Wimmern entwich. Devons Hand streichelte sanft über die glühende Stelle, während ich zitterte und bebte.

»Bist du bereit für den letzten Schlag?«, fragte Devon sanft und ließ dabei seine Finger in mich hinein- und wieder hinausgleiten. Ich keuchte voller Erregung, diese Mischung war hochexplosiv.

»Ja.« Meine Stimme zitterte, und ich spürte, wie verräterische Tränen meine Wangen hinabliefen.

Devon hatte sich den Höhepunkt tatsächlich bis zum Schluss aufgehoben. Der letzte Schlag offenbarte, dass er bisher mit mir zart umgegangen war. Ich glaubte beinahe zu explodieren, als mich klatschend der letzte Schlag traf.

Ich schrie auf, und doch schien mir mein eigener Schrei ganz fremd. Das Zittern übertrug sich auf meinen ganzen Körper. Während meine Atmung ganz langsam wieder abflachte, begann ich zu erahnen, dass Devon sonst ganz andere Sessions abhielt.

»Du hast dich gut geschlagen«, sagte er. »Dreh dich auf den Rücken. Es wird Zeit, dass ich dich ficke«, knurrte er.

Ich wischte meine Tränen ab und ließ mich langsam sinken, dann legte ich mich vorsichtig auf meinen Rücken. Die Haut an meinem Po glühte und schmerzte, und gleichzeitig konnte ich es nicht erwarten, ihn in mir zu spüren, damit er mich von dieser Anspannung erlöste.

Mit seinen Knien spreizte er meine Beine und drang hart in mich ein.

Es war unglaublich, meine Erregung schien sich vervielfältigt zu haben. Bei jedem seiner kraftvollen Stöße hörte ich mich selbst lustvoll aufschreien. Ich fühlte mich wie in Trance, enthemmt und frei. Meine Erregung schien Devon noch weiter anzustacheln. Fest und hart stieß er immer wieder in mich. Ich schloss die Augen und hielt mich an ihm fest, während er meine Lust immer weiter anpeitschte.

Ich wusste nicht, wie viel Zeit vergangen war, doch als er sich aufbäumte und erneut stöhnend in mich versenkte, entlud sich mein Orgasmus.

Die Wellen waren länger und größer, als ich es mittlerweile gewohnt war, und sie erfassten meinen ganzen Körper.

Ich schrie wieder, aber dieses Mal war es nicht der Schmerz, sondern die durch den Schmerz um ein Vielfaches angepeitschte Lust, die sich jetzt entlud.

Eine weitere Welle erfasste mich, trug mich weiter, während ich bebte und keuchte. Er spürte meinen Höhepunkt und stieß fester zu, verlängerte ihn und kam dann selbst.

Erschöpft ließ sich Devon neben mich sinken, und auch ich erlaubte mir, zur Ruhe zu kommen. Schwer lag ich in meinem Bett, spürte Devons warmen Atem auf meiner Haut und ließ die Szene, die eben passiert war, noch einmal Revue passieren. Wow! Das war verrückt, außergewöhnlich und unglaublich heiß. Mein ganzer Körper glühte und brannte.

»Ich bin stolz auf dich«, sagte Devon leise, drehte sich auf die Seite und sah mich an. »Du hast endlich losgelassen. Ich kann es noch gar nicht glauben. Herzlich willkommen in meiner Welt.«

»Danke«, sagte ich. Mehr fiel mir vor Überraschung gar nicht ein.

Devon lachte laut. »Du bist ja völlig durcheinander. Komm, frage mich etwas, das bringt dich wieder ins Hier und Jetzt zurück.«

»Okay«, erwiderte ich und überlegte eine Weile, bis mir etwas Brauchbares einfiel. »Erzähl mir von den Würfeln«, bat ich. Ich musste noch mehr davon haben von diesem wilden, tabulosen Sex.

Devon sah mich erstaunt an, fast so, als ob es ihn wunderte, dass ich doch keinen großen Bogen mehr um das Thema machen wollte. »Gern, nichts lieber als das. Ein paar Themen haben wir schon abgearbeitet, aber da gibt es noch so einiges, von dem du noch nichts weißt.«

»Erzähl mir alles«, bat ich.

Devons prüfender Blick ließ einen kühlen Schauer über meinen Rücken wandern. »Sicher?«, fragte er und musterte mich gespannt. »Dein Sinneswandel kommt plötzlich.«

»So plötzlich nun auch wieder nicht. Erzähl mir davon, ich glaube, du hast mich heute wirklich neugierig gemacht.« Ich musste grinsen. »Ich verspreche dir auch, nicht davonzulaufen oder irgendeine meiner Entscheidungen rückgängig zu machen. Egal was du jetzt erzählst. Wie habt ihr gewürfelt, und wofür stehen die Zahlen?«

»Also gut.« Er drehte sich auf den Rücken und sah zur Decke. »Du darfst dir die Würfel und ihr Ergebnis nicht als unverrückbare Regieanweisung vorstellen. Es ist mehr ein roter Faden, der sich durch eine Session gezogen hat. Ich habe immer zuerst einen Würfel geworfen, und wenn meine Partnerin mit dem Ergebnis einverstanden war, sind wir dabei geblieben. Wenn nicht, habe ich noch einmal gewürfelt, und die Summe der Augenpaare ergab dann das endgültige Thema.«

»Ein gutes System«, stellte ich fest. »Wofür stand die Eins?«

»Oralsex«, sagte Devon.

»Die Zwei?«

»Sexspielzeuge jeder Art, in der *Black Lounge* lagert vermutlich alles, was man zurzeit auf dem Markt kaufen kann.«

»Interessant«, bemerkte ich noch relativ gelassen.

»Die Drei war Massage und die Vier Gangbang«, fuhr Devon fort.

»Nicht so schnell! Gangbang?«, fragte ich vorsichtig. »Das Wort ist mir nicht ganz so geläufig.«

»Eine Frau, mehrere Männer, in meinem Fall haben mich Marc und Ralph unterstützt. Die Frauen haben diese verstärkte Aufmerksamkeit immer sehr genossen«, schmunzelte er.

»Ach so!«, erwiderte ich errötend, denn mir war durchaus bewusst, dass mir selbst schon einmal solch ein Gedanke untergekommen war, auch wenn mein Unterbewusstsein gelegentlich einen Umweg über einen Traum nehmen musste, um mir meine tiefsten Wünsche klarzumachen. »Was würde mich erwarten, wenn ich die Fünf würfele?«

»Die Fünf stand für Wasser ...«, seufzte Devon.

»Wasser?«, fragte ich verwirrt.

»Ja, Wasser ist eine sehr intensive Erfahrung, es kann heiß sein oder eiskalt, es kann sanft auf der Haut fließen oder sich schmerzhaft scharf in die Haut schneiden. Wir hatten in der *Black Lounge* ein Separee dafür, einen eigenen Raum mit Pool, nur um mit dem Wasser zu spielen. Es war ein sehr sinnliches Vergnügen für beide Beteiligten.«

»Die Sechs stand für SM?«, fuhr ich fort.

»Richtig!« Er hob die Augenbrauen, als ob er meine Meinung hören wollte, jetzt wo ich wieder in der Lage war, ein paar Worte mehr zusammenzubringen.

»Es war unglaublich«, gestand ich errötend ein.

»Hättest du geglaubt, dass es so sein würde?«, fragte er mit neugierigem Blick.

»Der Schmerz hat meinen Erwartungen entsprochen, es war bei weitem härter als alles, was du bisher mit mir gemacht hast. Aber ich hatte keine Ahnung, dass es so erregend sein würde. Das war einer der besten Orgasmen, die ich je hatte.«

»Wirst du es wieder tun?«, fragte er eindringlich.

»Möchtest du es wieder tun?«, antwortete ich mit einer Gegenfrage.

Er lächelte und fuhr mir sanft über den Arm. »Ja, es erregt mich, dass du mir ausgeliefert bist. Aber noch mehr erregt es mich zu spüren, dass du dich völlig auf mich einlässt, dass du mir vertraust und dich mir überlässt, wohl wissend, dass ich dir nur Lust verschaffen werde.«

»Genau so war es«, sagte ich erstaunt darüber, wie er die Situation empfunden hatte. »Wir werden es wieder tun«, sagte ich entschlossen. »Nur nicht jeden Tag, das war unglaublich anstrengend, und meine Haut muss sich erst einmal wieder von deiner Behandlung erholen.«

»Das wird sie, aber du wirst zumindest heute und morgen sehr oft an mich denken, und das wiederum finde ich zutiefst inspirierend.« Er küsste mich zart auf die Lippen, und nur zu gern hätte ich mich ihm gleich noch einmal hingegeben, doch ich wollte dieses Gespräch weiterführen und erkunden, was Devon in der *Black Lounge* alles getan hatte.

»Die Sieben stand also für Analsex«, fuhr ich fort.

»Genau, und ich erinnere mich, dass du auch dieses Treffen sehr genossen hast.« Er lächelte, und ich wusste genau, woran er sich erinnerte.

»Die Acht?«, fragte ich zügig, bevor mich die Selbstbeherrschung gänzlich verließ.

»Die Dame, welche die Acht gewürfelt hatte, durfte sich über besondere Aufmerksamkeit für ihre Brüste freuen. Brüste sind eine sehr empfindsame erotische Zone.« Er strich sanft an meinem Arm entlang und umrundete dann sanft meine Brüste. Ich schloss kurz die Augen, während das süße Prickeln, das seine Berührung auslöste, über mich hinwegstrich. »Wusstest du, dass es Frauen gibt, die man nur dadurch zum Orgasmus bringen kann, dass man sich ausgiebig mit ihren Brüsten beschäftigt?«

»Ach wirklich?«, stellte ich möglichst ruhig fest, während meine Atmung meine zunehmende Erregung wohlweislich verriet.

»Ja, man braucht Zeit und Fingerspitzengefühl. Es ist eine Herausforderung, aber ich hatte eine hohe Erfolgsquote.« Er küsste sanft meine Brustwarze, und ich sog zischend Luft ein. Dieser Mann war pure Lust.

»Du bringst jede Frau zum Orgasmus?«, fragte ich heißer und versuchte mich daran zu erinnern, bei welcher Zahl wir waren, während Devons heiße Lippen meine Brustwarze umschlossen hielten und seine Zunge sanft darum kreiste.

Er lehnte sich schmunzelnd zurück. »Bisher gab es nie Probleme.«

»Aha, die Neun?«, fragte ich und versuchte langsamer zu atmen.

»Das kam nicht häufig vor, aber ich habe es immer sehr genossen.« Devon lächelte, und zu meinem Erstaunen stellte ich fest, dass, je länger wir über das *Black Game* sprachen, mein Interesse daran immer größer wurde. Es steckten nicht irgendwelche willkürlich gewählten Absurditäten hinter den Zahlen, sondern klug ausgewählte Höhepunkte der Lust. Man spürte, wie sehr er daran hing, schließlich entsprang all das seiner Fantasie und seinen sexuellen Wünschen, die so variabel und breit gefächert waren, dass ich nur staunen konnte.

Ich war mir plötzlich ganz und gar nicht mehr sicher, dass es funktionieren würde, wenn Devon so abrupt von einer Sache Abstand nehmen wollte, die ihn geschlagene zwei Jahre lang so sehr in ihren Bann geschlagen hatte.

»Die Neun bedeutete, dass wir irgendwo in der Öffentlichkeit Sex hatten. Ich habe natürlich immer Plätze ausgewählt, bei denen ich mir absolut sicher sein konnte, dass wir nicht unterbrochen werden würden, aber meine jeweilige Partnerin wusste das natürlich nicht. Es ist ein sehr aufwühlendes Erlebnis.«

»Wirklich?«, sagte ich nachdenklich und versuchte mir vorzustellen, wie wir uns unter freiem Himmel lieben würden. Der faszinierende Gedanke schlug mich in seinen Bann, und ich spürte beinahe das aufregende Kribbeln bei dem Gedanken daran, gleich entdeckt zu werden.

»Ja, das ist es, und jetzt sind wir schon fast am Ende, die letzten drei sind wirklich eine Wanderung im Grenzbereich.« Devon setzte sich auf und warf einen Blick auf die Uhr.

Ich betrachtete ihn eine Weile, während ich versuchte auszumessen, wie dringend ich den Rest erfahren wollte. Zwei der drei kannte ich schon und weder über Fisting noch Bonding wollte ich im Moment weiter nachdenken. Das war eine Grenze, die ich nicht überschreiten wollte. Zumindest im Moment.

Ich hatte plötzlich Angst weiterzufragen. Wenn ich ihn noch weiter drängen würde, ihn noch tiefer zurückführen würde, würde Devon vielleicht unsicher werden, ob es richtig gewesen war, das *Black Game* wirklich hinter sich zu lassen, zumindest in der Form, in der er es gewohnt war.

»Danke, dass du es mir erzählt hast«, sagte ich sanft.

»In Anbetracht unseres Vorsatzes, offen zueinander zu sein, hast du jedes Recht der Welt zu erfahren, was passiert ist. Vergiss dabei eines aber nicht!« Er drehte sich zu mir um, nahm meine Hand und hauchte mir einen zarten Kuss auf den Handrücken. »Es ist vorbei.« Er stand in einer schnellen Bewegung auf und schlüpfte in seine Hose. »Die *Black Lounge* muss ohne mich auskommen, denn ich habe jetzt dich.«

»Ja«, sagte ich leise und ignorierte die Stimme in mir, die sagen wollte, dass Devon das über kurz oder lang nicht reichen würde.

»Ich muss ins Büro und ich glaube, auch du wirst bei TC erwartet.« Er zog sein Hemd über und kam zu mir. »Sehen wir uns heute Abend?«

»Ja, gern«, erwiderte ich und stand auf. Das Wort Büro hatte mir schlagartig ins Gedächtnis gerufen, dass ich schon viel zu spät dran war. »Ich rufe dich an, sobald mich Trevor gehen lässt.«

»Du solltest dir einen anderen Chef suchen«, sagte Devon unmutig. »Trevor fehlt es an einigen Qualitäten. Die Stimmung in eurem Büro ist nicht gut, und das werde ich in meinem Bericht auch anmerken. Über kurz oder lang muss es dort personelle Veränderungen geben. Aber jetzt warte ich erst einmal auf die letzten Unterlagen von TC und dann werde ich mich in die Arbeit stürzen.«

»Ich weiß, dass es nicht perfekt ist«, seufzte ich, ging zu meinem Kleiderschrank und stellte mich so nackt, wie ich war, davor. »Aber ich werde gut bezahlt und außerdem komme ich ganz gut zurecht.«

»Wie du möchtest. Es ist deine Entscheidung.« Er zog mich an sich und drückte mir einen sanften Kuss auf die Lippen. »Wenn du deine Meinung änderst, brauchst du es mir nur zu sagen. Ich habe gute Kontakte in der Stadt und finde bestimmt einen Job, der besser zu dir passt.«

»Lass mich raten.« Ich musste grinsen. »Der Job als PR-Beraterin ist noch frei.«

»Keine schlechte Idee, dann könnte ich mich viel besser um dich und deine Bedürfnisse kümmern, und der Gedanken, dass du mir jederzeit zur Verfügung stehst, ist wirklich verlockend.« Er versetzte mir einen kleinen Klaps auf meinen empfindlichen Po, und ich zuckte zusammen. Er bemerkte es und hielt kurz inne. »Du wirst den ganzen Tag an mich denken«, sagte er versonnen. »Das gefällt mir. Jedes Mal, wenn der Schmerz zurückkommt, werde ich in deinem Kopf sein, und es wird dich erregen, dich an diesen Morgen zu erinnern«, sagte er und strich sanft über die gerötete Haut. Dabei glitt sein Finger zwischen meine Beine. »Vergiss nicht: Du gehörst jetzt mir, und heute wird dir das sicher oft bewusst werden. Ich freue mich auf heute Abend, dann werden wir das fortsetzen.« Er küsste mich noch einmal auf die Lippen und dann wandte er sich ab und ging.

KAPITEL 7

Na, endlich kommst du auch mal wieder ins Büro«, blaffte mich Trevor an, als ich um zehn Uhr an meinen Schreibtisch eilte. Diese Begrüßung war wirklich ein guter Grund, um den Tag im Bett zu verbringen, dachte ich, als ich Trevors missmutigen Gesichtsausdruck betrachtete.

Zwei Tage Abwesenheit, ohne dass ein Todesfall der Grund dafür war, waren schon hart an der Grenze des Erträglichen, zumindest für ihn. Doch ich bereute nicht, dass ich nach Minnesota geflogen war.

Montagmorgen hätte ich mich nicht einfach hier an den Schreibtisch setzen können, um weiterzuarbeiten, als wenn nichts passiert wäre. Die Enthüllungen rund um Devon und seine Verstrickungen in den *Club 5* hatten mich schockiert, und ich hätte selbst mit eiserner Disziplin meine abgeklärte und bürotaugliche Fassade nicht aufrechterhalten können.

»Tut mir leid, der Flug hatte Verspätung«, log ich. Trevor würde wenig Verständnis dafür haben, dass Devon gekommen war, um mir eine kleine Lektion in sexuellem Gehorsam zu erteilen.

»Wenn das noch einmal passiert, bist du deinen Job los, und jetzt mach dich an die Arbeit!«, fauchte er.

Ich nickte ergeben. Wenn er so mies gelaunt war, war es besser, ihm das Gefühl zu geben, dass er alles bestens im Griff hatte.

Nach diesem Morgen mit Devon schaffte es Trevor ohnehin nicht, mir meine gute Laune zu verderben. Erst recht nicht mit der immer gleichen Drohung, mich bei jeder Gelegenheit rauszuschmeißen. Wenn einer einen Schlussstrich unter dieses Arbeitsverhältnis ziehen würde, dann würde ich das sein, und es würde nicht mehr lange dauern, bis ich genug Geld auf dem Konto hatte. Ich brauchte noch ein Jahr, um den Kredit für das College abzustottern, und dann noch ein oder zwei Jahre, um mir eine ordentliche Reserve anzusparen, und dann war ich wieder frei in meinen beruflichen Entscheidungen.

»Ich will morgen eine ausgezeichnete Präsentation von dir sehen. Jefferson Wilson kommt, um unsere Abschlussberichte für Draper Consulting zu überprüfen. Es wird ernst, also gib dir Mühe!« Trevor gab noch ein grunzendes Geräusch von sich und marschierte wieder in sein Büro.

Ich sah ihm gelassen nach. Die Abschlussberichte waren schon seit langem fertig, und der Präsentation brauchte ich heute nur noch den letzten Schliff zu geben.

Da ich den Morgen mit dem Chef von Draper Consulting verbracht hatte, war ich mir ziemlich sicher, dass Devon mich nicht rausschmeißen lassen würde. Im Gegenteil: Es war eher Trevors Stuhl, der wackelte. Doch das behielt ich besser für mich, genauso wie es besser war, dass Trevor niemals erfuhr, mit wem ich den Morgen verbracht hatte, denn ein Verhältnis zu einem Geschäftspartner war in seinen Augen vermutlich noch viel schlimmer als die in diesem Büro absolut verbotenen Techtelmechtel mit einem Arbeitskollegen.

Ich verkniff mir einen bissigen Kommentar und fuhr meinen Computer hoch. Dann ließ ich mich vorsichtig auf meinem Bürostuhl nieder. Meine Haut glühte noch immer. Devon hatte nicht zu viel versprochen. Jede Bewegung erinnerte mich daran, dass er mich heute Morgen gänzlich in Besitz genommen hatte, und jedes Mal, wenn mich der leise Schmerz darauf hinwies, kam die Erregung dazu. Ich holte tief Luft, konzentrierte mich auf meinen Bildschirm und versuchte an nichts anderes mehr zu denken als an mein überfülltes Postfach.

Drei Stunden später hatte ich mich durch die meisten E-Mails gearbeitet und Wichtiges und Unwichtiges sortiert. Trevor war zum Lunch gegangen, und ich nutzte die Gelegenheit, um mir einen frischen Kaffee zu holen. Als ich an meinen Schreibtisch zurückkam, hörte ich das Klingeln meines Telefons und nahm schnell ab.

»Hi, Sarah«, sagte ich, ohne nachzusehen. »Gegen Lunch hätte ich heute mal nichts einzuwenden.«

»Das müssen wir üben«, sagte eine dunkle Stimme.

»Devon«, rief ich überrascht, als ich meinen Irrtum begriff.

»Richtig, du solltest in Zukunft öfter mit meinen Anrufen rechnen.« Ich hörte das selbstgefällige Lächeln in seiner Stimme und stellte mir vor, wie seine Mundwinkel leicht zuckten. Der Gedanke an seine Lippen führte zu dem Gedanken an seine ungeduldigen, stürmischen Küsse. Das süße Prickeln erwachte schon wieder, und dabei waren doch nur ein paar Stunden vergangen, seitdem er gegangen war. Ich war eindeutig süchtig nach diesem Mann.

»Das werde ich«, sagte ich. »Möchtest du mich vielleicht zum Lunch ausführen? Trevor ist nicht da, und die Gelegenheit ist günstig.« Ich ließ mich vorsichtig auf meinem Stuhl nieder. Der süße Schmerz in Verbindung mit Devons Stimme machte die Erinnerung an den Morgen schlagartig wieder lebendig.

»Nur zu gern, leider habe ich einen Notfall in London. Ein Kunde braucht den Chef persönlich, und ich habe ihn in den letzten Wochen ein paar Mal zu oft vertröstet. Ich wollte dir nur Bescheid sagen, dass ich bis Sonntag unterwegs sein werde.«

»Nein«, sagte ich enttäuscht. Ich war erregt und konnte es nicht erwarten, ihn wiederzusehen. Bis zur Lunchpause hätte ich es noch mit Müh und Not ausgehalten, aber bis Sonntag war es eine schiere Unendlichkeit.

»Es sind nur ein paar Tage«, sagte Devon. »Dafür wird der Sonntag ein ganz besonderer Tag, und ich werde mich darum kümmern, dass du trotzdem ausgeglichen bleibst. Das verspreche ich dir.«

»Du machst mich neugierig«, erwiderte ich.

»Das hoffe ich, aber ich werde dir nichts verraten. Ich habe schon bemerkt, dass du eine kleine Schwäche für Überraschungen hast.«

»Einverstanden«, sagte ich.

»Außerdem wollte ich mich erkundigen, wie es deinem Po geht. Ich hoffe, du denkst oft an mich.« Seine Stimme war ein knisternder Lockruf, und ich bemerkte erschrocken, dass ich unruhig auf meinem Stuhl hin und her zu rutschen begann. Das machte die unterschwellige Erregung auch nicht besser.

»Das tue ich, Sir«, flüsterte ich, als ich mir sicher war, dass niemand zuhörte.

»So ist es brav. Denk an mich, so oft du kannst, und erhol dich gut. Wir sehen uns Sonntag, und ich erwarte, dass du ausgeruht und frisch rasiert bist, wenn ich komme.«

»Ja, Sir«, erwiderte ich mit einem leichten Zittern in der Stimme, während mich eine Flut von Fragen überkam. Wie schaffte er es nur, mich mit so wenigen Worten in höchste Erregung zu versetzen? Und wie sollte ich es nur bis Sonntag aushalten? Und was für eine Überraschung hatte er vorbereitet? Hatte es wieder etwas mit dem *Black Game* zu tun? Wollte er noch weiter gehen? Konnte und wollte ich das wirklich? Die erste Frage lag mir schon auf den Lippen, als genau in diesem Moment Robert Trumell mit ein paar Aktenordnern an meinem Schreibtisch vorbeiging. Mir war schlagartig klar, dass ich keine dieser Fragen laut stellen konnte, wenn ich meinen Ruf als knallharte Geschäftsfrau hier im Büro nicht verlieren wollte. Doch irgendetwas musste ich sagen, um wenigstens einen Teil des in mir tobenden Gefühlschaos zu formulieren.

»Du wirst mir fehlen«, sagte ich schließlich leise und eindringlich, ohne die Erregung und die Sehnsucht nach ihm in meiner Stimme verbergen zu können.

Aber anstatt einer Erwiderung schwieg Devon plötzlich. Der Moment schien sich endlos zu dehnen, und ich verharrte erstarrt vor meinem Schreibtisch. War ich zu weit gegangen? War das zu viel Beziehung für Devon Draper?

»Bis Sonntag«, entgegnete Devon, und ich konnte beim besten Willen nicht den Hauch irgendeiner Stimmung aus diesen Worten heraushören. Dann legte er auf. Ein mulmiges Gefühl breitete sich in meinem Magen aus. Er hatte nicht gesagt, dass ich ihm auch fehlen würde, und so etwas tat man doch in diesem Moment, oder?

Mein Blick wanderte durch das Büro, aber hier war niemand, mit dem ich mich über dieses Thema austauschen wollte. Doch ich brauchte dringend jemanden zum Reden.

Ich musste heute Abend Sarah und Olivia sehen. Schnell zog ich mein Smartphone hervor und schickte ihnen eine Nachricht, damit wir uns heute Abend in Bens Pub treffen konnten.

Du wirst mir fehlen.

Meine eigenen Worte gingen mir immer wieder durch den Kopf, bis ich Trevor mit energischen Schritten in den Gang zwischen zwei Schreibtischreihen einbiegen sah. Dieser Anblick wirkte wie eine kalte Dusche.

Ich sah mein Telefon noch eine Weile nachdenklich an, dann widmete ich mich mit einem flauen Gefühl im Magen meiner Arbeit.

Als ich am Abend mein Apartment aufschloss, atmete ich erst einmal tief durch.

Was für ein Tag!

Ich ließ meine Tasche fallen und ging ins Schlafzimmer, um mir etwas Bequemes anzuziehen. Auf dem Weg in die Küche fiel mir der Stapel Post ins Auge, der sich während meiner Abwesenheit angesammelt haben musste.

Es gab also noch ein paar Alltagspflichten zu erfüllen, bevor ich mich mit Sarah und Olivia in Bens Pub treffen konnte, um mit ihnen Devons offensichtliche Beziehungsphobie zu besprechen.

Ich sortierte die Rechnungen aus dem Stapel und beförderte die Werbung in die Mülltonne. Eine ehemalige Kollegin hatte mir eine Postkarte von ihren Flitterwochen auf Hawaii zugeschickt. Ich betrachtete einen Moment versonnen den weißen Sandstrand und das blaue Meer auf der Vorderseite.

Vielleicht durfte ich ja auch einmal irgendwann solche Karten verschicken? Es musste nicht unbedingt Hawaii sein, die Welt war groß, und Devon würde sich mit einem faulen Strandurlaub sicher nicht zufriedengeben. Doch bis er bereit war, eine Ehe einzugehen, würden vermutlich noch ein paar Jahrzehnte ins Land gehen. Selbst so eine einfache Aussage wie *Du wirst mir fehlen* versetzte ihn ja offenbar schon in Angst und Schrecken. Besser ich verzichtete während seiner Abwesenheit darauf, ihn mit verliebten Nachrichten und Anrufen daran zu erinnern, dass ich mehr von ihm wollte als nur leidenschaftlichen Sex.

Was, wenn mein Wunsch hoffnungslos und Devon tatsächlich einfach nicht in der Lage war, eine ganz normale Beziehung zu führen?

Nachdenklich griff ich nach dem letzten Brief und öffnete ihn. Es war sicher noch viel zu früh, um darüber ein endgültiges Urteil zu fällen.

Ich zog eine kleine Karte aus dem Brief und las:

Ein freier Geist stirbt in Gefangenschaft.
Kein Mord bleibt ungesühnt.

Was sollte das denn bedeuten? Ich suchte nach einem Absender, aber auf dem Umschlag war nur meine Adresse aufgedruckt.

Seltsam! Ich ließ mir die Worte noch einmal durch den Kopf gehen. Wenn ich ein misstrauischer Mensch wäre, konnten sie nur eines bedeuten.

Irgendjemand da draußen schien mich nicht zu mögen, und diese Worte konnten sich nur auf meine Beziehung mit Devon beziehen. Wenn jemand ein freier Geist war, dann ja wohl er, und ich hatte ihm seine Freiheit genommen.

Nervös stand ich auf, drehte den Brief und den Umschlag hin und her. Ich dachte an die vielen Frauen, die jede Woche in die *Black Lounge* gekommen waren. Vermutlich hatte es sich mittlerweile herumgesprochen, dass der Meister des *Black Game* inzwischen seinen Job an den Nagel gehängt hatte und seinen Gelüsten nur noch privat nachging. Die eine oder andere dieser Damen war sicher nicht damit einverstanden, dass ich jetzt der alleinige Nutznießer dieser exklusiven Dienstleistungen war.

Ich holte tief Luft und versuchte einen klaren Kopf zu bekommen. Doch vielleicht hatte das hier auch rein gar nichts zu bedeuten. Vielleicht war nur ein schlechter Philosoph unterwegs, der in alle Postfächer von Manhattan seine schrägen Weltansichten verteilte. Solange es keine verbindlichen Hinweise darauf gab, dass tatsächlich ich gemeint war, würde ich nicht mehr darüber nachdenken.

Wütend über die wirren Gedanken, die mir im ersten Moment in den Sinn gekommen waren, zerknüllte ich den Brief und beförderte ihn entschlossen in den Mülleimer.

Es gab keinen Aberglauben und kein schlechtes Omen. Vermutlich war da tief in mir nur die Angst, dass diese Beziehung schiefgehen könnte, und nur diese Angst in mir machte es möglich, dass ich hinter jedem kleinen Schatten ein Monster vermutete.

Wie albern! Ich zog meine Jacke über, schaltete das Licht aus und verließ mein Apartment. Ich brauchte ganz dringend Ablenkung.

In Bens Pub war die Stimmung am Kochen. Der kleine Raum war voller Menschen und voller Leben. Auch wenn ich sonst kein Freund von Gedränge war, tauchte ich heute dankbar in den Trubel ein. Sarah und Olivia würden jeden Moment hier eintreffen, und ich konnte es gar nicht erwarten, ihnen alle Neuigkeiten mitzuteilen.

Mit vollem Körpereinsatz drängelte ich mich zu einem freien Stuhl an der Bar und bestellte bei Ben ein Bier mit Kirschgeschmack.

Der Geburtstag, der hier drinnen gerade lautstark gefeiert wurde, ließ Ben leider keine Zeit, heute ein längeres Gespräch mit mir zu führen. Mit einem aufmunternden Augenzwinkern reichte er mir mein Getränk und widmete sich wieder den anderen Gästen.

»Hey, Anya«, sagte jemand neben mir, und ich fuhr überrascht herum.

»Tom!« Ich hatte gar nicht bemerkt, dass er neben mir saß. Seine kurzen braunen Haare sahen verstrubbelt aus, als wenn er ein paar Mal zu oft mit den Fingern hindurchgefahren wäre. Er war ein schlanker, aber nicht magerer Typ mit feinen Gesichtszügen und sanften braunen Augen. »Wie geht es dir?«

»Ganz gut«, erwiderte er, doch er konnte mich nicht belügen, so trostlos wie er hier an der Bar hing, konnte es nicht gut um seinen Seelenzustand bestellt sein.

»Sarah und Olivia kommen jeden Moment vorbei«, versuchte ich ihn aufzuheitern.

»Das ist gut«, entgegnete er wenig begeistert.

»Was ist wirklich los mit dir?«, fragte ich. Tom war zwar noch nie ein Unterhaltungskünstler gewesen, aber so trübsinnig, wie er hier neben mir saß, hatte ich ihn noch nie erlebt.

»Es geht um Olivia«, sagte er schließlich nach einer längeren Denkpause.

»Es läuft doch wieder besser zwischen euch, oder?« Zumindest war dies der Eindruck, den Olivia uns vermittelt hatte.

»Ich weiß nicht, was mit Olivia los ist«, seufzte Tom und nahm einen tiefen Schluck aus seinem Bierglas. So wie seine Stimme klang, war es nicht das erste, das er heute Abend trank. »Es lief alles wunderbar, unser Leben war angenehm, und von mir aus hätte es noch ewig so weitergehen können. Aber plötzlich fängt Olivia damit an, dass ihr das plötzlich nicht mehr genug ist. Sie will ständig mit mir reden und wenn sie nicht reden will, dann müssen wir alle möglichen neuen Sexpraktiken ausprobieren. Mir geht das auf die

Nerven. Kann es sein, dass Sarah irgendetwas damit zu tun hat?«

Ich verschluckte mich beinahe. Ich hatte Tom noch nie so redselig erlebt, und über seine Gedanken und Gefühle hatte er, seitdem ich ihn kannte, definitiv noch nie gesprochen. Eine Weile starrte ich ihn verdutzt an, während ich fieberhaft überlegte, was ich antworten sollte.

»Weißt du, Tom«, sagte ich langsam. »Olivia will vielleicht, dass sich eure Beziehung weiterentwickelt.«

»Warum muss sich etwas verändern, was hervorragend funktioniert?« Die Worte polterten schneller aus seinem Mund, als sie seine müde Zunge formen konnte, und ich hörte das Lallen ganz unmissverständlich.

»Vielleicht, weil es für Olivia nicht mehr funktioniert«, gab ich zu bedenken.

»Müssen wir deswegen ständig Sex haben?«, fragte er.

»Keine Ahnung, wie das bei euch funktioniert, aber Sex gehört nun mal zu einer Beziehung dazu.«

»Warum kapieren Frauen eigentlich nie, dass Sex und Beziehung zwei grundverschiedene Dinge sind, die nichts miteinander zu tun haben müssen.«

»Für eine Frau gehören sie aber meistens zusammen«, sagte ich.

»Tatsächlich«, erwiderte Tom resigniert. »Es ist mir aber viel zu anstrengend, ständig Sex zu haben. Das ist am Anfang einer Beziehung ja noch ganz nett, aber irgendwann sollte Ruhe einkehren.«

»Aha.« So langsam begann ich zu verstehen, warum Olivia mit Toms Einstellung nicht allzu glücklich war. Obwohl ich auch Tom verstehen konnte. Was für eine Zwickmühle. Es gab hier kein richtig oder falsch, die beiden mussten irgendwie einen Kompromiss finden oder getrennte Wege gehen.

»Ich liebe Olivia«, sagte Tom leise. »Das sollte doch eigentlich reichen, oder?« Er sah mich fragend an, während ich nach Worten suchte. Toms Verzweiflung war mir in diesem Moment so unglaublich bewusst, dass eine beklemmende Enge auf meine Brust drückte. Ob Devon jemals so weit sein würde, dass er diese Worte zu mir sagen konnte? Olivia hatte großes Glück, Tom gefunden zu haben. Ich musste ihr klarmachen, dass sie das nicht einfach wegwerfen konnte.

Es kam wirklich nichts Gutes dabei heraus, wenn man probierte, einen Menschen zu ändern und ihm seine eigenen Wünsche und Vorstellungen aufzubürden. Eine Veränderung musste von innen heraus kommen, aus einer eigenen Motivation und Überzeugung heraus, und entweder entwickelte sich eine tiefgehende Liebe zwischen zwei Menschen oder sie tat es eben nicht. Und wenn es so weit war, dann musste man dieses Gefühl auch wertschätzen und durfte es nicht als Selbstverständlichkeit hinnehmen.

Ich musste Devon so akzeptieren, wie er war, und darauf hoffen, dass sich genau so ein Gefühl zwischen mir und ihm entwickeln würde, oder ich musste mir einen anderen Mann suchen, der besser zu mir passte.

»Ja, Tom«, erwiderte ich ernst. »Mehr als Liebe braucht es nicht.«

KAPITEL 8

Zarte Sonnenstrahlen fielen durch das grüne Blätterdach im Central Park, als ich zum letzten Endspurt ansetzte. Der gestrige Abend war lang geworden, denn ich hatte Sarah und Olivia ausführlich über meine Erlebnisse mit Devon Bericht erstatten müssen. Den Schlaf musste ich heute Nacht unbedingt nachholen. Schließlich hatte ich Devon versprechen müssen, ausgeschlafen und frisch rasiert zu sein, wenn er am Sonntag wiederkam.

Frisch rasiert. Dieser Gedanke war verlockend und verboten und doch bemühte ich mich, mich ihm nicht allzu sehr hinzugeben. Die Vorfreude auf Sonntag wuchs und wuchs in mir, aber es war noch eine Ewigkeit, die ich überstehen musste. Nichts war frustrierender als unerfüllte sexuelle Wünsche. Ich verließ den Central Park und schlenderte gemütlich nach Hause.

Dann ging ich unter die Dusche und machte mich auf den Weg ins Büro.

Augenscheinlich war ich die Erste heute Morgen. Ich holte mir schnell einen Kaffee, während mein Computer hochfuhr. Als ich mich auf meinem Bürostuhl niederließ, stieß mein Fuß gegen ein Paket, das unter meinen Schreibtisch geschoben worden war.

Siedend heiß durchfuhr mich ein süßes, erwartungsvolles Prickeln.

Devon hatte eine Überraschung angekündigt. Das hatte ich ganz vergessen, und dass dieses Paket von Devon stammte, war für mich absolut klar.

Langsam hob ich es auf und legte das schuhkartongroße Päckchen auf meinen Schoß. Ich sah mich noch einmal im Büro um, aber außer zwei Tradern aus einer anderen Abteilung, die gerade auf dem Weg zur Kaffeemaschine waren, war da niemand.

Behutsam hob ich den Deckel, und mein Blick fiel auf eine kleine Auswahl von silbernen Vibratoren in verschiedenen Größen und Formen. Sofort klappte ich den Karton wieder zu. Mein Herz begann vor Aufregung zu rasen, während nur eine einzige Zahl immer wieder durch meinen Kopf hämmerte.

Zwei! Zwei! Zwei!

Und wenn man im *Black Game* eine Zwei würfelte, dann kam man in den Genuss von Sexspielzeug. Devon wollte nach und nach alles mit mir tun, was zwei Würfel hergaben. Ein flaues Gefühl überkam mich, als wenn sich vor mir ein unüberwindbarer Berg auftun würde.

Wollte er wirklich ALLES mit mir tun? Würde er auch Marc und Ralph fragen, ob sie ihn unterstützten, damit wir noch einen Gangbang haben konnten?

Meine Hände wurden feucht, und ich begann schneller zu atmen.

Der Gedanke war verlockend und erschreckend zugleich.

In diesem Moment summte mein Smartphone in der Tasche, und ich fuhr zusammen, als ob ich bei etwas Verbotenem ertappt worden wäre.

»Ja«, sagte ich etwas zu laut in das kleine Gerät.

»Du bist also schon im Büro und hast die Überraschung gefunden«, sagte Devon dunkel.

»Woher weißt du das?«, fragte ich verdutzt und sah mich um.

»Das höre ich allein am Klang deiner Stimme, und im Moment klingt sie ein klein wenig höher und angespannter, genauso als ob du gerade erregt bist und dir diese Tatsache nicht recht ist.«

»Erstaunlich«, antwortete ich. »Oder auch nicht. Ich stehe gerade mit einer XXL-Packung Vibratoren im Büro.«

»Es sind nicht nur Vibratoren, ich habe dir auch noch ein paar Analplugs eingepackt«, erwiderte Devon ungerührt. »Ich wusste nicht, welche Größe dir lieber ist, und ein wenig Auswahl ist immer gut.«

»Nett von dir«, sagte ich heiser und mit glühenden Wangen. Dann ließ ich den Karton wieder unter dem Schreibtisch verschwinden. Hoffentlich konnte ich das alles unbemerkt aus dem Büro schmuggeln.

»Ich habe dir gesagt, dass mir deine Bedürfnisse am Herzen liegen. Und wenn ich schon nicht anwesend bin, dann kannst du die Gelegenheit nutzen und dich mit diesen Hilfsmitteln bekannt machen.«

»Vielleicht sehe ich mir die Sachen mal an«, entgegnete ich und lehnte mich in meinem Bürostuhl zurück.

»Du wirst sie dir heute Abend ansehen«, sagte Devon nachdrücklich. Dann wurde seine Stimme dunkler und leiser: »Du wirst mich pünktlich um zwanzig Uhr anrufen und dann wirst du sie ausprobieren. Ich kann es kaum erwarten, dir dabei zuzuhören.«

Verdutzt ließ ich mein Smartphone sinken. Devon hatte ohne ein weiteres Wort aufgelegt. Ich warf dem Paket unter meinem Schreibtisch einen schnellen Blick zu. Zugegebenermaßen hatte ich noch keine Erfahrung mit solchen Hilfsmitteln. Doch das würde sich vermutlich heute Abend ändern.

»Guten Morgen«, sagte eine weibliche Stimme plötzlich neben mir, und ich fuhr erschrocken zusammen.

»Samantha«, sagte ich überrascht. »Guten Morgen.«

»Entschuldige«, sagte sie schnell. »Können wir die Präsentation noch einmal durchgehen? Du weißt, ich muss heute das erste Mal vor Jefferson Wilson sprechen und ich bin mir bei ein paar Details noch nicht so sicher.«

»Natürlich«, sagte ich schnell und öffnete die Datei auf meinem Computer.

Dann nahm mich das Tagesgeschäft derart in Anspruch, dass ich nicht mehr dazu kam, über die Schachtel unter meinem Schreibtisch nachzudenken.

Samantha hatte nicht nur ein paar Fragen, bei denen sie unsicher war, sondern es waren eine ganze Menge, und so feilten wir den gesamten Vormittag an ihrem Vortrag.

Am Nachmittag absolvierten wir souverän das Meeting mit Jefferson Wilson, und auch meinen Teil der Präsentation trug ich fehlerfrei vor. Nur Trevor schoss über das Ziel hinaus und überzog seine Redezeit um ein Vielfaches, um ausgiebig seine tragende Rolle in der Hierarchie von TC anschaulich zu machen.

Es war schon früher Abend, als wir endlich das Meeting verließen und Jefferson Wilson sein Einverständnis gab, um die Analyseergebnisse an Draper Consulting zu übermitteln. Jetzt gab es nichts mehr zu tun, außer das Urteil von Devon abzuwarten.

Ich war müde und erschöpft, als ich meinen Computer ausschaltete und meine Sachen zusammenpackte, und erst jetzt fiel mir wieder ein, was ich noch unbemerkt aus dem Büro schmuggeln musste.

Sofort war ich wieder hellwach und sah mich aufmerksam um.

Samantha war gerade am Gehen und winkte mir zum Abschied zu. Robert Trumells Arbeitsplatz war schon leer, und auch meine übrigen Kollegen schienen das endlos ausufernde Meeting genutzt zu haben, um pünktlich Feierabend zu machen. Kurz entschlossen packte ich das Paket, klemmte es ganz selbstverständlich unter den Arm und verließ das Büro so schnell ich konnte.

Als ich kurz vor zwanzig Uhr die Tür meines Apartments hinter mir schloss, atmete ich tief durch. Entgegen meiner Befürchtungen hatten sich unterwegs keine Katastrophen ereignet. Das Paket war mir unterwegs nicht aus der Hand gerutscht, der Inhalt hatte sich nicht auf dem Gehweg verteilt, und auch im Lift war ich allein gewesen, sodass mir jeglicher Smalltalk erspart geblieben war. Das war auch gut so, denn ich wusste nicht, ob ich allen verbalen Stolpersteinen wirklich zuverlässig aus dem Weg hätte gehen können.

Was hätte ich antworten sollen, wenn die nette ältere Dame aus der Etage über mir gefragt hätte, ob mir mein Freund Pralinen geschickt hätte?

Weder ein »Ja« hätte ich glaubwürdig herausbringen können, noch wäre mir so schnell eine passable Idee gekommen, was stattdessen in dieser Kiste stecken sollte. Wie umschrieb man elektrische Hilfsmittel zur Herbeiführung eines phänomenalen Orgasmus politisch korrekt?

Egal! Ich warf meine Tasche in eine Ecke und verriegelte mein Apartment. Unvorstellbar, dass Sarah mit ihrem Ersatzschlüssel hier bei mir reinplatzen könnte, wenn ich gerade mit Devon dabei war, Dildos und Analplugs auszuprobieren.

Ich eilte in mein Schlafzimmer und zog den Hosenanzug aus und mit ihm alle Erinnerungen an diesen Tag.

Genau in dem Moment, in dem ich das Paket auf meinem Bett abstellte, hörte ich das Klingen meines Smartphones. Verdammt! Ich war zu spät dran.

»Hallo«, sagte ich erwartungsvoll.

»Ich habe deinen Anruf bereits vor drei Minuten erwartet«, sagte Devon streng. »Ich glaube, ich weiß, was wir tun werden, sobald ich wieder da bin.«

Sechs! Sechs! Sechs!

Die Zahl hämmerte immer wieder durch meinen Kopf. Mir blühte also die nächste SM-Session mit Devon, und irgendwie fand ich den Gedanken daran aufs äußerte erregend. Allerdings hatte mir Sarah versichert, dass Devon mit mir eine softe Version abgehalten hatte, denn nach zwei Tagen spürte ich nichts mehr von den Schlägen auf meiner Haut.

»Entschuldige die Verspätung«, sagte ich schnell. »Trevor hat mich im Büro aufgehalten.«

»Mmh.« Devon schien zu überlegen, ob er meine Ausrede gelten ließ.

»Es kommt nie wieder vor, Sir«, fügte ich schmeichelnd hinzu und hörte, wie Devon am anderen Ende der Leitung zischend Luft einsog.

»Du machst mich verrückt«, antwortete er mit einem sehnsuchtsvollen Stöhnen in der Stimme. »Was würde ich jetzt dafür geben, bei dir zu sein.«

»Bis Sonntag ist es nicht mehr lang«, sagte ich.

»Ja, aber solange kann ich mit deiner Bestrafung nicht mehr warten. Wenn ich zwanzig Uhr sage, dann erwarte ich, dass du mich auch zwanzig Uhr anrufst.«

»Ja, Sir«, sagte ich leise.

»Oh, Anya«, seufzte Devon. »Wo bist du jetzt?«

»In meinem Schlafzimmer«, erwiderte ich.

»Gut, ich möchte, dass du den Lautsprecher anstellst und dein Telefon auf das kleine Nachtschränkchen neben dein Bett stellst. Du wirst deine Hände brauchen.«

»Erledigt«, erwiderte ich.

»Gut, jetzt wirst du dich nackt ausziehen.«

»Okay«, sagte ich gedehnt und legte den Rest meiner Kleidung ab.

»Das Paket liegt vor dir?«, fragte Devon.

»Ja.«

»Öffne es!«, befahl er, und ich klappte den Deckel hoch. Erst jetzt besah ich mir in Ruhe den Inhalt. »Dort liegt eine kleine schwarze Tasche.«

»Ich habe sie gefunden«, sagte ich und nahm sie in die Hand. Sie wog schwerer, als sie aussah. Ich spürte Metall darin und öffnete das Bändchen, das die Tasche verschloss.

»Darin befinden sich zwei Brustwarzenklemmen. Du wirst sie nun anlegen und während unseres gesamten Telefonates tragen, damit dir klar ist, dass ich Pünktlichkeit von dir erwarte.«

»Ja, Sir«, hauchte ich, wohl wissend, dass ich ihn damit provozierte.

Devon stöhnte. »Wenn du das noch einmal sagst, steige ich sofort in den nächsten Flieger und spiele das gesamte *Black Game* in einer Nacht mit dir durch.«

»Verstanden«, sagte ich heiser. »Ich lege jetzt die Klemmen an.« Ich nahm eine der Klemmen in die Hand und öffnete sie, dann positionierte ich sie um meine Brustwarze und ließ los. »Au!«, entwich es mir gequält.

»Die zweite auch noch«, fuhr Devon bestimmt fort, während ich mich noch an das schmerzhafte Ziehen gewöhnte.

»Okay«, sagte ich dünn und kniff die Lippen zusammen, nachdem ich auch die zweite Klemme angebracht hatte.

»Gut, und nun wirst du den Vibrator herausnehmen. Batterien habe ich dir schon eingesetzt«, fuhr er fort. »Hast du so etwas schon einmal benutzt?«

»Nein«, erwiderte ich und versuchte mich nicht zu bewegen, um den Schmerz in meinen Brustwarzen nicht noch weiter zu verstärken.

»Gut, dann wird es ja Zeit. Jetzt brauchen wir nur noch den Analplug und das Gleitgel. Fang mit einem kleinen Plug an, und das nächste Mal benutzen wir einen größeren.«

»Bist du sicher?«, fragte ich, während ich in der Kiste wühlte und das Gewünschte hervorzog.

»Sehr sicher«, antwortete Devon unnachgiebig. »Knie dich auf das Bett! Wir beginnen mit dem Analplug, und wenn der an seiner Stelle ist, dann fahren wir mit dem Vibrator fort.«

Seine Worte waren ein süßes Versprechen von Lust, und ich begab mich schnell auf mein Bett. Als ich mich hinkniete, hingen die Brustwarzenklemmen nach unten, und ich sog zischend Luft ein, während mir schmerzlich bewusst wurde, dass ich mich fest im Klammergriff von Devons Lust befand. Ich stöhnte auf und holte tief Luft.

»Bist du bereit?«, flüsterte Devon, der meine Reaktion genau verfolgte.

»Ja!«, sagte ich.

»Gut, dann wirst du jetzt das Gleitgel nehmen und damit den Analplug einstreichen.« Er wartete, bis ich seiner Aufforderung nachgekommen war. »Und jetzt wirst du dich mit dem Gel massieren.« Er seufzte. »Oh, wie gern wäre ich jetzt in deinem Schlafzimmer und würde das für dich übernehmen.«

»Das glaube ich gern«, erwiderte ich lächelnd.

»Heute steht deine Lust absolut im Vordergrund. Ich hoffe, deine Hand ist schon da, wo sie sein soll«, sagte er leise.

»Das ist sie«, entgegnete ich und verteilte das Gel. Nachdem es anfangs kühl gewesen war, hatte es sich durch meine Körperwärme angenehm aufgeheizt. Es fühlte sich beinahe so an, als ob ich ein warmes Öl auf meinem Po verteilen würde.

»Gut, dann beginne nun vorsichtig den Analplug einzuführen. Es ist nur ein kleiner. Genau richtig für dich, um dich langsam daran zu gewöhnen. Erzähl mir, was du machst.«

»Okay.« Ich schluckte und nahm den Analplug. Dann positionierte ich ihn an meinem Po und begann langsam und vorsichtig, ihn einzuführen. »Er ist drin, zumindest ein Stück«, sagte ich und schloss die Augen. Die Erinnerungen an die Nacht in dem Luxushotel kamen wieder hoch, und ich spürte ein erregendes Prickeln, das sich immer mehr in meinem Körper ausbreitete.

»Du musst jetzt wieder und wieder zustoßen, immer ein Stück weiter.« Seine Stimme klang dunkel, erregt und so sinnlich, dass ich das Gefühl hatte, er wäre ganz nah bei mir, und das, obwohl uns doch ein ganzes Meer trennte.

»Ja«, keuchte ich. Jedes Mal, wenn ich ein Stück weiter vordrang, schickte ich eine prickelnde Welle der Erregung auf die Reise. Verdammt, war das gut!

Ich überwand mit einem heiseren Keuchen die dickste Stelle. »Er ist drin«, sagte ich keuchend.

»Gut, dann leg dich jetzt auf den Rücken, nimm den Vibrator und schließe die Augen.«

Ich tat, wie mir geheißen, und als ich die Augen geschlossen hatte, wurde mir die Vielzahl der Reize bewusst, der dumpfe Schmerz an meinen Brustwarzen, das erregende Drücken auf meinen Anus. Nur eine Bewegung von mir und die Reize verstärkten sich zugleich. Es brauchte nicht mehr viel, um zu explodieren.

»Schalte den Vibrator an und fahre ganz langsam an deinen Schamlippen entlang, bis du deine empfindlichste Stelle findest.«

Ein leises Summen ertönte, und mit geschlossenen Augen folgte ich Devons Anweisungen, fuhr mit dem Vibrator über meinen Schamhügel und tauchte immer tiefer hinab.

Als ich mit dem Gerät meine Klitoris berührte, schrie ich kurz auf, so intensiv war das starke Vibrieren an dieser Stelle.

Es dauerte eine Weile, dann konnte ich mich darauf einlassen. Mit schmeichelnder, dunkler Stimme gab mir Devon weitere Hinweise. Ich drang mit dem Vibrator in mich ein, massierte abwechselnd mein Innerstes und meine empfindlichste Stelle.

Mein Atem ging nur noch stockend.

»Und jetzt bleib an deiner Klitoris. Du darfst kommen«, sagte Devon nun, und nur zu gern tat ich, was er sagte.

Es dauerte nicht lang, und die Summe der Reize überrollte mich. Ich explodierte förmlich, als mich ein riesiger Orgasmus ergriff. Ich drückte meinen Kopf in das Kissen und bäumte mich immer wieder auf, während mich eine Welle nach der anderen durchfloss.

Schwer atmend und erschöpft blieb ich schließlich liegen und schaltete den Vibrator mit zitternden Fingern wieder aus.

»Das war unglaublich«, sagte ich mit bebender Stimme, während sich ein warmes, zufriedenes Glühen in meinem Unterleib ausbreitete.

»Du bist unglaublich«, sagte Devon mit belegter Stimme. »Ich kann es nicht erwarten, wieder bei dir zu sein.«

»Geht es dir gut?«, fragte ich besorgt.

»Eigentlich nicht«, knurrte Devon. »Aber das ist in Ordnung. Heute ging es um dich. Ich nehme jetzt eine kalte

Dusche und konzentriere mich wieder auf meine Arbeit. Die Dateien von TC sind da. Ich bin stolz auf dich. Ich hätte nie gedacht, dass du so experimentierfreudig bist. Schlaf gut!«

»Das werde ich. Gute Nacht!« Ich tippte auf mein Smartphone und schaltete es aus. Dann setzte ich mich mit wackligen Beinen auf und entfernte mit einem leisen Fluch die Brustwarzenklemmen. Ich betrachtete sie erstaunt. Wer hätte je gedacht, dass ich einmal so etwas benutzen würde?

Nachdenklich erhob ich mich und machte mich auf den Weg zur Dusche.

KAPITEL 9

Wie war der Abend mit dem Buchhalter?«, fragte ich Sarah, während ich einen Kellner herbeiwinkte. Wir saßen am Freitagabend zum Essen in einem kleinen, aparten Restaurant, das erst neu eröffnet hatte und laut Sarah noch ein absoluter Geheimtipp war. Ich vermutete, dass es etwas mit den ausnehmend gut durchtrainierten Kellnern zu tun haben musste, die hier zahlreich durch das Restaurant schwebten und an denen Sarahs Blicke immer wieder hängen blieben.

»Es war ein absoluter Reinfall«, stöhnte Sarah, doch ihre grauen Augen leuchteten.

»So schlimm?«, fragte ich und bestellte einen Tee bei Pete, während ich versuchte, mich auf sein Namensschild zu konzentrieren und nicht auf seine durchtrainierte Brust, über der das knappe T-Shirt spannte.

»Wenn du dich mit einem Buchhalter triffst, erwartest du doch einen schmalschulterigen, brillentragenden Nerd und nicht einen gut aussehenden, smarten Triathleten, der außerdem noch gern in die Oper geht, oder?«

»Da scheinst du ja das große Los gezogen zu haben«, schmunzelte ich.

»Die Nacht war unglaublich.« Sarah grinste. »Aber die Wette mit Olivia gewinne ich nie«, seufzte sie dann verzweifelt. »Wann kommt sie denn endlich? Ich bin übrigens am Verhungern. Hast du eine Ahnung, wie ausdauernd Triathleten im Bett sind? Es war wirklich unglaublich. Heute Abend brauche ich reichlich Kohlehydrate.«

Ich warf einen Blick auf die Uhr, um eine Antwort zu vermeiden. Es war schon gegen acht Uhr, und Olivia war eigentlich die Pünktlichkeit in Person, zumal sie ihren kleinen Bioladen schon längst geschlossen hatte. Eine Ausnahme machte sie nur, wenn wir uns dort trafen, damit Olivia neue vegane Produkte an uns testen konnte. Ich brannte auch darauf, sie zu treffen, denn seit Mittwoch war sie mir permanent ausgewichen, sobald ich das Gespräch auf Tom bringen wollte. Ich hatte den schmalen Grat der Höflichkeit noch nicht überschritten, um deutlichere Worte zu finden, aber heute war ich durchaus dazu bereit.

»So begeistert, wie du bist, habe ich das Gefühl, dass du den Buchhalter wiedersehen wirst?«, mutmaßte ich.

»Vermutlich«, erwiderte Sarah, und dieses kleine, selige Lächeln auf ihren Lippen kam mir bekannt vor. »Aber ich will mich da nicht reinsteigern. Wer weiß, ob das was wird.«

»Sag bloß, du hast dich verliebt!«, staunte ich. »Bisher hatte ich eher das Gefühl, du läufst den Männern davon und nicht umgedreht.«

»Ich gebe zu, ein klein wenig verliebt bin ich schon. Es wundert mich ja selbst, aber es ist von großem Wert, wenn man einen angenehmen Gesprächspartner hat. Francesco leitet die Buchhaltung von einem kleinen, aber feinen Designer-Label, und da geht uns der Gesprächsstoff wirklich niemals aus.« Über Sarahs Gesicht lag mit einem Mal ein verträumter Ausdruck. Sie war wirklich verliebt. Ich hatte noch nie erlebt, dass ein Mann bei Sarah solch einen bleibenden Eindruck hinterlassen hatte. »Und wie läuft es mit Devon?«, sagte sie plötzlich, als wenn ihr ihr seltsam entrückter Gesichtsausdruck mit einem Mal unangenehm aufgefallen wäre.

»Er hat mich gestern kontaktiert. Genau genommen hat er mir gestern Morgen ein Paket Sexspielzeuge ins Büro liefern lassen, und gestern Abend musste ich sie unter seiner telefonischen Anleitung alle ausprobieren.«

»Wow!«, sagte Sarah. »Wenn ich nicht gestern Abend atemberaubenden Sex gehabt hätte, wäre ich jetzt wirklich neidisch. Devon ist wirklich einfallsreich. Wie war es?«

»Es war verrückt«, sagte ich. »Aber es war ziemlich gut.«

»So etwas habe ich noch nicht getan.« Sarah spitzte nachdenklich die rot geschminkten Lippen.

»Wie bitte?« Ich sah sie erstaunt an. »Es gibt etwas im sexuellen Bereich, das du noch nicht ausprobiert hast?«

»Sexspielzeug mit telefonischer Anleitung? Nein, das hatte ich noch nicht, und du wirst es kaum glauben, aber beim *Black Game* könnte sogar ich noch etwas dazulernen. Mit drei Männern gleichzeitig war ich zum Beispiel noch nie im Bett, aber ich stelle es mir sehr reizvoll vor.«

»Wirklich?« Ich sah Sarah zweifelnd an.

»Na klar«, erwiderte sie begeistert. »Aber jetzt treffe ich mich erst einmal mit Francesco, und alles andere muss warten.«

»Sarah?«, fragte ich langsam.

»Ja.«

»Glaubst du, dass ich ihm ausreiche?«

»Wie meinst du das?«

»Na, er hat schon so viel Erfahrung und scheinbar braucht er das alles auch, um glücklich zu sein. Ich weiß nicht, ob es ihm genügt, mit mir zusammen zu sein.«

»Mach dir keine Sorgen«, sagte Sarah beruhigend. »Ein Mann wie Devon Draper kommt nur zu dir, wenn er auch wirklich mit dir zusammen sein will. Wenn es ihm nicht ernst wäre, würde er es dir garantiert sagen.«

»Na, das mit der *Black Lounge* hat er ja auch geheim gehalten.«

»Du meinst, du hast Angst, dass er genau so eine Lounge auch in London betreibt«, kicherte Sarah.

»Er hat versprochen, dass es keine Geheimnisse mehr gibt«, sagte ich zögernd. Der Gedanke, dass ich noch nicht alles wusste, wurde in meinem Kopf immer größer.

»Na, dann wird das wohl auch so sein«, entgegnete Sarah.

Ich nickte. »Er kommt am Sonntag zurück und er hat schon etwas für uns vorbereitet. Ich bin so gespannt. Bei Devons Einfallsreichtum muss ich mit allem rechnen und vor allem muss ich fit sein.« Ich warf einen Blick auf die Uhr. »Wo bleibt nur Olivia? Ich bin müde und muss pünktlich ins Bett.«

»Hast du etwa wieder den ganzen Tag in irgendwelchen schweißtreibenden Meetings verbracht?«

»Exakt.« Ich nickte. »Nachdem die Berichte an Draper Consulting raus sind, hat Trevor scheinbar Langeweile und beschäftigt das ganze Büro mit administrativen Aufgaben.«

»Oh nein!«, sagte Sarah mitfühlend. »Ich beneide dich echt nicht um deinen Job. Das wäre mir viel zu anstrengend.«

»Aber auch dieser Job muss gemacht werden«, sagte ich achselzuckend. »Sonst gibt es keinen Kaffee im Land.«

»Stimmt auch wieder«, seufzte Sarah, obwohl ich ihr genau ansah, dass sie lieber auf Kaffee verzichten würde, anstatt mit mir den Job zu tauschen.

»Jedenfalls muss ich morgen noch mal ins Büro, damit ich die Arbeit schaffe, und das bedeutet zeitig aufstehen. Wenn ich nicht genug schlafe, schaffe ich es nicht, am Sonntag in Bestform zu sein, und ich will Devon auf keinen Fall enttäuschen.«

Wie auf das Stichwort erschien Olivia in der Tür, begleitet von einem Mann, der ihr erstaunlich ähnlich sah. Er trug zwar ein türkisfarbenes Shirt und Jeans, war groß und athletisch, aber dennoch ähnelte er Olivia auf verblüffende Weise. Er hatte dasselbe rotblonde Haar, und auch sein entspannter Gesichtsausdruck glich dem von Olivia. Wenn ich nicht gewusst hätte, dass Olivia eine Schwester hatte, hätte ich vermutet, ihr Bruder wäre zu Besuch gekommen.

»Da kommt sie ja endlich«, rief Sarah und stand auf.

»Hi, Leute, tut mir leid, dass ich so spät bin«, sagte Olivia. »Darf ich euch Emilio vorstellen, meine neue und dringend benötigte Fachkraft für Bioprodukte.« Sie lächelte, nahm Platz und bedeutete Emilio, sich neben sie zu setzen.

»Freut mich, Emilio«, sagte ich. »Du bist also die lang erwartete Unterstützung. Olivia braucht dringend Hilfe, damit sie sich auch mal ein paar Tage freinehmen kann.«

»Ich tu mein Bestes«, erwiderte er grinsend und ließ sich neben Olivia auf den Stuhl sinken. »Ich bin so froh, dass ich Olivia getroffen habe. Der Bioladen ist genau das, was ich gesucht habe. Mein Job vorher war auch nicht schlecht, aber hier in New York hat man ganz andere Möglichkeiten.«

»Was hast du gemacht, bevor du nach Manhattan gekommen bist?«, fragte Sarah.

»Ich habe bei einer Umweltstiftung in Minneapolis gearbeitet«, begann er zu erzählen.

»Das ist ja ein Zufall.« Sarah lachte. »Zufälligerweise kommen Anya und Olivia aus dieser Gegend.«

»Wirklich?« Emilio musterte mich erstaunt.

»Ja, ich bin schon vor vielen Jahren hergezogen.« Ich betrachtete seine erwartungsvolle Miene. Er war noch voller Träume und Visionen, dachte ich schmunzelnd.

»Und willst du bleiben? New York ist Wahnsinn«, sagte er begeistert. »Ich will hier noch mal ganz neu anfangen.«

»Man gewöhnt sich auch an den größten Wahnsinn«, erwiderte ich. »Ehrlich gesagt will ich irgendwann zurück nach Minnesota.«

»Wirklich?« Emilio musterte mich, als ob ich gerade einen Millionenjackpot dankend abgelehnt hätte.

»Ja wirklich; was macht eigentlich eine Umweltstiftung?«, fragte ich interessiert, um ihn von mir abzulenken.

Seine Augen leuchteten. »In erster Linie aufklären und den Menschen Dinge zeigen, die sie in ihrem Alltag ändern können, um die Umwelt zu entlasten. Es ist unglaublich, was wir alles noch zu tun haben. Wir müssen dringend den CO_2-Ausstoß verringern, aber es fängt schon mit kleinen Dingen an. Jeder Haushalt kann schon durch kleine Veränderungen viel erreichen.«

»Das klingt interessant«, entgegnete ich.

»Ja, und beim Tierschutz muss auch unbedingt mehr getan werden. Es reicht nicht aus, wenn nur ein paar Veganer wie wir versuchen, die Welt zu retten.« Er nickte Olivia zu.

»Genau«, ergänzte sie. »Wir müssen alle Menschen für Themen wie Massentierhaltung sensibilisieren.«

»Na, da haben sich ja die Richtigen gefunden«, seufzte Sarah.

»Da hast du völlig recht, Sarah. Emilio hat genau die richtige Einstellung, um in meinem Laden zu arbeiten«, sagte Olivia begeistert.

»Ja, hier kann man viel mehr Menschen erreichen. Diese Stadt ist so quirlig und lebendig. Ich habe das Gefühl, dass hier noch etwas Großes auf mich wartet.«

»Auf jeden Fall tut es das«, bekräftigte Olivia. »Und mit deinem Idealismus bist du bei mir genau an der richtigen Adresse.«

»Da bin ich ja wirklich froh, dass du jemanden gefunden hast«, sagte ich. »Dann können wir ja das nächste Mal gemeinsam nach Mankato fliegen.«

»Genau, also diese Rinderfarm musst du dir unbedingt ansehen, Olivia«, schwärmte Sarah. »Da bin sogar ich als überzeugter Fleischesser tatsächlich mal ins Grübeln gekommen.«

»Du bist in Versuchung geraten, Veganer zu werden, weil die Tiere schlecht behandelt wurden?«, fragte Emilio.

»Nein.« Sarah sah Emilio ernst an. »Den Tieren dort geht es hervorragend, und wenn sie nach einem schönen, erfüllten Leben im Kochtopf landen, habe ich kein Problem damit.«

Olivia verdrehte die Augen, und ich grinste, während Emilio Sarah fassungslos anstarrte. Herzlich willkommen in New York, dachte ich. Emilio musste sich eine dicke Haut zulegen, wenn er Sarah jetzt öfter über den Weg laufen würde.

»Ist gut, ich komme bei der nächsten Gelegenheit mit nach Mankato.« Olivia nickte entschlossen. »Aber die Rinderfarm werde ich nicht besichtigen. Wenn wir unsere Farm eröffnen, werden wir Gemüse anbauen. Ich habe da schon eine tolle Idee. Wir könnten eine Biogasanlage aufbauen oder Solarenergie nutzen, um Gewächshäuser zu beheizen, in denen wir ganzjährig Biogemüse anbauen.«

»Schöne Idee«, sagte ich. Ob mein Vater damit einverstanden war, dass wir einen Teil seines Landes auf Bio umrüsteten? Vermutlich nicht, soweit ich wusste, war er von der konventionellen Landwirtschaft überzeugt.

»Leute, darüber können wir später weiterdiskutieren. Ich habe Hunger, lasst uns das Büfett stürmen.« Sarah war ungeduldig aufgesprungen, und ich folgte ihr.

Sarah hatte nicht zu viel versprochen. Das Essen sah wirklich lecker aus. Es gab Omelette, Würstchen, Hühnerschenkelchen und Schweinemedaillons, außerdem Nudel- und Reisgerichte und eine große Auswahl an Obst, Gemüse und Salaten. Mit einem voll beladenen Teller kehrte ich an unseren Tisch zurück.

Ich stutzte, als ich Olivia und Emilio immer noch vertraut tuschelnd am Tisch wiederfand.

»Habt ihr keinen Hunger?«, fragte ich.

»Doch, schon, aber ich finde, und da gebe ich Emilio völlig recht, dieses Restaurant sollte kein Fleisch aus Massentierhaltung verwenden, und genau das wird hier gemacht«, sagte Olivia.

»Genau, und wir sind diejenigen, die die anderen wachrütteln müssen«, sagte Emilio entschlossen. »Wir müssen ihnen klarmachen, dass Fleischkonsum ungesund ist und dass es nicht richtig ist, Tiere unter solch qualvollen Verhältnissen zu halten.«

»Also den Kälbchen, die ich getroffen habe, ging es hervorragend«, erwiderte Sarah und nahm Platz. Sie spießte ein Würstchen auf und biss herzhaft hinein. Der Blick von Emilio war so voller Entsetzen, dass ich beinahe in Lachen ausbrach. Glucksend folgte ich Sarahs Beispiel und setzte mich.

Während ich aß, beobachtete ich Olivia und Emilio. Die beiden hatten sich an einen Nachbartisch gesetzt, weil Emilio es nicht ertrug, Sarah und mir beim Verzehr unserer tierischen Lebensmittel zuzusehen.

»Geht dir der böse Zwilling auch auf die Nerven?«, fragte Sarah zwischen zwei Bissen.

»Eindeutig, aber was mich stutzig macht, ist, dass Olivia so in seinen Bann geraten ist. Sie kommt mir total verändert vor.« Ich fragte mich, was Tom wohl davon halten würde.

»Na, für sie ist Emilio der Superman der Veganer, bewaffnet mit Tofuschnitzel und Selleriestangen«, murrte Sarah mit vollem Mund.

Ich grinste, doch irgendwie hatte ich immer noch ein schlechtes Gefühl, was Emilios erstaunlichen Einfluss auf Olivia anging. Andererseits war Olivia eine erwachsene Frau und konnte ihre eigenen Entscheidungen treffen. Ich war sicher die Letzte, der es zustand, ihr da Vorwürfe zu machen. Schließlich war ich bereit gewesen, mich auf sexuelle Praktiken einzulassen, die Olivia nicht einmal buchstabieren würde.

Mit vollem Bauch lehnte ich mich zurück, während sich Sarah noch einen Wein bestellte. Ich warf einen Blick auf die Uhr.

»Ich werde jetzt gehen«, sagte ich unruhig. »Ich bin müde.«

»Viel Spaß mit Mr. Superlover am Sonntag und erzähl mir unbedingt, was ihr gemacht habt. Von Devon kann sogar ich noch was lernen.«

»Äh, ja«, erwiderte ich stockend.

»Die pikanten Details darfst du auslassen.« Sarah grinste. »Nun geh schon!«

Ich stand auf und verabschiedete mich von Olivia und Emilio. Dann machte ich mich auf den Heimweg.

KAPITEL 10

Samstagmorgen ging ich früh ins Büro, bis zur Mittagszeit wollte ich den Berg Arbeit erledigt haben, der dort noch auf mich wartete. Trevor saß schon an seinem Schreibtisch und telefonierte bereits.

Außer ihm war ich nicht die Einzige, die am Wochenende arbeitete, anstatt sich im Bett noch einmal umzudrehen. Robert Trumell und Samantha kamen gegen neun, und gemeinsam versuchten wir den Berg Arbeit zu bewältigen, den Trevor uns aufgebrummt hatte.

Gegen elf fiel Trevor ein, dass das Archiv dringend neu geordnet werden musste. Nur mühsam konnte ich ihn überzeugen, dass das noch bis nächste Woche warten konnte und wir stattdessen die Arbeit im Büro beenden sollten.

Missmutig stimmte mir Trevor zu und verzog sich wieder in sein Büro. Es war, als ob er ahnte, dass Devon ihn im Visier hatte und er jetzt durch kurzfristigen Aktionismus seine Stellung bei TC behaupten wollte.

Während ich Trevor beobachtete, der in seinem Büro sofort zum Telefonhörer griff, ließ mich ein leises Surren in meiner Jackentasche aufhorchen. Ich zog mein Smartphone aus der Tasche. Vielleicht ahnte Devon, dass ich gerade an ihn gedacht hatte.

Erwartungsvoll hauchte ich ein »Hallo!« in das kleine Gerät.

»Hier ist Shannon«, antwortete mir eine schneidende Frauenstimme.

»Wie bitte?«, stotterte ich verwirrt. Es dauerte einen Moment, bis ich mich von der Überraschung erholt hatte, dass mir nicht Devons Stimme entgegendrang.

»Shannon?«, fragte ich nach und versuchte mich zu erinnern, ob ich diesen Namen schon einmal gehört hatte.

»Hier spricht Shannon Draper, klingelt es jetzt endlich?«, fragte sie ungeduldig.

Einen Moment lang starrte ich schockiert die sterbenslangweilige Fototapete an und hoffte inständig, dass die unfreundliche Frau am anderen Ende der Leitung irgendwo weit entfernt lebte, am besten dort, wo der Kaffee wuchs.

»Was hat er sich da denn für ein Dummchen angelacht«, stöhnte sie in meine schockierte Stille hinein. »Ich bin Devons Schwester. Wir müssen reden. Es gibt einiges zu klären. Wir treffen uns in zehn Minuten im Café Rom unten an der Ecke. Komm nicht zu spät! Ich habe wenig Zeit.«

Bevor ich antworten konnte, hatte Shannon aufgelegt.

»Miststück!«, fluchte ich laut, und Samantha fuhr erschrocken zusammen, bis sie bemerkte, dass ich immer noch wutentbrannt die unbekannte Nummer auf meinem Display anstarrte. Hätte ich doch vorher einen Blick auf mein Telefon geworfen. Was sollte ich jetzt tun?

Ich wusste, wonach mir war, aber der kleinen Giftspritze den Hals umzudrehen war kein guter Anfang für eine harmonische Familienzusammenführung, vor allem, wenn die Beziehung von Devon und mir im Moment noch ganz am Anfang stand. Wenn ich nun mit seiner Familie einen Streit begann, konnte das in dieser sensiblen Phase der Todesstoß für unsere junge Liebe sein. Doch gefallen lassen würde ich mir ihr Verhalten dennoch nicht.

Schlagartig war mir klar, was ich zu tun hatte. Wenn sie dachte, dass ich eines dieser devoten Mädchen wäre, die

Devon sonst in seinem Salon der Lust zu Mehrfachorgasmen peitschte, war sie auf dem falschen Dampfer. Ich war mindestens genauso knallhart wie sie und das würde ich ihr nun eindrucksvoll unter Beweis stellen. Es gab Grenzen, und diese Grenzen hatte Shannon überschritten. Ich straffte meinen Rücken, schnappte meine Tasche und verließ das Büro.

Das Café Rom war voll. Selbst am Samstag saßen jetzt zur Mittagszeit hier viele Anzugträger und schlangen in ihrer knappen Mittagspause eine Pasta oder ein Baguette hinunter. Obwohl ich Shannon noch nie getroffen hatte, erkannte ich sie sofort an ihrer Haarfarbe. Dieses Braun glich Devons Haaren so sehr, dass es schon weh tat. Ich schluckte und drängelte mich zum Tresen vor.

Sie saß auf einem Barhocker und hatte die langen, schlanken Beine übereinandergeschlagen. Shannon war eine attraktive Frau, das konnte ich nicht abstreiten, aber was hatte ich erwartet, wenn Devon ihr Bruder war?

»Du musst Shannon sein«, sagte ich, als ich vor ihr stand und ihre geschmackvolle Kleidung musterte. Sie sah von ihrer Zeitung auf, und mir verschlug es regelrecht den Atem. Sie hatte dieselben hellen blauen Augen, dasselbe leichte, fast durchsichtige Blau, das mich an einen sonnigen Tag in Minnesota erinnerte. Dieses Gespräch würde verdammt schwer werden.

»Die bin ich, und du bist Anya Summers, nicht wahr?« Sie musterte mich eindringlich, und unter ihrem scharfen Blick kam ich mir vor wie in einem Flughafenscanner. Nun bemerkte ich den Unterschied. In Devons Augen lag trotz all seiner Entschlossenheit eine Sanftheit, die mich mit allem versöhnen konnte, was er getan hatte.

Shannons Augen dagegen blieben kalt und emotionslos. Sie sah mich an wie ein lästiges Unkraut, das sie in Kürze breittreten wollte. Ich riss mich zusammen. Von dieser Kampfemanze würde ich mich nicht in die Pfanne hauen lassen, schließlich war ich in New York auch schon ein paar Jahre gut im Geschäft.

»Lass es uns kurz machen. Ich habe Besseres zu tun, als meine Zeit mit dir zu verschwenden«, sagte ich in kühlem Ton. »Was willst du von mir?«

Das hatte gesessen. Ich sah, wie sich ihr Blick einen Moment lang verdunkelte.

»Da du simple Botschaften nicht verstehst, fühle ich mich gezwungen, dir noch einmal in aller Deutlichkeit eine einfache Sache mitzuteilen: Lass die Finger von Devon!«, sagte sie schließlich, als sie sich wieder gesammelt hatte.

»Wie bitte?« Ich sah sie an, als ob sie nicht recht bei Sinnen wäre. Hatte ich das gerade richtig gehört? Ich sollte die Finger von Devon lassen?

»Was für Botschaften meinst du?«, fragte ich beunruhigt, obwohl ich schon eine Ahnung hatte, dass dieser Brief, den ich letztens für einen albernen Scherz gehalten hatte, wohl doch eine ernst gemeinte Drohung von Shannon gewesen sein musste.

»Du hast mich schon verstanden«, sagte sie ruhig, als ob sie mich gebeten hätte, ihr ein Buch auszuleihen. »Triff ihn nicht mehr! Er ist nicht der Richtige für dich.«

»Was ich mit Devon mache, geht dich überhaupt gar nichts an«, sagte ich zornig. »Wer der Richtige für mich ist, entscheide ich immer noch selbst.«

»Da irrst du dich, es geht mich sogar ziemlich viel an.«

Was sollte das denn jetzt bedeuten? Ich sah sie einen Moment irritiert an, während ich mit mir kämpfte, ob es nicht besser wäre, einfach dieses Café zu verlassen und diese Begegnung zu vergessen.

Dumm nur, dass mich ihre Worte neugierig gemacht hatten. Bluffte sie nur oder hatte sie wirklich ein paar Geheimnisse parat, die sie mir nun enthüllen wollte?

»Wir sind eine Familie, und du bist nichts als eine kleine Affäre von vielen, die er schnell wieder vergessen wird. Devon ist für mich da und nicht für dich.« Sie musterte mich genau und betonte jedes Wort einzeln. »Überrascht dich wohl, dass man als Familie zusammenhält und nicht einfach davonrennt bis ans andere Ende des Landes.« Ihr Lächeln war so schadenfroh, dass ich ihr am liebsten den Kaffee über den Kopf geschüttet hätte.

»Mein Leben geht dich gar nichts an«, sagte ich zornig, während ich mich gleichzeitig fragte, warum sie so viel über mich wusste. Da ich noch nie mit ihr gesprochen hatte, konnte sie diese Details ja nur von Devon erfahren haben. Der Gedanke versetzte mir einen schmerzhaften Stich. Er hatte Shannon bisher nur ein einziges Mal erwähnt, und zwar, als ich ihn direkt darauf angesprochen hatte. Da er aber in einem so engen Kontakt mit ihr zu stehen schien, dass er ihr seine Gefühle anvertraute und außerdem Details über mich verriet, musste ihre Beziehung doch weitaus enger sein, als ich bisher vermutet hatte.

»Oh doch, das tut es, denn du hast einen schlechten Einfluss auf ihn. Ich werde schon dafür sorgen, dass er bald die Finger von dir lässt!« Ihre Augen blitzten entschlossen, und ich glaubte ihr jedes Wort.

»Halte dich von mir und ihm fern«, sagte ich schließlich. Ich sah keinen Sinn darin, mich auf eine diplomatische Lösung dieser sich anbahnenden Familienfehde einzulassen. Wir sollten die Sache jetzt gleich klären und uns dann nie wiedersehen. Wenn ich nur wüsste, wie eng die Beziehung zwischen Shannon und Devon tatsächlich war, dann wäre es leichter für mich, diese Situation hier einzuschätzen.

»Das werde ich nicht, aber das verstehst du natürlich nicht. Streng dein Spatzenhirn ein bisschen an! Du musst endlich kapieren, dass das mit Devon keine dauerhafte Sache ist. Er ist nicht der Typ für eine Beziehung. Das Einzige, das für ihn zählt, ist seine Familie, und diese Familie bin ich.«

»Und dessen bist du dir so sicher?« Ich sah sie herausfordernd an. Doch sie grinste nur diabolisch.

»Habt ihr nie über die Vergangenheit gesprochen?«

Ich schluckte. Devon hatte mir versichert, dass es nichts Ungewöhnliches in seiner Familie gab, und seitdem hatten wir das Thema auch nicht mehr angesprochen.

»Du wirst ihn nicht zähmen und auch nicht umerziehen.« Shannon lächelte. »Wir sind eine Familie, Anya Summers«, sagte sie langsam. »Wir haben immer zusammengehalten, und das wirst du jetzt nicht zerstören.« Sie war aufgestanden und richtete sich vor mir auf. Sie war ein knappes Stück größer als ich, und ihre entschlossene Erscheinung ließ mir eine Gänsehaut über den Rücken laufen.

»Halt dich von ihm fern, oder ich werde dir dein Leben zur Hölle machen und noch eine Warnung werde ich dir nicht zukommen lassen!« Sie warf mir einen letzten Furcht einflößenden Blick zu und verließ mit schnellen Schritten das Café Rom.

KAPITEL 11

Ich bewegte mich langsam auf meinen Schreibtisch zu und als ich wieder Platz nahm, fühlte ich mich tatsächlich so, als ob eine schwere Magen-Darm-Grippe im Anflug wäre. Mir war übel, und meine Eingeweide zogen sich zusammen. Ich war so froh, dass heute kein Meeting mehr anstand, denn ich fühlte mich nicht mehr in der Lage, überzeugend die Führungskraft zu spielen. Was dachte sich diese Frau dabei, solche Drohungen auszusprechen?

Das Schlimme war, dass ich ihr ernsthaft zutraute, ihre Ankündigung wahrzumachen. Sie war nicht der Typ für leere Worte.

»Robert«, rief ich meinem Assistenten zu, der gerade dabei war, seine Sachen einzupacken. Wir waren gut vorangekommen und konnten jetzt ruhigen Gewissens ins Wochenende starten.

»Ja, Anya, ich habe alles erledigt und sogar noch einmal die Grünpflanzen gegossen«, sagte er pflichtbewusst.

»Super«, entgegnete ich gedehnt. »Gab es während meiner Abwesenheit noch etwas Wichtiges?« Ich schloss meine Programme und fuhr meinen Computer herunter.

»Nichts wirklich Wichtiges«, erwiderte Robert nachdenklich. »Der brasilianische Plantagenbesitzer hat sich gemeldet und wollte unbedingt einen Vertragsentwurf haben.«

»Einen Vertragsentwurf?«, hakte ich nach. »Wir haben doch noch nicht einmal die Verhandlungen begonnen. Seine Plantage war zu klein. Hat er erwähnt, dass er seine Bebauungspläne geändert hat?«

»Ich weiß nicht«, sagte Robert verunsichert. »Ich habe ihn abgewimmelt.«

»Abgewimmelt?«, fragte ich unmutig. »Du kannst nicht einfach Geschäftspartner abwimmeln. Wir sind auf der Suche nach Lieferanten.«

»War das falsch?« Robert sah mich erschrocken an.

»Ja, verdammt. Das war falsch. Hol ihn mir noch mal ans Telefon, ich habe ein komisches Gefühl bei der Sache.« Ich stellte meine Tasche wieder ab und fuhr meinen Computer wieder hoch.

»Er geht nicht ran«, sagte Robert nach einer Weile, während ich in meinem E-Mail-Verkehr und den Dateien nach einem Hinweis suchte, dass die Bebauungspläne geändert worden waren. »Seine Sekretärin sagt, dass er keine Gespräche mehr von TC annimmt.«

»Verdammt«, sagte ich ungeduldig. »Probiere es weiter! Beschwatze die Sekretärin, damit sie ihren Chef ans Telefon holt.«

»Ja«, erwiderte Robert eifrig und wählte noch einmal.

Dieser Tag wurde immer verrückter. Erst Devons Schwester und dann Robert, der vergessen hatte, wie weit seine Kompetenzen gingen, und sich stattdessen der Pflege der Büropflanzen widmete.

Nachdem Robert auch nach dem dritten Versuch noch nichts erreicht hatte, nahm ich selbst den Telefonhörer in die Hand und versuchte einen Weg vorbei an der Sekretärin des brasilianischen Plantagenbesitzers zu finden.

Sie war eines jener Biester, die stolz auf ihre Türöffnerposition waren und es sich in ihrer kleinen Machtposition gemütlich eingerichtet hatten.

Ich spürte ihre Freude, als sie auf meine Fragen nach der Plantagengröße antwortete, dass sie diese Informationen nicht herausgeben durfte. Gnädigerweise teilte sie mir dann doch noch mit, dass ihr Chef jetzt auf dem Weg zum Golfplatz war und erst Montag wieder im Büro anzutreffen sein würde. Nach einer Ewigkeit legte ich endlich auf und funkelte Robert wütend an.

»Wir müssen die Sache auf Montag vertagen«, sagte ich kühl und ließ offen, ob die Angelegenheit noch ein Nachspiel haben würde. »Ich sehe dich pünktlich acht Uhr.« Dann fuhr ich meinen Computer ein zweites Mal runter und verließ das Büro.

Auf dem Weg zum Ausgang versuchte ich alles abzuschütteln, was mit TC zu tun hatte. Im Moment konnte ich die Angelegenheit ohnehin nicht mehr beeinflussen. Jetzt war es an der Zeit, mich auf meine privaten Sorgen zu konzentrieren.

Wie sollte ich Devon gegenübertreten, nachdem seine Schwester mir gedroht hatte, mir das Leben zur Hölle zu machen, wenn ich mich nicht von ihm trennen würde?

Eine schwierige Frage. Nachdenklich trat ich auf den Gehsteig und betrachtete kurz den Strom der Menschen, der vor mir entlangfloss, dann bog ich kurz entschlossen nach rechts ab und lief in Richtung von Olivias Laden.

Olivias kleiner Bioladen war die Verkörperung ihrer innersten Ideale. Grüne Töne, sanftes Licht, eine Mischung betörender Gerüche, und im Hintergrund plätscherte leise ein kleines Wasserbecken, was das sanfte Murmeln eines Waldbächleins in den Raum brachte.

Sobald die Eingangstür geschlossen war, fühlte ich mich, als ob ich eine Waldlichtung betreten hätte, und genau in diesem Moment tat es verdammt gut, wenigstens das Gefühl zu haben, weit weg von New York zu sein.

Als ich hinter zwei Regalen einen schwarzen Haarschopf erkannte, war mir klar, dass Sarah Freizeit und schon wieder ihre Haarfarbe gewechselt hatte.

»Irgendwann fallen dir mal die Haare aus, wenn du sie ständig neu einfärbst.« Ich trat neben Sarah, die an einem kleinen Tisch saß und frisch gepressten Fruchtsaft trank, gemixt nach Olivias Geheimrezept.

»Das halte ich für ein Gerücht«, erwiderte sie lächelnd. »Ein bisschen mehr Farbe würde dir auch stehen. Wie wäre es mit Blond?«

»Nein danke«, sagte ich grinsend.

»Anya, Schatz, das ist ja eine nette Überraschung.« Olivia trat in diesem Moment mit einem großen Becher aus ihrer Küche. »Oh, warte, ich hole dir auch etwas zu trinken.«

»Ja, das wäre nett. Danke, Olivia.« Ich wandte mich wieder Sarah zu.

»Weswegen bist du eigentlich schon hier?«, fragte sie. »Wolltest du nicht bis in die Nacht hinein für den Sklaventreiber arbeiten?«

»Es ist Samstag«, erinnerte ich sie. »Meine Arbeit ist vorerst erledigt, aber Robert Trumell raubt mir noch den letzten Nerv. Wenn er weiter so viele Fehler macht, muss ich ihn irgendwie loswerden.« Ich stöhnte genervt.

»Ich bin heilfroh, dass ich solche Entscheidungen nicht treffen muss.« Sarah zuckte mit den Achseln. »Ich bewundere wirklich, wie gelassen du mit alldem umgehen kannst.«

»Da wächst man hinein«, sagte ich schnell. »Aber es ist noch etwas Seltsames passiert.« Meine Stimme wurde düster. »Deswegen bin ich eigentlich hier.«

»Ist etwas mit Devon?« Sarah sah mich erschrocken an.

»Nein, nicht mit ihm. Es ist wegen seiner Schwester«, murmelte ich und nahm Olivia dankbar einen Becher mit heißem Soja-Latte aus der Hand.

»Er hat dich seiner Familie vorgestellt? Das ist doch nett«, sagte Olivia und nahm ebenfalls an dem kleinen Tisch Platz. »Das hat Tom bis heute nicht geschafft.«

»Nein, so war es nicht. Seine Schwester hat sich mir vorgestellt, und zwar mit Pauken und Trompeten.«

»Aha.« Sarah zog die Nase kraus.

»Sie hat verlangt, dass ich mich von ihm trenne, sonst würde sie mir das Leben zur Hölle machen«, sprach ich endlich aus, was mich schon seit geraumer Weile quälte.

»Ist nicht wahr!«, keuchte Sarah, und Olivia riss vor Überraschung die Augen weit auf.

»Doch, es ist wahr, und sie scheint es ernst zu meinen. Zumindest hat sie mir ordentlich Angst eingejagt.«

»Hast du schon mit Devon darüber gesprochen?«, fragte Sarah. Ich schüttelte den Kopf.

»Ich bin noch viel zu durcheinander. Ich habe Angst, dass ich unbeherrscht werde, und ich will nichts kaputt machen.«

»Ist eure Beziehung so brüchig?«

»Ich weiß es nicht. Ich weiß nicht einmal, was wir genau haben. Sex mit ein bisschen Beziehung? Eine Affäre mit ein wenig Gefühl? Keine Ahnung, und Devon will sich diesbezüglich auch zu keiner Stellungnahme hinreißen lassen. Im Gegenteil: Ich glaube, ich habe ihn schon verschreckt, als ich gesagt habe, er würde mir fehlen. Das ist alles noch sehr unklar zwischen uns. Ich habe vor allem keine Ahnung, was für eine Beziehung Devon und seine Schwester haben.«

Sarah nickte nachdenklich. »Schwierige Situation, du brauchst eine Strategie, um die eifersüchtige Schwester in die

Schranken zu weisen, und zwar ohne dass du Devons Zorn in Kauf nimmst. Das erfordert einen klaren Kopf.«

»Und genau den habe ich im Moment nicht.« Verzweifelt vergrub ich mein Gesicht in den Händen.

»Wozu hast du uns?« Ich spürte Sarahs Händedruck auf meiner Schulter, und die tröstende Geste tat so unheimlich gut, dass ich wieder aufsah.

»Jetzt erzähl mal, warum genau sie dich loswerden will.« Sarah sah mich prüfend an.

»Ich habe ehrlich gesagt keine Ahnung. Sie sagt, ich wäre nicht gut für ihn und dass sie ihn wieder zurechtbiegen wird, weil ich ihn auf einen falschen Weg gebracht habe oder so ähnlich.« Ich versuchte, die wirren Worte in meinem Kopf zu sortieren.

»Es geht also um Eifersucht.« Sarah legte die Stirn nachdenklich in Falten. Dann ging ein Ruck durch sie hindurch, und sie sah mich entschlossen an. »Pass auf, diese Shannon kann vergessen, dass sie Devon zurückbekommt. Er gehört jetzt dir, und das musst du ihr von Anfang an klarmachen. Zeig Stärke, markiere dein Revier und weise sie in ihre Schranken, sonst wirst du niemals Ruhe vor ihr haben.«

»Ich bin doch kein Tier!«, protestierte ich schwach.

»Bei diesen Urtrieben spielt deine Gattung keine Rolle, das Prinzip ist überall dasselbe.« Sarah sah mich so überzeugt an, als ob es sich bei dieser Information um eine allgemeingültige Wahrheit handelte, die ich eigentlich hätte wissen müssen.

»Und was soll ich nun machen?«, fragte ich.

»Von dir wird sie sich nichts sagen lassen.« Sarah wurde immer hitziger. »Der Einzige, von dem sich diese Frau etwas sagen lassen wird, ist Devon.«

»Du kannst sie doch nicht gegeneinander ausspielen.« Olivia richtete sich empört auf. »Das ist eine Familie.«

»Du hast doch gehört, was sie machen will, und jetzt sag mal ehrlich, was dir lieber ist. Dass sie Streit mit ihrem Bruder bekommt oder dass sie Anya das Leben zur Hölle machen darf?«

»Gibt es keinen anderen Weg?« Olivia sah mich verzweifelt an.

Ich musterte sie lange, während ich überlegte. Mein Blick huschte zu Sarah. Ihre Augen blitzten euphorisch, sie war völlig begeistert von ihrer Idee, einen Plan voller Intrigen auszuhecken. Ich dachte an Devon und ich wusste, was ich zu tun hatte.

»Ich werde sie nicht gegeneinander ausspielen«, sagte ich entschlossen. »Ich kann Devon nicht vorwerfen, dass er mir seine Rolle im *Black Game* verschwiegen hat, und dann hinter seinem Rücken intrigieren. Das passt nicht zusammen und ist auch nicht mein Stil.«

»Glaub mir, Anya. Bei dieser Frau kommst du nur weiter, wenn du schweres Geschütz auffährst und ihre Schwächen ausnutzt, und ihre einzige Schwäche ist vermutlich Devon.« Sarah spitzte nachdenklich die Lippen.

»Dann ist das eben Plan B«, erwiderte ich. »Aber zuerst werde ich etwas anderes versuchen. Shannon wollte mich doch nur einschüchtern. Ich werde sie einfach ignorieren und lasse es darauf ankommen. Wenn sie wirklich anfängt, irgendetwas gegen mich zu unternehmen, wird sie sich selbst ins Abseits befördern.«

»Gute Idee«, pflichtete mir Olivia bei, während Sarah sich meine Worte noch durch den Kopf gehen ließ.

»Das könnte funktionieren, wenn sie sich dumm anstellt«, sagte sie schließlich. »Aber darauf würde ich mich nicht verlassen.«

»Ich schon«, entgegnete ich. »Und deswegen werde ich jetzt nach Hause fahren und die Sache als schlechten Scherz verbuchen. Ich werde weder Zwietracht zwischen mir und Devon säen noch zwischen Shannon und Devon. Ich halte mich da raus und warte ab, bis sie sich selbst ein Bein stellt.« Entschlossen stand ich auf, trank noch einen Schluck Soja-Latte und nahm meine Tasche.

»Ich bin stolz auf dich«, sagte Olivia und lächelte zufrieden.

»Dann kann ich dir nur viel Glück wünschen, denn das wirst du brauchen.« Sarah nickte mir aufmunternd zu, und ich verließ zufrieden mit meinem Plan Olivias Laden.

KAPITEL 12

Obwohl das Klopfen leise war, kam es mir vor wie das Schlagen einer Kirchenglocke. Betont gelassen stand ich auf und legte das Buch zur Seite, in dem ich versucht hatte zu lesen. Es war bei dem Versuch geblieben, denn meine Gedanken waren immer wieder von dem Thriller abgeschweift und zu Devon gewandert. Vielleicht lag es auch daran, dass ich mich heute Morgen ausgiebig und überall rasiert hatte und die Aufregung dieser vorbereitenden Prozedur noch nicht verklungen war.

Ich öffnete die Tür und sah in einen Strauß roter Rosen. Verblüfft hielt ich inne.

»Was …?«, fragte ich, da ich mir im ersten Moment nicht erklären konnte, was hier los war.

»Das ist nicht die Reaktion, die ich mir erhofft hatte.« Devons Stimme klang belustigt. »Hast du einen anderen Mann erwartet?«

Ich sah auf. Atemberaubend schön und mit einem lässigen Lächeln auf den Lippen lehnte er am Türrahmen.

»Hi!«, flüsterte ich. Wie konnte man nur so gut aussehen? »Tut mir leid, ich habe einfach nicht damit gerechnet, dass du mir einen Blumenstrauß mitbringst.« Das war so unglaublich romantisch und nett, dass mir vor Rührung die Tränen in den Augen standen.

»Du hast mir gefehlt«, sagte er, und ich war mir sicher, dass in diesem Moment mein Herzschlag für einen Moment aussetzte. Sein Sinneswandel überraschte mich. »Du magst doch Rosen?« Devon ging an mir vorbei, und ich sah ihm verblüfft nach, während ich langsam begriff, dass er einfach nur ein bisschen Zeit gebraucht hatte, um seine Gefühle zu sortieren oder um sich bewusst zu werden, dass ich ihm doch mehr bedeutete, als er bisher angenommen hatte. Denn genau so musste es sein, wenn er sich dazu durchringen konnte, diesen Satz zu sagen und die Worte auch noch mit einem Strauß roter Rosen zu unterstreichen.

»Ja, sehr«, entgegnete ich lächelnd und nahm ihm den Strauß ab. Dann ging ich in die Küche und suchte nach einer Vase. Devon folgte mir, und ich spürte, wie sich allein durch seine Anwesenheit eine Spannung zwischen uns aufzubauen begann. Ich beobachtete, wie er lässig an einem Schrank lehnte und mich still betrachtete, während ich Wasser in die Vase laufen ließ.

Mir lag auf der Zunge, ihm von dem Treffen mit seiner Schwester zu erzählen. Der Zeitpunkt war gut, aber mir kamen die Worte einfach nicht über die Lippen. Während ich die Rosen gleichmäßig in der Vase anordnete und dabei Devons Blick genau auf mir spürte, wusste ich, dass ich damit diesen wunderbaren Moment zerstören würde. Eine dumme Diskussion um seine eifersüchtige Schwester würde meine und seine Freude über unser Wiedersehen kaputt machen, und ich wollte in diesem Moment mein kleines Glück einfach nur ganz festhalten. Denn darauf, dass Devon begann, sich mir zu öffnen, hatte ich lange gewartet.

»Hast du heute schon etwas vor?«, fragte er mit blitzenden Augen, als ich fertig war, und zog mich in seine Arme. Ich lehnte meinen Kopf an seine Brust und atmete tief ein. Wie konnte mich allein schon sein Geruch erregen? Ich fuhr mit der Hand über seine Brust, dann schüttelte ich den Kopf. »Dieser Tag ist allein für dich reserviert.«

»Sehr schön. Hast du wetterfeste Kleidung?«, fragte er und strich mir eine Haarsträhne aus der Stirn.

»Ich habe meine Laufsachen. Reicht das?« Nachdenklich hob ich den Kopf und bemerkte seine unternehmungslustige Miene. Er sah nicht so aus, als ob er lediglich eine Runde durch den Central Park drehen wollte, damit wir wieder schnell in meinem Apartment waren und unser Wiedersehen auf eine intimere Weise feiern konnten.

»Nein, das reicht nicht«, entgegnete Devon. »Aber das ist kein Problem, ich habe dir etwas mitgebracht.« Er zeigte auf eine große Tüte, die neben der Eingangstür stand und auf der dezent der Name eines Bergsportausrüsters prangte. Ich schluckte. Vor lauter roten Rosen war sie mir gar nicht aufgefallen.

»Was hast du vor?«, fragte ich vorsichtig.

»Du wolltest mich besser kennenlernen, und deswegen werde ich mit dir etwas unternehmen, das mir große Freude bereitet.« Sein Lächeln war umwerfend, und sein Vorschlag klang wirklich verlockend. Allerdings hatte ich ja schon so eine Ahnung bekommen, was Devon für Hobbys pflegte, und jedes davon hielt ich für lebensgefährlich.

»Und wann wirst du mich und mein Leben kennenlernen?«, fragte ich und warf der Bergsportausrüstung einen misstrauischen Blick zu.

»Morgen Abend stehe ich dir völlig zur freien Verfügung«, erwiderte er lächelnd. »Einverstanden?« Er zog mich in seine Arme und küsste mich leicht.

»Was hast du vor?«, fragte ich. So leicht würde ich mich nicht ablenken lassen.

»Lass dich überraschen, ich möchte gleich aufbrechen. Also, beeil dich«, sagte er, und ich hörte eine leichte Ungeduld in seiner Stimme. Ich überschlug kurz meine Möglichkeiten, aber die Aussicht, dass ich morgen das Geschehen bestimmen konnte, war zu verlockend. Außerdem hatte ich mich bereit erklärt, ihn und sein adrenalindurchflutetes Leben näher kennenzulernen, und jetzt musste ich meinen Worten Taten folgen lassen.

»Gut, ich zieh mich um«, entgegnete ich und wand mich aus seiner Umarmung. Bevor mein Entschluss ins Wanken geraten konnte, verzog ich mich ins Schlafzimmer.

Als ich den Inhalt der Tüte auf dem Bett verteilte, wurde mir doch mulmig zumute. Eine wetterfeste Hose mit passender Jacke, ein Funktionsshirt und Bergstiefel deuteten auf einen anstrengenden Ausflug hin. Nur die zarte, fast durchsichtige, spitzenbesetzte Unterwäsche, die ich am Boden der Tüte fand, passte nicht zu meiner neuen Bergsportausrüstung. Ich schlüpfte in den zarten Stoff, der mehr preisgab, als er verbarg, und zog danach die grobe Hose und das Shirt an. Als ich die Bergstiefel festgezurrt hatte, fühlte ich mich bereit für die Besteigung des Mount Everest.

»Fertig!« Mit einem großen Schritt trat ich vor Devon.

»Perfekt«, erwiderte er. Er kam zu mir und strich ganz zärtlich über meine Wange.

»Gehen wir wandern?« Mir war zwar eher nach einem gemütlichen Tag auf dem Sofa, den wir mit einem schönen Abendessen krönen könnten, aber ich versuchte, meine Vorbehalte nicht mitklingen zu lassen, und morgen konnte ich meinen gemütlichen Abend schließlich auch noch veranstalten.

»Ja, wir gehen wandern«, bestätigte Devon, und die Vorfreude, die ich in seinen Worten hörte, machte mir eindeutig klar, dass ich keinen Gedanken mehr an mein kuscheliges Sofa zu verschwenden brauchte. »Aber es geht mir nicht nur um das Wandern, ich möchte einfach Zeit mit dir verbringen und diese sehr angenehme Situation genießen, die wir im Moment haben.« Er nahm meine Hand und hinterließ einen warmen Kuss auf meinem Handrücken.

»Einverstanden«, antwortete ich lächelnd und ließ mich von ihm zur Tür ziehen.

Als der Privatjet nach zwanzigminütigem Flug auf dem Greenwood Lake Airport landete und ich mich aus den weichen weißen Ledersesseln erhob, war ich glücklich und aufgeregt zugleich; aufgeregter denn je. Es lag nicht daran, dass wir überflüssig luxuriös gereist waren. Nein, es lag an Devon.

Sein Entschluss, mit mir zusammen sein zu wollen, schien in den letzten Tagen, in denen er nicht in New York gewesen war, gereift zu sein.

»Gehst du oft hier wandern?«, fragte ich, als wir den kleinen Jet verließen. Er hielt meine Hand, während ich die Stufen der schmalen Treppe hinabstieg.

»Ja, ich mag die Gegend. Meistens bin ich allein unterwegs und wandere und klettere den ganzen Tag, bis die Nacht hereinbricht.« Er sah in die Ferne, wo sich die Wälder dicht um uns drängten, tiefgrün und geheimnisvoll.

»Du bist oft allein unterwegs«, stellte ich fest. Auch in den Hamptons war er ohne Begleitung gewesen. Devon sah mich nachdenklich an.

»Ja«, erwiderte er. »Man ist flexibler, wenn man allein unterwegs ist. Es fällt mir schwer, mich auf das Tempo eines anderen einzulassen.«

»Das klingt logisch. Dir ist aber schon klar, dass ich dir beim Wandern wohl eher ein Klotz am Bein bin?« Ich war zwar fit, doch verglichen mit Devons körperlicher Leistungsfähigkeit war ich ein Amateur. Wir liefen über den Flugplatz auf einen riesigen schwarzen Geländewagen zu.

»Es geht heute nicht darum, dass wir Sport im absoluten Grenzbereich betreiben. Ich will dir mein Leben zeigen und die Dinge, die mir etwas bedeuten. Darum ging es dir doch, oder?« Er sah mich durchdringend an, und ich nickte schnell. Meine Wangen glühten plötzlich wie bei einem frisch verliebten Teenager, der seine erste Liebeserklärung hörte. Er machte tatsächlich einen Schritt auf mich zu, und ich kam mir vor wie in einem Traum.

»Ja, genau so hatte ich mir das vorgestellt«, flüsterte ich.

»Dennoch wird es anstrengend werden«, kündigte er an. »Ich werde dich nicht schonen, aber das kennst du ja schon von mir.«

»Ja, Sir«, erwiderte ich sofort, und Devon grinste.

»Führe mich nicht in Versuchung. Sonst kommen wir nicht weit«, entgegnete er drohend, und ein süßer Schauer huschte über meinen Rücken.

»Mit wem gehst du wandern, wenn du nicht allein bist?«, schnitt ich ein anderes Thema an. Wir waren an dem Geländewagen angekommen, und ein kleiner, drahtiger Mann mit grauem Haar sprang aus der Fahrertür und gab Devon den Schlüssel.

»Hallo, Mr. Draper. Schönes Wetter heute für einen Ausflug«, grüßte er freundlich.

»Hallo, Dan.« Mit einem Kopfnicken nahm Devon den Schlüssel entgegen und dirigierte mich zur Beifahrertür. Ich stieg ein und wartete, während ich Devon beobachtete, wie er Dan Anweisungen gab.

Dann verabschiedeten sich die beiden voneinander, und Dan ging in das Flughafengebäude zurück. Es schien ein oft durchgeführtes Ritual zu sein, das nicht vieler Worte bedurfte.

Während er neben mir Platz nahm und den Motor startete, dachte ich schon, er hätte meine neugierige Frage vergessen, doch jetzt setzte er genau an derselben Stelle an, an der unser Gespräch unterbrochen worden war.

»Manchmal habe ich Marc und Ralph mitgenommen. Sie sind meine engsten Freunde, obwohl sie im Moment nicht sehr glücklich mit meinem Ausstieg aus dem *Black Game* sind«, sagte er und sah nach vorn. Der Wagen setzte sich in Bewegung. »Es läuft nicht mehr so gut.«

»Falls sie sich jemals beruhigen, kannst du sie mir gern einmal vorstellen«, schlug ich vor.

»Das hatte ich vor«, erwiderte Devon prompt, und in seiner Stimme lag ein zweideutiger Klang.

»Wie meinst du das?«, fragte ich überrascht, und meiner Stimme fehlte ein wenig die Kraft. Mir war schon aufgefallen, dass Devon mit mir kontinuierlich alle Punkte des *Black Game* abarbeitete, und sosehr mir all die neuen Dinge gefielen, so gab es doch einiges auf dieser Liste, das ich mit Sicherheit nicht tun wollte. Und Sex mit drei Männern gleichzeitig gehörte definitiv dazu.

»So wie ich es gesagt habe. Wenn du bereit dazu bist, dann stelle ich sie dir vor.« Er sah kurz zu mir hinüber, und sein Blick brannte voller Lust und Erregung.

Oh nein. Er wollte das wirklich tun und er konnte es kaum erwarten und vermutlich würde auch er darüber entscheiden, wann ich dazu bereit war. Meine Finger waren plötzlich ganz kalt. Ich versuchte mir kurz vorzustellen, wie das funktionieren sollte, doch mein Vorstellungsvermögen kam da definitiv an seine Kapazitätsgrenzen.

»Devon«, sagte ich zögernd und mir war klar, dass ich meine Bedenken endlich formulieren musste. »Ich weiß nicht, ob ich das kann. Also mit dir allein ist Sex schon eine Herausforderung, aber mit drei Männern? Ich denke, das geht mir zu weit. Willst du wirklich mit mir das *Black Game* durchspielen?«

»Genau das habe ich vor«, erwiderte er sachlich. »Und wenn wir einmal durch sind, fangen wir wieder von vorn an.«

Mir entwich ein gequälter Laut.

»Ich habe dir sexuelle Ekstase versprochen, und dazu gehört auch, neue Dinge auszuprobieren. Du kannst nicht über etwas urteilen, was du nicht wenigstens ein paar Mal versucht hast.« Seine unnachgiebige Miene sagte mir deutlich, dass er über dieses Thema nicht verhandeln würde.

»Ich weiß nicht«, antwortete ich.

»Ich kann es kaum erwarten, dich kunstvoll zu fesseln.« Er lachte verlockend leicht, als wenn es um nicht viel gehen würde, und blinzelte mich an.

»Bist du gar nicht eifersüchtig, wenn andere Männer im Spiel sind?«, fragte ich vorsichtig.

»Eigentlich schon.« Er grinste. »Bei Marc und Ralph ist das aber eine andere Sache. Es geht dabei nur um Sex. Sie würden nie versuchen, einen Keil zwischen uns zu treiben. Für mich würde es bei weitem schwerer wiegen, wenn du dich mit einem Mann triffst, dem du mehr vertrauen würdest als mir, wenn er mehr von dir wüsste als ich. Wenn du ein Problem hast, dann möchte ich, dass du zuerst an mich denkst. Wenn du Lust auf Sex hast, dann will ich dein erster Gedanke sein und kein anderer. Sex war in meinem Leben bis jetzt eine rein körperliche Sache, aber im Moment liegen die Dinge anders, und ich genieße es sehr, alles noch einmal mit dir neu zu entdecken. Ich dachte, es ist für dich genauso aufregend wie für mich.«

»Das ist es«, erwiderte ich und verkniff mir das »aber«, das mir auf der Zunge lag. Ich blickte nachdenklich auf die vorbeirasenden Bäume, die immer dichter den Straßenrand säumten, und schaltete das Radio an, während ich darüber nachdachte, ob ich das wirklich wollte und konnte. Vielleicht musste ich wirklich aufgeschlossener sein und es wenigstens versuchen. So wie Devon es sagte, klang es völlig logisch und unkompliziert.

Doch ehrlich gesagt ging mir das alles viel zu schnell. Ich warf einen Blick auf Devon, er wirkte gelöst und glücklich, und ich wollte dieses Mehr zwischen uns, das sich gerade entwickelte, jetzt nicht kaputt machen. Ich lächelte ihm zu und schluckte das »aber« hinunter.

Der Wetterbericht sagte für heute beständiges, schönes Wetter mit nur leichter Bewölkung und angenehmen zweiundzwanzig Grad vorher. Nach dem dritten Titel bog Devon in einen unbefestigten Weg ein und nach einer Meile hielt er den Wagen an einem kleinen Parkplatz.

»Wir sind da«, sagte er mit einem euphorischen Unterton und stieg aus. Ich folgte ihm und sah mich um. Die Bäume standen dicht und ließen nur vereinzelte Sonnenstrahlen durch das Blätterdach dringen. Ich atmete tief ein. Es roch nach feuchter Erde, nach Moos und dem würzigen Duft der Nadelbäume. New York war nicht fern, und trotzdem war das hier eine komplett andere Welt, in die wir eingetaucht waren, Devons Welt. Ich kam mir tatsächlich vor wie Alice im Wunderland, die am Eingang des Hasenbaus stand, an der Schwelle zu einem Erlebnis, das sie sich in ihren kühnsten Träumen nicht hätte ausmalen können.

Ich genoss dieses erwartungsvolle Summen der Ungewissheit, der bevorstehenden Überraschung, die ich noch nicht kannte, und beschloss, den Moment zu genießen und meine Sorgen für eine Weile zu vergessen. Devon wusste, wie er mich beeindrucken konnte, und vielleicht war alles genauso unkompliziert, wie er es gesagt hatte.

»Hier entlang«, rief er. Ich wandte meinen Blick vom Blätterdach ab und Devon zu, der wie ein junger Gott kraftstrotzend und strahlend mitten in dem Gewirr aus Bäumen, Büschen und Farnen stand und die ersten Schritte eines breiten Wanderweges entlanggegangen war. Ich folgte ihm nur zu gern, und gemeinsam verschwanden wir im dichten Wald.

KAPITEL 13

Ich hatte Höhenangst. Bisher hatte ich das Gegenteil angenommen, doch jetzt war ich mir eindeutig sicher. Ich taugte nicht für Abenteuer in luftiger Höhe. Unter mir gähnte Leere, und über mir wartete Devon auf dem Gipfel eines Felsens, den ich noch erklimmen musste.

Mein Leben hing an einem dünnen Seil und einem Klettergurt um meine Hüften und lag in der Hand von Devon, der mich von oben sicherte. Meine Knie zitterten, und meine Hände verkrampften sich, so fest hielt ich mich an der Felswand, um nicht abzugleiten.

»Du machst das super. Gleich hast du es geschafft!«, rief Devon von oben, während ich mich zentimeterweise vorarbeitete. Bei ihm hatte alles so leicht ausgesehen. Mühelos war er die Felswand emporgestiegen, als wenn er nur einen gemütlichen Spaziergang unternahm. Erst jetzt begriff ich, welche Anstrengung dieser Sport kostete und wie fit Devon im Vergleich zu mir war. Ich schob und zog mich weiter, bis ich Devon immer näher kam. Lächelnd empfing er mich und gab mir einen Kuss.

»Ich bin stolz auf dich«, flüsterte er und klickte und klackte mit den Karabinern und Seilen. Ich hatte den Überblick verloren über die vielen Schlingen und Knoten, mit denen er hantierte.

Schnaufend ließ ich mich neben ihn sinken, schüttelte meine Hände und versuchte meine Beine wieder zur Ruhe zu bringen, die von der Anstrengung des Kletterns immer noch zitterten.

»Es ist anstrengender, als ich gedacht hatte«, gab ich schließlich zu. Erst jetzt bemerkte ich, dass auch meine Hände zitterten. Devon nahm meine Finger in seine Hände und drückte sie zart, bis das Zittern verebbte. Es war ein so liebevoller und fürsorglicher Moment, dass ich verdutzt stillhielt.

»Ja, es ist anstrengend, aber es ist die Mühe wert«, sagte er.

Ich folgte seinem Blick und bemerkte endlich auch die Aussicht, die sich uns bot. Unter uns lag ein grüner Teppich. Ich erkannte den Dschungel aus Rhododendren, durch den wir uns gekämpft hatten, bis wir am Fuß des Felsens angelangt waren. Zwei große Seen spannten sich dunkel zwischen den Wäldern auf.

»Siehst du das Licht, das dort reflektiert wird?«, fragte er und zeigte zum Horizont. Ich strengte meine Augen an und fokussierte meinen Blick in der Ferne. Tatsächlich erkannte ich ein Licht, das in der Ferne matt orange leuchtete.

»Das sind die Hochhäuser von Manhattan«, erklärte Devon. »Die Sonne spiegelt sich darin.«

»Wirklich!«, rief ich überrascht. Gemeinsam ließen wir unseren Blick schweifen. Es war friedlich hier oben, ruhig und einsam. Nur die Vögel lärmten um uns herum, und ich war zufrieden.

Überrascht bemerkte ich, dass mich in diesem Moment ein unglaubliches Glücksgefühl durchflutete. Devon war bei mir an diesem wunderschönen, verzauberten Ort, und nirgendwo auf der Welt wollte ich jetzt lieber sein als hier an seiner Seite.

»Danke, dass du mich mitgenommen hast. Es ist wunderschön«, sagte ich mit belegter Stimme. Ich konnte meine Gefühle kaum verbergen. Devon legte einen Finger unter mein Kinn und drehte meinen Kopf zu sich.

»Du bist wunderschön«, flüsterte er und küsste mich. »Ich bin froh, dass du mitgekommen bist, obwohl dein Po in dieser Bergsporthose nicht halb so gut zur Geltung kommt wie in dem String. Lass uns absteigen! Ich habe Lust, dir diese fürchterliche Hose endlich auszuziehen.« Er grinste verschmitzt, während mir die Röte ins Gesicht schoss.

»Ich kann es kaum erwarten, nach Hause zu kommen«, sagte ich und sah ihn vielversprechend an.

»Das klingt sehr verlockend, dann lass uns schnell aufbrechen.« Er reichte mir eine Hand, um mir beim Aufstehen behilflich zu sein, und befestigte dann mit ein paar Handgriffen das Seil an meinem Klettergurt. »Ich lasse dich jetzt wieder ab«, sagte er. »Konzentriere dich!«

Ich atmete tief ein und versuchte nicht darüber nachzudenken, was nun mit mir passieren würde.

»Lehn dich entspannt zurück und laufe einfach die Wand wieder runter, ich gebe dir Seil nach«, erklärte Devon und zeigte mir die Körperhaltung, die ich einnehmen sollte. Ich schluckte und wagte einen Blick in die endlose Tiefe hinter mir.

»Ich kann nicht«, flüsterte ich angsterfüllt und sah schnell wieder nach oben.

»Vertrau mir! Es wird dir nichts passieren«, bat er.

»Ich kann nicht«, wiederholte ich mechanisch. Mir wurde übel, und mein Magen glich plötzlich einem Knoten.

»Anya, die Sonne geht bald unter, und ich habe zwar Lust, noch mehr Zeit mit dir zu verbringen, aber nicht hier oben.«

»Ich habe Angst.« Ich konnte es nicht verhindern, meine Stimme bebte. Devon seufzte und trat einen Schritt auf mich zu.

»Dir wird nichts passieren«, sagte er eindringlich. »Oder glaubst du, dass ich dich einer Gefahr aussetzen würde?«

Ich schüttelte langsam den Kopf.

»Ich habe dich aus dem Atlantik gefischt. Ich bin derjenige, der dein Leben rettet. Schon vergessen?«

Ich schüttelte langsam den Kopf. Diesen Moment würde ich niemals in meinem Leben wieder vergessen können.

»Trau dich! Nur wer etwas riskiert, kommt weiter«, sagte er ernst.

»Okay!«, erwiderte ich. Ich konnte ja schlecht für immer hier oben bleiben, außerdem hatte ich den Entschluss gefasst, mehr zu riskieren, und nun war der Moment da, an dem ich wirklich beweisen konnte, wie ernst es mir damit war.

»Gut, dann steige jetzt langsam ab!«

Ich nickte und begann, mich langsam Schritt für Schritt in die Tiefe hinabzutasten. Ich vertraute meinen Füßen und versuchte so wenig wie möglich nach unten zu schauen, stattdessen konzentrierte ich mich auf Devon, der über mir stand und jeder meiner Bewegungen genau folgte.

Je näher der Boden kam, umso erleichterter wurde ich. Als ich endlich Gras unter meinen Füßen spürte, atmete ich aus. Ich war am Leben und ich hatte meine Angst überwunden.

Euphorie durchströmte mich, die nichts mit erotischen Massagen zu tun hatte. Ich löste das Seil an meinem Gurt, als wenn ich nie etwas anderes getan hätte. Das leise Rauschen des Windes in den hohen Wipfeln nahm ich erst jetzt wahr.

Die Welt war berauschend schön, und ich hatte den Blick dafür in den letzten Jahren völlig verloren. All die Schönheit war jeden Tag da gewesen, doch ich hatte meine Zeit hauptsächlich damit verbracht, vor einer Fototapete zu sitzen und in meinen Computer zu starren.

So lebendig und frei wie in diesem Moment der überstandenen Angst hatte ich mich schon seit Ewigkeiten nicht mehr gefühlt. Selbst den betörenden Sex mit Devon stellte diese Erkenntnis einen Moment lang in den Schatten.

Ein leises Surren ließ mich aufschauen. Devon flog in großen Sprüngen vom Felsen herab und landete elegant neben mir.

»Geht es dir gut?«, fragte er mich, während er das Seil von seinem Gurt löste.

»Ja.« Ich lächelte. »Es ging mir nie besser.«

»Sicher?« Seine Stimme wurde dunkel, und er stand plötzlich ganz nah vor mir. »Vielleicht können wir diesen Zustand noch verbessern.« Der dunkle Unterton in seiner Stimme entging mir nicht.

Mit einem leisen Rascheln fiel das Seil auf den Boden und blieb in einem bunt geringelten Haufen liegen.

»Du meinst es wirklich ernst mit dem *Black Game*, oder?«, fragte ich. Mir war klar, dass Devon gerade auf einen weiteren Höhepunkt zusteuern wollte.

»Ich kann es nicht loslassen«, sagte er eindringlich. Er sah mich an, und ich bemerkte ein verzehrendes Brennen in seinen Augen, das mich erstarren ließ. »Aber ich will, dass du ein Teil davon wirst. Ich möchte, dass du bald für mich würfelst!«

»Ich weiß nicht«, sagte ich zögernd. Die dunkle Seite seiner Lust lockte mich und gleichzeitig machte sie mir Angst.

»Da gibt es nichts zu überlegen. Du hast gewusst, worauf du dich einlässt, und du wolltest es.« Er beugte sich zu mir und küsste sanft meinen Hals, während er mit geschickten Fingern den Klettergurt von meinen Hüften löste. Die Karabiner klirrten laut, als ich den Gurt abstreifte. »Es gibt noch so viel zu erleben für dich. Wir stehen ganz am Anfang. Oder hast du bis jetzt irgendetwas bereut?«

»Nein«, sagte ich seufzend. Seine Berührungen waren verführerisch, sanft und verzehrend zugleich.

»Du wirst gleich Sex im Freien mit mir haben. Sag mir die richtige Zahl!« Seine Lippen lösten sich von meinem Hals, wanderten zu meinen Lippen, und die Lust brannte lichterloh in meinem Bauch.

»Nummer neun«, seufzte ich zwischen seinen Küssen und ich spürte, wie es seine Lust anfachte, als ich es sagte. Devon löste ebenfalls den Klettergurt von seinen Hüften und warf ihn von sich.

»Weißt du, wie sehr es mich erregt, wenn du das sagst?«

»Oh ja, ich weiß es ganz genau«, erwiderte ich. »Und noch mehr würde es dich erregen, wenn ich diese Zahl gewürfelt und dir und mir die Aufgabe auferlegt hätte, hier Sex im Freien haben zu müssen.«

»Ich sehe, du verstehst mich.« Devons Atmung ging schneller, und ich spürte sein rasendes Herz in seiner Brust. Die Lust hatte ihn gepackt und sie riss mich mit. Ich spürte, wie mir heiß wurde. »Wirst du es endlich tun?«, fragte er gepresst.

»Vielleicht«, hauchte ich in Devons Ohr und biss in sein Ohrläppchen.

»Würfel für mich! Bald. Es würde mir viel bedeuten!« Seine Hände lagen auf meinen Schultern.

»Können wir die Praktiken noch ändern?« Als ich mit meiner Zunge an seinem Hals hinabfuhr, schloss er seufzend die Augen. Von seinen Händen strömte Wärme in meinen Körper.

»Die Besetzung ist nicht verhandelbar«, seufzte er.

»Sicher?« Meine Küsse wanderten zu seinem Mund, während meine Hände am Bund der Bergsporthose lagen, die Devon trug. Ich erhöhte den Druck meiner Finger, die den Bund unnachgiebig nach unten drückten.

»Mehr!«, bat er atemlos, denn mittlerweile verschlossen meine Lippen seine mit einem vielversprechenden Kuss.

»Vielleicht«, sagte ich lächelnd und setzte eine Spur federleichter Küsse von seinen Lippen zu seinem Ohr.

»Seit wann darfst du mich verführen, das ist meine Aufgabe«, knurrte er und riss die Augen auf. Die brennende Leidenschaft darin nahm mir den Atem. Seine Finger steckten plötzlich im Bund meiner Hose und schoben sie langsam immer weiter nach unten, Stück für Stück.

Ich seufzte. Ein Hauch kühler Luft kitzelte meinen Bauch und streifte den Ansatz meiner Scham.

»Machst du dir gar keine Gedanken darüber, dass uns jemand sehen könnte?«, fragte ich.

»Genau das ist doch der Reiz an der Sache«, erwiderte Devon. »Viel besser wäre es eigentlich gewesen, wenn du schon in Unterwäsche vom Auto hierher hättest laufen müssen.« Seine Fingerspitzen berührten meine Brüste ganz zufällig, streichelten sie zärtlich, während er mich betrachtete. Verräterisch stellten sich meine Brustwarzen auf, und das süße Prickeln lenkte mich davon ab zu protestieren. »Das können wir vielleicht das nächste Mal tun.« Seine Stimme war rauh und dunkel. Das Pochen in meinem Unterleib wurde immer stärker.

»Ich weiß nicht«, sagte ich und sah mich um, als wenn ich tatsächlich erwarten würde, dass hinter einem der vielen Bäume jemand stand und uns beobachtete. »Wenn ich das hier mit dir tue, dann wirst du das nächste Mal wieder mehr von mir erwarten.«

»Ich erwarte von dir, dass du alles mit mir tust«, sagte er rauh. »Und ich weiß, dass du es genießen wirst.« Seine Lippen lagen auf meinen, und sein Kuss wurde immer stürmischer. Seine Zunge stieß besitzergreifend in meinen

Mund, und seine Arme lagen mit einem Mal fest um meinen Körper.

»Du riechst so unglaublich gut, so verführerisch.« Er vergrub sein Gesicht in meinen Haaren und atmete tief ein, während seine Finger meine Hose immer weiter nach unten schoben. Bald würde die Schwerkraft siegen, und die Hose würde endlich von meinen Hüften rutschen. »Und du bringst mein Blut zum Kochen!« Er unterstrich seine Worte, indem er meinem Hosenbund den letzten entscheidenden Schubs versetzte und die Hose zu Boden rutschte. Er drängte sich an mich, und ich spürte seine harte Erregung an meinem Bauch.

»Also gut«, gab ich auf. »Aber danach reden wir darüber, wie es weitergeht.«

»Wie du wünschst.« Devon fasste mein T-Shirt und zog es mir mit einer schnellen Bewegung über den Kopf. Ich stand da, nur noch mit dem durchsichtigen Slip und dem durchsichtigen BH bekleidet, den Devon mir mitgebracht hatte.

Doch er hatte keinen Blick mehr für meine Unterwäsche. Er drängte mich gegen einen Baumstamm, während seine Lippen meine verschlossen. Dann drang er mit seiner Zunge wieder in meinen Mund ein und küsste mich gierig, während seine Hände meine Brüste immer stürmischer liebkosten. Ich war süchtig nach dieser Leidenschaft und nach seiner Ungeduld.

Die sich neigende Sonne schickte orangefarbene Strahlen durch die Äste und malte glühende Kringel auf meine Haut.

Devon zog mich zu Boden, und ich ließ es zu. Die Luft flirrte warm, und über uns brachte der leichte Wind die Zweige der Kiefern zum Rascheln und Raunen. Seine Lippen wanderten zu meinen Brüsten und leckten sie zärtlich, dann nahm er eine Brustwarze zwischen die Zähne, und ich sog zischend Luft ein.

Als er fest zubiss und sich Schmerz und Lust zu einem unerträglichen Wirbel vermischten, war es um mich geschehen. Ich dachte nichts mehr, ich fühlte nur noch.

Es war mir egal, ob uns jetzt jemand störte. Ich würde es vermutlich nicht einmal mitbekommen, wenn uns ein Grizzlybär überraschte. Der Rausch der Lust, der mich erfasst hatte, war betörend.

Seine Lippen wanderten meinen Bauch hinab, und Wellen der Erregung folgten seinen Berührungen. Ich stöhnte und streifte ihm ungeduldig sein T-Shirt über den Kopf, während er die zarte Haut zwischen meinem Bauchnabel und meiner Scham zentimeterweise mit Küssen und Bissen reizte.

Mein Herz raste, als er mir den Slip von den Beinen riss und ich meine Fingernägel in seinen nackten muskulösen Oberkörper bohrte. Kein Wunder, dass er mühelos wie eine Fliege die steile Felswand hinaufklettern konnte. Er bestand im Prinzip nur aus Muskeln. Muskeln, die jetzt unter meiner stürmischen Berührung glühten.

»Anya!«, stöhnte er, und dieser gierige Klang in seiner Stimme, der nur mir galt, löste ein selig machendes Glücksgefühl aus. Er spürte, wie ich mich ihm bereitwillig entgegendrängte.

»Ich will dich so sehr, wie ich noch nie etwas begehrt habe. Was machst du nur mit mir?«, flüsterte er, während er meine Beine spreizte. Bevor ich antworten konnte, drang er mit einem schnellen Ruck in mich ein. Er war so groß und hart, dass ich vor Überraschung keuchte und sofort abhob. Seine festen Stöße waren unnachgiebig.

»Devon«, keuchte ich überwältigt.

Er schien mich kaum zu hören, doch mein lautes, erregtes Stöhnen beschleunigte die Intensität seiner Bewegungen nur noch mehr. Er beugte sich über mich, schloss die Arme um meine Schultern, sodass ich mich keinen Zentimeter mehr bewegen konnte. Ich war ihm hilflos ausgeliefert, und dieses Gefühl peitschte meine Lust nur noch weiter an. Ich spürte die ersten Wellen eines intensiven Orgasmus herannahen, aber ich wollte noch nicht, dass es zu Ende ging. Am liebsten hätte ich ewig in diesem Moment verharrt.

Sein Atem ging schnell, und sein Blick war stechend. Ich schloss die Augen, um meinen Orgasmus noch etwas hinauszuzögern.

»Sieh mich an!«, sagte er scharf, und ich tat sofort, was er verlangt hatte, auch wenn ich mich völlig offenbarte. Die Erregung pulsierte in mir, und ich würde bald explodieren.

»Ah«, stöhnte er, als er meinen glasigen Blick sah, meine Anspannung, die ich nicht mehr verbergen konnte.

»Willst du noch mehr?«, fragte er. Ich nickte gierig. Er nahm meine Handgelenke, zog sie über meinen Kopf und hielt sie in eisernem Griff gefangen.

Was hatte er mit mir vor? Er hatte eine unbändige Kraft und der ließ er nun freien Lauf, als ob unser Aufenthalt in der Natur sein wahres Ich freigelegt hätte.

Er fickte mich, anders konnte ich das nicht nennen, was er mit mir tat, fest, hart und unnachgiebig. Ich fühlte mich ihm völlig ausgeliefert. Er war rasend vor Lust und er würde weitermachen, selbst wenn ich ihn jetzt bat aufzuhören.

Er konnte nicht mehr aufhören. Der Gedanke, Devon völlig ausgeliefert zu sein, gab mir den Kick. Es war so berauschend, dass ich selbst darüber erschrak, als ich in einer irren Gewalt kam. Ich schrie vor Überraschung laut auf, entriss ihm meine Handgelenke und krallte mich an Devons Rücken fest, während riesige Wellen durch meinen Körper rasten.

Meine Lust stachelte Devon noch weiter an. Er erhob sich ein wenig, packte mich an meiner Hüfte und drehte mich um, sodass ich plötzlich vor ihm kniete. Mit einem festen Ruck drang er wieder in mich ein, während er sich an meinen Hüften festhielt. Ich hatte keine Chance, ihm auszuweichen.

Seine Stöße waren unverändert hart, während sich neue Wellen in meinem Bauch aufbauten. Ich wimmerte verzweifelt um Erlösung, doch Devon verlangsamte nun seine Stöße. Er beugte sich über mich und umfasste mit einer Hand meine Brust, zwirbelte meine Brustwarze schmerzhaft und begann gleichzeitig aufs zärtlichste meinen Nacken zu küssen. Dieser Kontrast war so unerträglich süß, dass sich ein weiterer gewaltiger Orgasmus in mir entlud. In langen Wellen bebte mein ganzer Körper.

Devon drang immer schneller in mich ein, verlängerte die Wellen noch weiter und schließlich kam er selbst mit zwei, drei mächtigen Zügen, während er fest in meinen Nacken biss.

Ich hörte seinen Schrei, als er sich in mir entlud und schließlich schwer atmend auf mir liegen blieb.

KAPITEL 14

Als wir mit einem Taxi vom Flughafen zurück zu meinem Apartment fuhren, nahm Devon meine Hand und drückte sie fest.

»Das war atemberaubend«, sagte er und küsste mich leicht auf die Wange.

»Ja, das war es«, erwiderte ich, während das Taxi in die 57. einbog und vor meinem Haus hielt.

»Würdest du dich auch freuen, wenn du einen gemütlichen Fernsehabend mit mir verbringen würdest?«, fragte ich skeptisch, obwohl ich mir die Antwort schon selbst ausmalen konnte. Wie sollte ich den morgigen Abend nur gestalten, ohne dass er zu einer großen Enttäuschung wurde?

»Du müsstest dabei nackt sein«, entgegnete Devon grinsend. »Dann könnte ich der Sache etwas abgewinnen.«

»Das lässt sich vielleicht einrichten«, antwortete ich lachend. Trotzdem war ich froh, dass er es nicht komplett ausschloss, etwas in seinen Augen gänzlich Langweiliges zu tun.

»Aber dennoch wolltest du mit mir über etwas reden, wenn ich mich recht erinnere.« Devon bezahlte den Taxifahrer, und wir stiegen aus.

»Ja«, erwiderte ich, während ich Devon zum Lift folgte.

»Was ist los?«, fragte er schließlich, als sich die Lifttüren hinter uns geschlossen hatten.

»Ich weiß, dass du das *Black Game* mit mir komplett spielen möchtest«, sagte ich gedehnt.

»Daraus habe ich kein Geheimnis gemacht«, entgegnete er, als wir in die Höhe schossen. Ich schwieg einen Moment, bis sich die Lifttüren wieder öffneten und wir in den Flur zu meinem Apartment einbogen.

»Ich weiß«, sagte ich schließlich, unschlüssig, wie ich dieses sensible Thema am besten angehen sollte. Ich musste darüber reden, so viel war klar. Am besten direkt sein, beschloss ich. Devon war ein Freund klarer Worte, und um den heißen Brei herumzureden würde meine Befürchtungen auch nicht aus der Welt schaffen. »Und ich habe kein Geheimnis daraus gemacht, dass mir das vielleicht zu viel sein wird.« Ich schloss mein Apartment auf, und Devon folgte mir.

»Was soll das heißen?« Seine Stimme war plötzlich kühl.

Ich holte Luft und nahm all meinen Mut zusammen. Seine distanzierte Miene gefiel mir gar nicht, und eigentlich wollte ich diese Stimmung zwischen uns nicht zerstören, die ich den ganzen Tag so genossen hatte. »Das soll heißen, dass ich es liebe, mit dir zusammen zu sein, aber ich habe Angst, dass du keine Grenzen kennst. Nicht jede Grenze muss überschritten werden.«

Jetzt wurde Devon unruhig. Während ich mich auf das Sofa sinken ließ, begann er unruhig wie ein eingesperrter Tiger in meinem Wohnzimmer hin und her zu laufen. Oje, da hatte ich ja einen wunden Punkt getroffen, aber zumindest schien er die Bedenken, die ich die ganze Zeit schon geäußert hatte, endlich ernst zu nehmen. Bisher hatte er sie immer beiseitegeschoben und mich mit einem weiteren ekstatischen Highlight davon abgelenkt.

»Das sehe ich ganz anders. Wo wirklich deine Grenze ist weißt du erst, wenn du sie überschritten hast«, sagte er.

»Lass uns einen Kompromiss finden, einen Mittelweg«, bat ich.

»Ich bin kein Freund von Kompromissen.« Devon blickte entschlossen zum Fenster hinaus, an dem er seine Wanderung durch mein Apartment beendet hatte.

»Mach es mir doch nicht so schwer«, bat ich. »Akzeptiere doch einfach, dass Sachen wie Bonding, Fisting oder ein Gangbang für mich nicht infrage kommen.«

»Woher willst du das wissen, wenn du es nicht ausprobierst?« Er kam zu mir, zog mich auf die Beine und nahm mich in den Arm.

»Allein die Vorstellung macht mir Angst.«

»Die Vorstellung von SM hat dir auch Angst gemacht, und ich hatte den Eindruck, dass dir gefallen hat, was wir getan haben. Warum sollte es mit diesen Dingen anders sein?«

»Wir haben doch schon fast alles ausprobiert. Reicht dir das nicht?«, fragte ich.

»Ob mir das reicht?« Er lachte leise. Dann wurde sein Blick ernst. »Ich will das nicht einfach nur ausprobieren. Es soll für immer so bleiben. Ich will, dass du für mich würfelst, und ich will mit dir alles tun, was sich hinter diesen kleinen Punkten verbirgt, und zwar nicht nur einmal, sondern immer wieder.«

»Willst du mir nicht ein wenig entgegenkommen?«, fragte ich düster. Dieses Gespräch entwickelte sich gerade in keine gute Richtung.

»Nicht, wenn ich weiß, dass es nur die Angst vor dem Unbekannten ist, die dich blockiert. Das ist für mich Feigheit und keine Grenze, die ich respektieren sollte«, sagte er mit Nachdruck, und mir wurde augenblicklich klar, wie unterschiedlich wir beide doch tickten. Bisher hatte ich immer die Hoffnung gehabt, dass diese Unterschiede den gewissen Reiz in unserer Beziehung ausmachten, aber im Moment schienen sie sich zu unüberwindbaren Problemen zu entwickeln.

»Du hältst mich für feige?«, fragte ich verdutzt.

»In diesem Punkt schon«, erwiderte er. »Wir sind auf einem steilen Weg, dessen Ende wir noch längst nicht erreicht haben. Ich will jetzt noch nicht stoppen.«

»Devon«, bat ich.

»Nein, Anya«, sagte er entschieden. »Hier geht es eigentlich nicht um das *Black Game*, hier geht es um etwas anderes, und zwar um Vertrauen.«

»Wie meinst du das?« Ich sah ihn verwirrt an.

»Diese Sache funktioniert nur, wenn du mir vertraust und wenn du dich mir völlig öffnest. Du wolltest doch eine richtige Beziehung mit mir führen, oder?« Er sah mich herausfordernd an.

»Ja, das wollte ich«, antwortete ich zögernd, während ich gleichzeitig erstaunt zur Kenntnis nahm, dass Devon, der Mann mit der Beziehungsphobie, mir gerade erklärte, was die Grundlagen einer funktionierenden Beziehung waren.

»Um eine Beziehung zu führen, braucht es absolutes Vertrauen und Offenheit. Es reicht nicht, wenn ich einfach bei dir übernachte. Meine körperliche Anwesenheit hat rein gar nichts zu bedeuten. Du wolltest offen sein und hast mir versprochen, dich auf Neues einzulassen. Dann lass mich endlich in deinen Kopf und dein Herz, denn dort bin ich noch lange nicht angekommen.«

»Das tue ich doch«, erwiderte ich. Schließlich war ich heute auf einen Berg geklettert und hatte Sex in der freien Natur gehabt. Vor wenigen Monaten wäre das noch undenkbar gewesen.

»Ja, aber du hältst dich noch zurück. Manchmal gelingt es mir, dass du dich völlig hingibst, aber das sind nur kleine Momente. Zu jedem neuen Erlebnis muss ich drängen, und immer hast du Ängste und Zweifel, die dich blockieren. Das zeigt mir auch, dass du mir bisher nicht wirklich vertraust. Glaubst du nicht, ich spüre, wann wir eine Grenze erreichen und ich dich überfordere?«

»Ich weiß nicht«, entgegnete ich verdutzt von der Intensität seiner Worte. »Ich hatte keine Ahnung, dass du dir all dieser Dinge so bewusst bist.«

»Dass ich nicht über alles rede, heißt nicht, dass ich nicht mit offenen Augen und Ohren durch die Welt gehe. Wenn du mit mir wirklich zusammen sein willst, dann musst du mir vertrauen. Du kannst nicht immer alles infrage stellen, manchmal musst du einfach meine Hand nehmen und mitkommen. Ich werde schon dafür sorgen, dass dir nichts passiert. Vertrau mir einfach.«

»Das tue ich bereits.«

»Du denkst vielleicht, dass du es schon tust, aber hier drinnen«, er tippte sanft an meine Stirn, »sind immer noch Zweifel, und diese Zweifel akzeptiere ich nicht. Du musst dich damit auseinandersetzen, was dich noch davon abhält, dich völlig auf mich einzulassen.«

»Je mehr man sich öffnet, umso mehr kann man verletzt werden«, erwiderte ich. Denn ich verstand langsam, aber sicher, dass er mit jedem seiner Worte recht hatte.

»Das gehört aber dazu, wenn man ein Paar werden möchte, und ich dachte, auf diesem Weg befinden wir uns.«

»Ich weiß nicht, ob ich deine Bedürfnisse wirklich erfüllen kann«, gestand ich.

»Warum denkst du so etwas?« Er sah mich erstaunt an. »Habe ich dir irgendeinen Grund zum Zweifeln gegeben?«

»Nein«, antwortete ich. »Aber diese ganzen Frauen haben doch bereitwillig getan, was du von ihnen wolltest. Und ich weiß nicht, ob ich auch so sein kann.«

»Du sollst nicht so sein wie diese Frauen, du sollst du selbst sein, denn deswegen fühle ich dieses warme Brennen da in meinem Herzen.« Er zeigte auf seine Brust. »Weil du aufmüpfig bist, kritische Fragen stellst und mich zum Nachdenken bringst. Wenn ich auch weiterhin nur ausgefallenen Sex hätte haben wollen, dann wäre ich einfach weiter in die *Black Lounge* gegangen. Aber ich habe mich für dich und gegen diese ganzen Frauen entschieden, weil ich beides will.«

»Ich weiß, aber manchmal befürchte ich dennoch, dass dir langweilig werden könnte und du deine Entscheidung bereust, weil ich dir nicht genug geben kann.«

»Du bist mehr als genug für mich«, sagte er eindringlich. »Und diese Dinge kann man auch nicht miteinander vergleichen. Bei den Frauen in der *Black Lounge* ging es wirklich nur um Sex, da waren keinerlei Gefühle im Spiel. Aber jetzt ist es ganz anders. Es ist, als ob sich gerade eine zusätzliche Dimension entwickelt, und das macht die Sache doch um einiges besser. Aber du bist noch nicht ganz bei mir. Ich sehe, selbst rote Rosen können dich scheinbar nicht wirklich davon überzeugen, dass es mir ernst ist. Wenn ich diese Beziehung nicht so führe, wie du es erwartest, dann liegt das nicht an mir, sondern an deiner Erwartungshaltung.«

»Meine Erwartungen sind falsch?« Ich runzelte nachdenklich die Stirn.

»Du darfst keinen Standard von mir erwarten. Ich bin ich. Das wusstest du vorher.«

»Ich gebe es zu«, erwiderte ich sarkastisch. »Ich wollte nur mit dir zusammen sein, weil ich den Nervenkitzel gesucht habe.«

»Wusste ich es doch«, entgegnete Devon lächelnd, dann wurde sein Blick ruhig. »Also, Anya, vertraust du mir?« Er sah mich ernst und zugleich liebevoll an.

»Ja«, sagte ich mit fester Stimme. »Das tue ich.«

»Gut, dann musst du dich auf neue Abenteuer einlassen und darauf vertrauen, dass ich alles dafür tue, damit es dir gutgehen wird. Das erwarte ich von dir.«

»Selbst wenn du mir weh tust?«, fragte ich leise.

»Selbst dann, wenn ich dir weh tue«, nickte er. »Denn ich tue dir nur weh, um deine Lust zu vervielfältigen. Das solltest du mittlerweile begriffen haben.«

Ich nickte, denn genau so war es bisher gewesen. Da konnte ich ihm nicht widersprechen.

»Ich erwarte absolute Hingabe von dir. Nur wenn du dich völlig auf mich einlässt, wirst du wirklich Erfüllung und Lust empfinden, in jeglicher Hinsicht. Wenn du blockiert bist und Vorbehalte hast, kann es nicht funktionieren, und da unser Sexleben und unser Gefühlsleben jetzt offenbar zusammengehören, gilt das für beides.«

»Vertraust du mir?«, fragte ich.

»Das tue ich, mein Leben steht dir offen. Ich möchte, dass du ein Teil davon wirst. Du weißt es vielleicht nicht, aber mein größter Vertrauensbeweis ist, dass ich von dir nicht verlangt habe, eine Geheimhaltungsvereinbarung zu unterschreiben.«

»Wie meinst du das?«

»Jede Frau, die mit mir in Kontakt kommt, muss diese Vereinbarung unterzeichnen, damit sichergestellt ist, dass meine berufliche Existenz nicht zerstört wird. Du als meine PR-Beraterin kannst dir sicherlich vorstellen, was passiert, wenn die Sache an die Presse kommen würde. Ich wäre ruiniert und bräuchte New York nicht mehr zu betreten.«

»Ja, natürlich.« Ich dachte an den Morgen zurück, an dem ich Devon mit meiner Notlüge vor den beiden neugierigen Reporterinnen gerettet hatte.

»Jedenfalls gibt es nur wenige Menschen, die davon wissen. Marc, Ralph, der *Club 5* natürlich und du.«

»Und Sarah und Olivia, aber die beiden halten dicht«, versprach ich.

»Das hoffe ich, denn ich vertraue darauf, dass du deine Freundinnen gut genug einschätzen kannst.«

»Ich verstehe, was du meinst«, sagte ich. Devons Zukunft lag in meinen Händen, und für einen Kontrollfreak wie ihn war das tatsächlich ein unkalkulierbares Risiko, das er nur mit Vertrauen ertragen konnte.

»Gut, dann sind wir uns also einig«, sagte er ernst, als ob ich einen Eid schwören sollte, und genau so kam ich mir dabei vor.

»Ja.« Ich nickte feierlich. Seine Worte und sein Vertrauensbeweis hatten mich überzeugt.

»Wunderbar«, sagte Devon lächelnd und küsste mich leicht auf die Lippen. »Ich kann es kaum erwarten, dich das erste Mal würfeln zu sehen.«

KAPITEL 15

Was hatte ich nur getan?

Ich saß an meinem Arbeitsplatz und starrte schon seit einer geschlagenen Stunde die Fototapete an, während ich nicht imstande war, meinen Blick auf meinen Computer zu richten und mich mit der Liste der potenziellen Lieferanten zu beschäftigen, die ich noch nicht abgearbeitet hatte. Ich hätte es mir sparen können, eine Stunde eher ins Büro zu gehen, um konzentriert und ungestört arbeiten zu können. Nicht einmal den Brasilianer hatte ich ans Telefon bekommen, und Robert Trumell war zwar schon im Büro, aber bislang hatte er einen Bogen um mich gemacht, was ich durchaus nachvollziehen konnte.

Nachdem er jetzt zum wiederholten Male Fehler gemacht hatte, war es wirklich Zeit zu entscheiden, ob dieser Job bei TC das Richtige für ihn war.

Doch meine Gedanken blieben nicht bei der Arbeit. Schon wieder schweiften sie zu einem weit dringenderen Thema ab.

Würde Devon bald darauf bestehen, dass ich für ihn würfelte, oder gewährte er mir noch eine Schonfrist, damit ich mich langsam an den Gedanken gewöhnen konnte? Meine Gedanken kreisten unablässig um diese Frage.

Gestern Abend hatte er sich nichts anmerken lassen. Er hatte sich mit einem langen Kuss von mir verabschiedet, und ich hatte nicht darauf bestanden, dass er bei mir übernachten sollte. Es war mir sogar recht gewesen, dass ich ein wenig Ruhe gehabt hatte, um meine Gedanken zu sortieren und meine erschöpften Muskeln mit einem heißen Bad zu lockern. Schon in der Badewanne hatte ich den vergangenen Tag Revue passieren lassen und festgestellt, dass er mich geschickt an die Stelle geführt hatte, an der er mich hatte haben wollen.

Ich würde für ihn würfeln, und das vermutlich sehr bald, denn Geduld war einfach nicht Devons Stärke. Meine eigene Courage machte mir ganz unvermittelt Angst, doch es war mir gestern ganz logisch erschienen, seiner Argumentation zu folgen.

Wie konnte ich wissen, wie sich Bondage anfühlte, wenn ich es nie versucht hatte? Der Gedanke, in einer komplizierten Fesselung Devon und seinen erotischen Fantasien völlig ausgeliefert zu sein, war erregend und verstörend zugleich. Aber wenn Devon spürte, dass mir etwas wirklich zuwider war, würde er die Session abbrechen, darauf konnte ich mich verlassen.

Konnte ich das wirklich? Vertraute er mir, und nur ich vertraute ihm nicht?

Die verwirrenden Gedanken nahmen in meinem Kopf Oberhand, und dabei sollte ich mich doch eher damit beschäftigen, wie ich den heutigen Abend gestalten würde. Mehr als einen Film zu sehen und eine Pizza zu bestellen war mir noch nicht eingefallen. Welche Filme mochte Devon überhaupt? Ich konnte mich nicht daran erinnern, dass er diese Art von Freizeitvergnügen jemals erwähnt hatte.

Genau in dem Moment, in dem ich in Betracht zog, mit Devon einen Laser-Tag-Abend zu veranstalten, sah ich, wie eine große, grazile Schönheit in einem teuren Business-Outfit Trevors Büro verließ.

Shannon!

Siedend heiß fiel mir ihre Drohung ein, mir mein Leben zur Hölle zu machen. Anscheinend hielt sie es für erfolgversprechender, mir meinen Job zu ruinieren, als meine Beziehung zu Devon zu sabotieren. Ich duckte mich hinter meiner Grünpflanze und wartete, bis Shannon im Lift verschwunden war.

Dann sprang ich auf, schnappte meinen Terminplaner und eilte in Trevors Büro. Seine Haut hatte eine blasse Färbung, was ungewöhnlich für einen Montagmorgen war, da neigte er eigentlich eher zu einem wütenden Rotton.

»Guten Morgen, Trevor«, sagte ich vorsichtig. »Wollen wir die Termine für diese Woche durchsprechen?«

»Ja, sicher«, sagte er, ohne aufzublicken oder mich zu begrüßen. So weit, so normal.

»Was wollte Shannon Draper bei dir?«, fragte ich direkt.

»Nichts, was dich angeht«, entgegnete Trevor energisch und bombardierte mich mit einem neuen Schwung Arbeit.

Kurz darauf verließ ich sein Büro mit dem festen Vorsatz, mich nie wieder ungefragt in diesen Raum zu begeben, wenn ich nicht in Zukunft 80-Stunden-Wochen haben wollte.

»Guten Morgen, Robert, hol mir bitte die Brasilianer ans Telefon«, rief ich, als ich an meinen Schreibtisch zurückkam. Endlich hatte sich Robert Trumell an seinen Arbeitsplatz begeben. Doch er sah mich nicht an, sondern nickte nur und sah wie hypnotisiert auf sein Telefon. Außerdem bewegte er sich langsam, als ob er rohe Eier tragen würde. Ich schob sein seltsames Benehmen auf sein schlechtes Gewissen und delegierte einige der Aufgaben, die mir Trevor übertragen hatte, an Rick Charles und Samantha.

Während ich zusah, wie die drei an die Arbeit gingen, durchsuchte ich meinen Telefonspeicher nach Shannons Nummer. Ich musste wissen, was sie von Trevor wollte. Denn Trevor war wegen irgendetwas wirklich schockiert gewesen.

Ich holte tief Luft und wählte ihre Nummer. Nach dem dritten Freiton nahm jemand ab, und eine schneidende

Stimme sagte: »Guten Morgen, Anya. Das ging ja schnell. Du hast die guten Neuigkeiten also schon gehört.«

»Natürlich«, erwiderte ich geistesgegenwärtig. Was hatte diese Frau nur angerichtet? Es machte mich rasend, dass sie mir einen Schritt voraus zu sein schien, und ein mulmiges Gefühl breitete sich immer stärker in mir aus.

»Gut, Trevor Miles war nicht sehr erbaut gewesen, dass du eine Affäre mit meinem Bruder hast. Er sieht das genauso kritisch wie ich.«

Sie hatte ihren eigenen Bruder an Trevor verraten?

Bevor Shannon weitersprechen konnte, unterbrach ich sie mit einem scharfen »Stopp!«. Meine Stimme wurde drohend. »Halt dich aus meinem Leben raus, Shannon.«

»Zu spät«, zischte sie. »Du hast meine Ankündigung nicht ernst genommen und deswegen wirst du die Konsequenzen jetzt zu spüren bekommen. Das war nur der Anfang. Aber du kannst noch aussteigen. Bereite dieser lächerlichen Affäre ein Ende und du siehst mich nie wieder.« Shannon hielt kurz inne, als ob sie mir die Gelegenheit geben wollte, ihr Angebot anzunehmen.

»Das werde ich nicht tun«, erwiderte ich hart. So weit kam es noch, dass ich mich von ihr erpressen ließ. Es war Zeit, Devon einzuschalten.

»Ach ja«, sagte sie, als ob sie meinen Gedanken erahnt hatte. »Und komm ja nicht auf die Idee, Devon etwas davon zu erzählen. Sonst wird er erfahren, dass du gestern Nacht mit Robert Trumell geschlafen hast.«

»Wie bitte?«, sagte ich entsetzt. Das war absurd. Ich hatte die vergangene Nacht in meinem Bett verbracht.

»Ganz recht. Robert Trumell hatte gestern eine aufregende Nacht mit dir oder zumindest mit der Frau, die er für dich gehalten hat.« Shannon schmunzelte, und ich konnte mir das siegessichere Grinsen auf ihrem Gesicht geradezu vorstellen. »Männer sind so leicht zu manipulieren, ein paar Drinks zu viel, eine Augenbinde und schon kann man ihnen beinahe alles erzählen, und sie glauben es auch noch.«

»Wie konntest du es wagen?«, sagte ich eisig, während sich in mir ein riesiges Loch auftat. Diese Frau war verrückt und unberechenbar. Sarah hatte mit ihrer Einschätzung absolut recht gehabt, nur ich hatte die Gefahr, die von Shannon ausging, maßlos unterschätzt.

»Sieh Devon nie wieder, und die Sache hat sofort ein Ende.« Als ich ein leises Klicken hörte, wusste ich, dass Shannon aufgelegt hatte.

»Nein«, hauchte ich und ließ kraftlos den Telefonhörer sinken. Ich warf Robert einen schnellen Blick zu. Jetzt war mir sein seltsames Benehmen natürlich klar. Wie sollte ich das nur wieder geradebiegen?

Doch Robert war eigentlich mein geringstes Problem, ich musste zuallererst Trevor davon überzeugen, dass es gar nicht so schlimm war, eine Affäre mit einem Geschäftspartner zu haben. Schließlich war die Zusammenarbeit mit Draper Consulting beinahe beendet. Jefferson Wilson würde nur noch die Auswertung von Draper Consulting bekommen, und die Handlungsempfehlungen mussten wir ohnehin selbst umsetzen. Im Prinzip war Devon schon ein Ex-Geschäftspartner, und dieser Logik konnte sich auch Trevor nicht entziehen.

Eine Weile beobachtete ich ihn. Er schien seine Fassung wiedergewonnen zu haben und telefonierte gewohnt hektisch. Es musste um etwas Ernstes gehen, denn zwischendurch schlug er sogar zweimal mit der Faust auf seinen Tisch.

Das war kein guter Moment, um wieder etwas geradezurücken.

Bis zur Lunchpause wartete ich eine gute Gelegenheit ab, um Trevor zu sprechen, doch seine Laune schien im Laufe des Vormittags eher schlechter als besser zu werden.

Ich ignorierte Robert Trumell so gut es ging und konzentrierte mich auf meine Arbeit. Tatsächlich schaffte ich es, meine Liste abzuarbeiten und die drei aussichtsreichsten Lieferanten herauszufischen und Termine mit ihnen zu vereinbaren, während ich auf einen günstigen Moment wartete, um Trevor abzupassen.

Am Nachmittag meldete sich endlich der Brasilianer. Anscheinend hatte er sich durch meine permanenten Anrufe erweichen lassen. Er verriet mir, dass er plante, seine Plantagen größer anzulegen, sodass er als Lieferant für TC durchaus infrage kam. Ich jubilierte innerlich, denn das Gespräch lief gut, und ich konnte ihn überzeugen, dass es nur ein albernes Missverständnis gewesen war, als ihn Robert Trumell abgewimmelt hatte. Ich war kurz davor, neu in die Verhandlungen einzusteigen, denn jetzt in der Planungsphase konnten wir unsere Wünsche noch einfließen lassen, und das waren doch wirklich gute Nachrichten.

Am liebsten wäre ich gleich zu Trevor gestürmt, nachdem ich aufgelegt hatte. Meine Laune hatte sich durch dieses Gespräch erheblich gebessert, doch Trevor hatte einen Termin nach dem anderen. Erst am frühen Abend schien sich eine Gelegenheit zu bieten, an ihn heranzukommen. Ich hatte geduldig gewartet, und meine Kollegen waren schon längst auf dem Heimweg, als Trevor von seinem letzten Meeting zurückkam und halbwegs erträgliche Laune zu haben schien.

Gemächlich ging ich in sein Büro und klopfte höflich an.

Er sah auf, und sein Gesichtsausdruck veränderte sich binnen Sekunden, als er mich erkannte. Na super! Und dafür hatte ich den ganzen Tag geduldig abgewartet und mir meine Worte tausendmal zurechtgelegt.

»Trevor, wir müssen noch eine Sache besprechen.«

»Ja, vermutlich ist es besser so«, erwiderte er zu meiner Überraschung. »Es sind Dinge vorgefallen, die ich nicht unkommentiert lassen kann, auch wenn ich es mir eigentlich vorgenommen hatte.«

»Erst einmal möchte ich sagen, dass ich das Verhalten von Shannon Draper absolut indiskutabel finde und es auf das schärfste kritisiere. Es gibt interne Angelegenheiten, in die sich niemand einmischen sollte«, begann ich.

»Deswegen wolltest du mit mir sprechen?« Trevors Gesicht färbte sich langsam rot, ein deutliches Zeichen, dass ich auf den Punkt kommen musste.

»Nein, ich wollte mit dir sprechen, um mein Verhalten zu erklären.«

»Jetzt bin ich aber gespannt«, erwiderte Trevor und riss seine Schweinsäuglein erwartungsvoll auf.

Verdammt, war das peinlich! Besser, ich brachte die Angelegenheit schnell hinter mich. Wenn Shannons Drohung ins Leere lief, dann konnte sie mich nicht mehr erpressen und würde sich selber lächerlich machen. Genauso wie ich es eigentlich geplant hatte.

»Also, ich möchte einfach nur klarstellen, dass meine Beziehung zu Devon Draper in keinerlei Weise meine Arbeit hier bei TC beeinflusst.«

Bei meinen Worten veränderte sich Trevors Hautfarbe zu einem leichten Purpurrot. Nein! Ich wollte ihn doch beruhigen und nicht weiter aufregen.

»Genau genommen ist unsere Zusammenarbeit mit Draper Consulting ja beendet, und deswegen wird es da keine Berührungspunkte mehr geben«, sagte ich möglichst ruhig und gelassen.

»Wie bitte?« Trevors Stimme hatte sich ein gefährliches Knurren beigemischt.

»Also …« Ich hielt kurz inne und fragte mich, was an meinen Worten nicht zu verstehen sein sollte. Shannon hatte ihm verraten, dass ich eine Affäre mit Devon hatte, und jetzt entschuldigte ich mich gerade dafür. Er musste nun lediglich entscheiden, ob er damit leben konnte oder eben nicht. Das war doch nicht so schwer.

Bevor ich meinen Standpunkt noch einmal wiederholen konnte, riss Trevor den Mund auf. »Du hast ein Verhältnis mit Devon Draper?«, schrie er, und ich begriff quälend langsam, dass ich Shannon auf den Leim gegangen war. Trevor wusste nichts von meiner Beziehung zu Devon.

Aber was hatte Shannon ihm dann heute Morgen gesagt?

»Bist du denn von allen guten Geistern verlassen? Das wird ja immer verrückter. Als wenn es nicht schlimm genug wäre, dass du etwas mit diesem Trumell angefangen hast. Jetzt hast du gleichzeitig noch eine Affäre mit Devon Draper. Anya, ich bin schwer enttäuscht.« Trevors Stimme war erstaunlich ruhig. Sie schwebte über mir, während ich das Gefühl hatte, in ein endlos tiefes Loch zu stürzen.

»Deswegen war Shannon Draper hier? Um dir die Sache mit Robert Trumell zu erzählen?«, sagte ich, doch meine Stimme hatte keinen Ton.

»Nein!«, sagte Trevor entsetzt. »Was hast du nur immer mit Shannon Draper? Robert Trumell hat mir in der Mittagspause selbst gestanden, dass er eine Affäre mit dir hat, und seine fristlose Kündigung eingereicht.«

»Robert hat gekündigt?«, sagte ich tonlos.

»Ja, verdammt, und das ist mir mehr als recht, denn er taugt nichts, und über kurz oder lang hätte ich ihn ohnehin vor die Tür gesetzt.«

»Und weswegen war Shannon Draper hier?«, fragte ich verzweifelt, während ich versuchte, das Chaos zu begreifen, das sich hier gerade auftat.

»Ach«, seufzte Trevor erstaunlich kampfesunlustig. »Eigentlich ist es auch egal. Shannon Draper hat Anteile an TC erworben und will sich in das operative Geschäft einbringen. Sie hat irgendein Ding mit Wilson laufen und ist nicht gut auf mich zu sprechen. Keine Ahnung, warum.« Er zuckte mit den Schultern und sah mich desillusioniert an. Scheinbar war es ihm das erste Mal passiert, dass ihm jemand gedroht hatte, ihn zu kündigen. Er seufzte: »Dieser Tag ist kaum noch zu toppen. Wirklich unglaublich. Wenn jetzt noch meine Ex-Frau auftaucht und mir verkündigt, dass sie zu mir zurückkommen will, weil sie mich wie irrsinnig liebt, dann lasse ich mich einweisen.«

»Ich habe nichts mit Robert Trumell«, sagte ich schneidend.

»Aber scheinbar mit Devon Draper, da spielt Trumell nun auch keine Rolle mehr. Es ist besser, wir gehen jetzt. Ich werde eine Nacht über diesen Irrsinn schlafen, aber das wird Konsequenzen haben, zumindest solange ich noch das Sagen hier habe. Guten Abend!« Mit diesen Worten schaltete Trevor seinen Computer aus, erhob sich und verließ das Büro, während ich ihm verdutzt hinterherschaute. Ein schweigender Trevor Miles war viel unheimlicher als ein schreiender.

Langsam ging ich zu meinem Schreibtisch.

Shannon hatte mich hinters Licht geführt, sie hatte mir eine Falle gestellt, und ich war blindlings hineingelaufen. Ich hatte mich gerade selbst ans Messer geliefert, während sie völlig unbeschadet dastand. Und wenn sie sich tatsächlich gerade bei TC einkaufte, dann sicher nur, weil sie mir mein Leben tatsächlich zur Hölle machen wollte. Aber so, wie es aussah, würde das gar nicht mehr nötig sein, denn für diese Geschichte würde mich Trevor garantiert feuern, sobald er wieder bei klarem Verstand war. Natürlich hatte Shannon sich denken können, dass ich die Sache bei Trevor geraderücken wollte, um meinen Job zu retten.

Vermutlich musste ich diesen Schritt vor ihm wagen. Devon hatte doch angeboten, dass er mir einen Job besorgen konnte, und vielleicht war es besser, dieses Angebot vorübergehend anzunehmen, sosehr es mir auch widerstrebte, meine Selbständigkeit aufzugeben.

Doch das würde auch bedeuten, dass ich endlich das überfällige Gespräch über seine Schwester mit ihm führen musste. So konnte es nicht weitergehen. Ich glaubte nicht daran, dass Devon diese Lüge über Robert Trumell glauben würde. Doch Shannon hätte nicht so einen großen Aufwand betrieben, wenn sie nicht wüsste, dass es funktionieren würde. Meine Zweifel begannen ins Endlose zu wachsen. Sie kannte Devon besser als ich und wenn sie glaubte, dass sie mich damit erpressen konnte, dann lag es zumindest im Bereich des Möglichen, dass Devon ihr Glauben schenkte.

Das würde die erste Zerreißprobe für unsere Beziehung werden, das wurde mir schlagartig klar, und es war kein guter Anfang, dass wir erst gestern darüber gesprochen hatten, dass ich Devon noch nicht ausreichend vertraute.

Ich versuchte mir vorzustellen, wie er reagieren würde, sobald ich ihn mit diesen Vorwürfen konfrontierte, während ich meinen Computer herunterfuhr und meine Tasche packte. Doch ich war mittlerweile so durcheinander, dass mir alles möglich schien, von Schreien bis Schweigen.

Ich warf der Fototapete einen letzten Blick zu und seufzte. Dann machte ich mich auf den Weg nach Hause.

Als ich wenig später mein Apartment betrat, warf ich meine Tasche wütend in die Ecke. Meine Ohnmacht hatte sich auf dem Heimweg in Zorn verwandelt. Eigentlich wollte ich heute einen gemütlichen Abend mit Devon verbringen, und nun standen Gespräche über Vertrauen, Verrat und Intrigen auf der Agenda.

Was für ein Desaster!

Dieser Tag entwickelte sich zu einer absoluten Katastrophe, und daran war ich selbst schuld. Ich hatte Shannon unterschätzt, und zwar ganz erheblich. Hätte ich nur auf Sarah gehört und wäre die Sache genauso intrigant angegangen, wie sie vorgeschlagen hatte. Dann wäre ich ihr zuvorgekommen.

Doch jetzt war es zu spät. Das Unglück war geschehen, und ich musste das Beste daraus machen.

Ich warf einen Blick auf die Uhr. Devon würde in einer Stunde kommen, und ich hatte nicht mehr viel Zeit. Kurz entschlossen verließ ich mein Apartment und klopfte an Sarahs Tür.

»Anya, Süße? Alles klar?« Sie sah mich forschend an, als ob sie mir wieder einmal an der Nasenspitze ablesen könnte, dass es mir nicht gutging.

»Nein, ich habe ein Riesenproblem«, sagte ich.

»Komm rein!« Sarah sah mich ernst an, während ich an ihr vorüberging und sie die Tür hinter mir schloss. »Was ist passiert?«

Ich setzte mich in ihre halb offene Küche an einen Barhocker und holte tief Luft, während Sarah eine Flasche Wein öffnete und mir ein Glas eingoss.

Dankbar nahm ich einen Schluck, während ich nach Worten suchte. Dann holte ich aus und fasste die Ereignisse des heutigen Tages kurz zusammen.

Sarah sah nicht überrascht aus, als ich ihr schilderte, wie mich Shannon hereingelegt und ich Trevor selbst einen Grund geliefert hatte, um mich rauszuschmeißen.

»Sehr geschickt«, murmelte sie, als ich geendet hatte. »Da ist ein Profi am Werk.«

»Ich habe keine Ahnung, wie ich Devon jetzt gegenübertreten soll«, sagte ich schließlich.

»Verständlich.« Sarah spitzte nachdenklich die Lippen. »Es kann durchaus sein, dass sie schon bei Devon irgendwelche Gerüchte ausgestreut hat.«

»Garantiert«, erwiderte ich resigniert. »Ich habe Angst, dass ich ihr in die nächste Falle gehe.«

»In diesem Zustand solltest du dich nicht mit ihm treffen«, sagte Sarah entschieden. »Das macht die Sache vermutlich nur noch schlimmer.«

Ich schüttelte den Kopf. »Das kann ich nicht, Sarah. Das löst meine Probleme auch nicht. Ich werde mit offenen Karten spielen und Devon alles beichten.«

In diesem Moment klingelte mein Smartphone, und ich zog es aus der Tasche.

»Es ist Devon«, sagte ich und starrte die Nummer an.

»Geh nicht ran!«, riet mir Sarah. »Lass ihn auf die Mailbox sprechen.«

»Nein«, widersprach ich und nahm ab. »Hi, Devon«, sagte ich so fröhlich, wie ich konnte.

»Hi, Anya«, erwiderte er. Seine Stimme klang gehetzt. »Ich muss unser Treffen heute Abend leider absagen.«

Seine Worte rissen an meiner Selbstbeherrschung, und ich spürte, wie mir die ersten Tränen in den Augen drückten.

Irgendetwas hatte Shannon getan, und ich bewegte mich gerade auf ziemlich dünnem Eis.

»Warum denn das?«, fragte ich vorsichtig.

»Es ist wegen TC, Jefferson Wilson hat irgendwelche Probleme, die er heute Abend noch mit mir unter vier Augen klären muss. Seltsame Angelegenheit«, knurrte er. Man hörte ihm an, dass er keine Lust hatte, den Termin wahrzunehmen.

»Wusstest du, dass deine Schwester Anteile von TC erworben hat?«, fragte ich vorsichtig.

»Ja«, sagte er erstaunt. »Das hat sich ja schnell herumgesprochen. Ich habe ihr empfohlen, Anteile zu kaufen, einer der Teilhaber zieht sich aus Altersgründen aus dem Geschäft zurück. Ich sehe TC auf einer stabilen Wachstumskurve.«

»Ja, das ist richtig. Hast du deine Schwester heute gesprochen?«, fragte ich weiter.

»Seit wann interessierst du dich so für meine Schwester?«, wollte Devon wissen, und ich konnte den misstrauischen Ton in seiner Stimme ganz deutlich heraushören.

Ich überlegte nicht lang, sondern es platzte einfach aus mir heraus. »Ich interessiere mich so für deine Schwester, seit sie begonnen hat, mich zu bedrohen«, entgegnete ich scharf.

»Dich zu bedrohen?«, sagte Devon gestelzt, und ich hörte wieder diesen verdammten Stolz in seiner Stimme. »Meine Schwester Shannon?«

»Ja«, antwortete ich ungeduldig. »Sie hat mir gedroht, mir mein Leben zur Hölle zu machen, wenn ich mich nicht von dir trenne.«

»Unvorstellbar«, erwiderte Devon kurz. »Und so einen Blödsinn höre ich mir auch nicht weiter an.«

»Devon«, sagte ich zornig, »sie hat mir gedroht, mir eine Affäre anzuhängen, wenn ich es wage, mit dir zu sprechen.«

»Das würde Shannon niemals tun«, entgegnete er nicht minder wütend. »Wenn ich jemandem vertrauen kann, dann ihr. Sie gönnt mir mein Glück und kann sich auch mit mir freuen. Ich glaube, es ist besser, wenn wir erst einmal ein paar Tage Abstand halten. Bye.«

Ich starrte schockiert mein Smartphone an.

»Nein!«, hauchte ich schockiert. Was war denn jetzt passiert? Ich sah irritiert zu Sarah hinüber, die missbilligend die Augenbrauen gehoben hatte.

»Ich habe dir doch gesagt, geh nicht ran«, sagte sie tadelnd. »Du kannst einem Mann nicht solche Sachen an den Kopf werfen. Damit machst du dich zur Zicke und sie zur Heiligen.«

»Aber …«, stotterte ich verwirrt, und jetzt flossen die Tränen ungehemmt.

»Du musst ihm ein paar Tage Zeit geben. Er beruhigt sich schon wieder.« Sarah streichelte beruhigend meinen Arm.

In diesem Moment klingelte mein Smartphone erneut, und ich nahm ohne zu überlegen ab.

»Ja!«, sagte ich erwartungsvoll in der Hoffnung, dass Devon sich bei mir entschuldigen würde.

»Schatz, du klingst nicht gut. Alles in Ordnung bei dir?«, fragte meine Mutter, und ich ließ meinen Kopf wieder sinken. Was für ein Timing!

»Alles okay!«, erwiderte ich möglichst fröhlich, obwohl man meine erstickte Stimme kaum fehldeuten konnte.

»Bei uns gibt es Probleme«, entgegnete sie in ernstem Ton, ohne auf meine offensichtliche Lüge einzugehen. Ich richtete mich schlagartig auf.

»Was ist passiert?«, fragte ich erschrocken. Was war nur los? Die letzte Woche war so wunderbar gewesen, und jetzt war ich plötzlich in einer Spirale schwarzer Momente gefangen und trudelte unweigerlich auf einen dunklen Abgrund zu.

Plötzlich schrillten meine Alarmglocken. Meine Mutter würde meine deutliche Verwirrtheit nicht einfach so abtun. Es musste etwas wirklich Schlimmes passiert sein. Normalerweise würde sie mich so lange ausquetschen, bis sie erfahren hatte, warum ich so unglücklich war.

»Uns geht es nicht gut«, sagte sie leise. Ich spürte plötzlich meine Beine nicht mehr, und auch meine Arme schienen taub zu sein.

»Was ist passiert?«, krächzte ich ins Telefon.

»Komm her! Wir sprechen in Ruhe darüber«, bat sie, und als ich den matten Klang in ihrer Stimme hörte, wollte ich sie am liebsten sofort in meine Arme schließen.

»Ich komme, so schnell ich kann«, sagte ich und irgendwie war ich froh darüber, dass sie mir in diesem Moment nicht die gesamte Wahrheit sagte. Ich wusste nicht, ob ich sie genau jetzt ertragen würde.

»Ja, bis später.« Meine Mutter legte auf, und der schwache Klang ihrer sonst so resoluten Stimme klang mir noch lange in den Ohren.

»Alles okay?«, fragte Sarah.

»Nein, überhaupt nicht«, erwiderte ich matt. »Ich muss sofort nach Hause.«

»Soll ich mitkommen?«, fragte Sarah sanft.

»Nein«, antwortete ich. »Halt du hier die Stellung, und wenn Devon zufällig vorbeikommt, dann sag ihm die Meinung.«

Sarah nickte, und ich verabschiedete mich von ihr.

Wie ferngesteuert buchte ich den nächstmöglichen Flug. Dann hinterließ ich auf dem Anrufbeantworter im Büro und auf Trevors Mailbox eine Nachricht, dass ich dringend nach Hause musste und in der Zeit nur per Handy erreichbar war. Schließlich packte ich ein paar Sachen zusammen und machte mich auf den Weg zum Flughafen.

KAPITEL 16

Hallo, Anya!« Mein Vater öffnete mir am frühen Morgen die Tür, und mir blieb vor Erleichterung fast das Herz stehen. Ich musterte ihn schnell. Keine gebrochenen Gliedmaßen, keine halbseitige Lähmung, keine Anzeichen von Schwäche oder Krankheit.

Mit einem schnellen Schritt war ich auf ihn zugegangen und ließ mich in seine weit ausgebreiteten Arme sinken. Ich war todmüde und in diesem Moment spürte ich meine Erschöpfung mit voller Wucht. Dummerweise hatte es keine Direktflüge mehr gegeben, und ich hatte mir die Nacht auf Flughäfen um die Ohren geschlagen.

»Wo ist Mom? Sie hat mir den Schreck meines Lebens eingejagt«, flüsterte ich.

Mein Vater löste sich aus meinem Klammergriff und sah mich lange an. Etwas stimmte tatsächlich nicht. Die Erleichterung verflog genauso schnell, wie sie gekommen war.

»Komm, ich mach dir einen Kaffee und dann reden wir. Deine Mutter ist bei einer Freundin. Sie müsste in einer Stunde zurück sein.«

Steif ließ ich mich von meinem Vater in die Küche führen und sank auf einen der Küchenstühle. Wie gelähmt sah ich meinem Vater dabei zu, wie er wortlos Kaffee kochte. Ich wusste selbst nicht, warum ich ihn nicht drängte, mir endlich zu erzählen, was passiert war.

Schließlich gab ich mir einen Ruck.

»Was ist mit euch los?«, fragte ich mit kratzender Stimme, als er neben mir Platz nahm und mir eine der zartgelben Tassen zuschob, die der ganze Stolz meiner Mutter waren.

»Ich will dich nicht lange auf die Folter spannen«, sagte mein Vater. »Du weißt, ich bin kein großer Redner.« Er betrachtete eingehend seine Finger, die sich um den Henkel seiner Tasse verkrampft hatten. »Trotzdem bin ich froh, dass du gekommen bist. So etwas bespricht man nicht am Telefon.« Seine Stimme klang ungewohnt matt und kraftlos. Etwas wirklich Schlimmes musste passiert sein, und ich hatte keine Ahnung, was es war. Mein Kopf war tatsächlich leer. Augenscheinlich war alles normal. Die kleine Uhr in der Küche tickte wie immer, meine Mutter war unterwegs und kam bald zurück, und auch mein Vater schien gesund wie immer vor mir zu sitzen. Jetzt hob er den Blick und sah mich an, während ich versuchte, mich auf die Lachfältchen um seine Augen zu konzentrieren.

»Wir müssen die Farm verkaufen«, sagte er mit verzerrter Stimme. »Wir haben Schulden und können die Steuern nicht mehr bezahlen.«

Ich fühlte mich, als ob sich der Boden unter mir öffnete und mich das große schwarze Loch endgültig verschluckte, das seit gestern schon auf mich gewartet hatte. Ich sah meinen Vater sprachlos an, während ich hörte, wie das Blut durch meine Ohren pulsierte, wie mein Herz immer schneller und lauter schlug und ich trotzdem steif auf meinem Stuhl saß und mich keinen Zentimeter bewegen konnte.

Meine Gedanken überschlugen sich in einem atemberaubenden Tempo, drehten sich sinnlos im Kreis und blieben schließlich an dem Wort Schulden hängen.

Das hier war meine Heimat, mein Zuhause, mein Rückzugsort, wenn mich Katastrophen bedrohten, und auch wenn George hier in der Nähe lebte, wollte ich eines Tages hierhin zurückkehren. Was mein Vater eben gesagt hatte, war einfach unmöglich. Sarah und Olivia waren so begeistert von der Idee, hier gemeinsam etwas aufzubauen, dass es einfach nicht wahr sein durfte.

»Wie hoch sind eure Schulden schon?«, flüsterte ich.

»50 000 Dollar, außerdem liegen schon zwei Hypotheken auf dem Haus«, seufzte er schließlich.

»Wie viel Geld schuldet ihr dem Finanzamt und der Bank insgesamt?«, fragte ich. Meine Stimme hatte ihren Klang wiederbekommen, und ich versuchte etwas von der Hoffnung einfließen zu lassen, die ich irgendwo tief in mir drinnen noch suchte.

»200 000 Dollar«, sagte mein Vater. Sein Seufzen hing in der Luft wie ein kraftloser Hilferuf.

Ich starrte ihn fassungslos an, während ich die Größe der Summe ausmaß. Nicht einmal ansatzweise besaß ich so viel Geld.

»Ich muss noch mal raus«, sagte mein Vater plötzlich, als ob ihn dieses Geständnis all seine Kraft gekostet hatte. Ich widersprach nicht. Was sollte ich auch sagen? Zuversicht konnte ich im Moment nicht verbreiten, und mein Mitleid und meine Trauer konnte er auch nicht gebrauchen.

Als meine Mutter eine Stunde später nach Hause kam, hatte sich mein Vater endgültig in den Hühnerstall zurückgezogen unter dem Vorwand, eine defekte Klappe reparieren zu müssen. Ich zwang ihn nicht, weiter mit mir zu reden. Das Gespräch war schwer genug für ihn gewesen. Ich wusste, wie sehr er an der Farm hing.

»Hi, Mom«, sagte ich, als sie die Küche betrat. Ich hatte wirklich versucht, nicht zu weinen, doch ich konnte die Tränen nicht mehr zurückhalten.

Wortlos fiel ich meiner Mutter in die Arme.

»Du weißt also Bescheid«, seufzte sie und streichelte mein Haar, während ich tonlos schluchzte. Ich nickte und versuchte meine Fassung wiederzuerlangen. Es würde niemandem helfen, wenn ich weinte.

Ich betrachtete die ernste Miene meiner Mutter. Sie konnte es sich schließlich auch nicht leisten, sich in ihrer Traurigkeit zu verlieren. Wenn sie nicht stark war, war da niemand mehr, der es sonst sein konnte.

»Seit wann wisst ihr es?«, fragte ich stockend und löste mich aus ihrer Umarmung.

»Seit letzter Woche. Ich war beim Finanzamt und der Bank. Noch einmal erlauben sie nicht, dass wir die Raten später zahlen. Deswegen mussten wir endlich eine Entscheidung treffen, wie es weitergeht.«

»Warum habt ihr nichts davon gesagt?«, fragte ich vorwurfsvoll. Bei meinem letzten Besuch hatten sich meine Eltern nichts anmerken lassen.

»Wir hatten noch eine letzte Hoffnung, aber das Finanzamt ist mit einer weiteren Reduzierung der Raten nicht einverstanden gewesen. Wir haben nichts gesagt, weil letzte Woche noch Hoffnung bestand. Außerdem ist es unser Problem, wir sind dafür verantwortlich, dass die Farm schon seit einer Weile keinen Gewinn mehr abwirft. Im Gegenteil: Unsere Schulden wachsen Monat für Monat«, erwiderte meine Mutter ruhig.

Sie versuchte zu lächeln, gefasst und kontrolliert, doch ich sah, wie schwer es ihr fiel.

»Gibt es einen endgültigen Termin?«, fragte ich.

»Wir haben noch eine Woche Zeit, um die fälligen Raten zu bezahlen, aber das spielt keine Rolle mehr. Wir haben die Entscheidung heute getroffen, die Farm zu verkaufen«, sagte sie.

»Es gibt sicher noch eine andere Lösung.« Meine Stimme war dünn.

»Nein, die gibt es nicht. Ich habe schon alles verkauft, was noch halbwegs einen Wert hatte, um die nächsten Raten der Bank und des Finanzamtes zu begleichen, aber es reicht einfach nicht. Wir brauchen die Erlöse der neuen Ernte, aber die kommen natürlich erst im Herbst, bis dahin halten wir nicht mehr durch.« Sie brachte den Satz schnell zu Ende.

»Wie hoch ist die nächste Rate?«, fragte ich schwach. Meine Mutter seufzte und stand auf. Unruhig begann sie in der Küche auf und ab zu gehen.

»3000 Dollar«, sagte meine Mutter.

»Ich gebe euch das Geld«, bot ich an. Auf meinem Konto lagen schon 6000 Dollar, die ich zusammengespart hatte, das würde für die nächsten zwei Monate reichen.

»Nein!«

»Wie viel Geld braucht ihr insgesamt, um bis zum Herbst durchzuhalten?« Ich sah meine Mutter prüfend an. Sie blieb stehen und verschränkte die Arme vor der Brust. Dann presste sie die Lippen zusammen, als ob sie nicht mit mir sprechen wollte.

»Es macht keinen Sinn mehr«, sagte sie schließlich verzweifelt. »Es hat immer gereicht, um davon zu leben, aber große Reserven konnten wir nie ansparen«, begann sie stockend zu erzählen. »Es läuft schon seit ein paar Jahren schlecht, und wir müssen jetzt einfach akzeptieren, dass wir pleite sind.«

»Ich helfe euch, damit ihr bis zum Herbst durchhaltet.«

»Nein, ich muss nun einen Schlussstrich ziehen, bevor die Schulden noch größer werden.«

»Wir finden eine Lösung«, sagte ich beschwörend. »Lass uns doch in Ruhe darüber nachdenken!«

Meine Mutter schüttelte den Kopf. »Nein, es ist sinnlos. Selbst wenn wir bis zum Herbst durchhalten und die Ernte verkaufen, wird es immer noch nicht reichen, um über das nächste Jahr zu kommen. Die Farm ist nicht mehr auf dem neuesten Stand. Der Verkaufserlös wird gerade so reichen, um die Schulden beim Finanzamt zu bezahlen. Um die Farm rentabel zu machen und weiter die monatliche Rate an die Bank zahlen zu können, müsste man in neue Technik investieren, neue Traktoren, mit denen man größere Flächen bewirtschaften kann. Wir sind zu alt, um noch einmal solch einen Neuanfang zu machen.« Sie seufzte, drehte sich zum Fenster und sah auf den Hof hinaus.

Diese Farm war das Lebenswerk meines Vaters und nicht nur das. Was würde mein Vater tun, wenn er kein Farmer mehr war? Er hatte sein Leben lang nichts anderes getan als Mais angebaut.

Es musste doch eine Lösung geben! Verzweifelt dachte ich an meine kümmerlichen Ersparnisse. Der Kredit für das College war noch nicht ganz getilgt, und die Miete für die teure Wohnung fraß einen großen Teil meines Lohnes auf. Und mittlerweile war ich mir gar nicht so sicher, ob ich auch weiterhin ein Einkommen haben würde.

Ich könnte das Apartment kündigen. Vielleicht würde mich Sarah für ein paar Wochen aufnehmen, bis ich einen neuen Job und eine günstigere Wohnung gefunden hatte.

»Ich treibe das Geld schon auf, damit ihr bis zum Herbst durchhaltet«, sagte ich entschlossen. »Bis dahin überlegen wir uns etwas.«

Meine Mutter wandte ihren Blick vom Hof ab. »Lebe du dein Leben!« Sie sah mich ernst an. »Ich wollte auch, dass du kommst, um dir genau das zu sagen. Es wird irgendwie weitergehen. Das tut es immer. Selbst wenn man manchmal denkt, es gibt kein Licht am Ende des Tunnels.« Sie lächelte mir aufmunternd zu, und ich fühlte mich schlagartig wieder, als ob ich zehn Jahre alt wäre und sie mich trösten wollte, weil ich mir beim Fahrradfahren die Knie aufgeschlagen hatte.

Doch so einfach war das nicht, denn so wie es aussah, hatte ich kein Leben mehr in New York, meinen Job hatte ich vermutlich schon verloren, mein Freund hielt mich für eine intrigante Zicke, und ich hatte keine Kraft und nicht die Hinterlistigkeit, um gegen Shannon zu kämpfen. Es gab nur noch meine Zukunft, in der ich mir Besserung erhoffte, und diese Zukunft sollte hier stattfinden.

»Ich werde euch helfen, egal ob du dir von mir helfen lassen willst oder nicht«, entgegnete ich entschlossen. Zur Not würde ich dem Finanzamt das Geld höchstpersönlich vorbeibringen.

»Anya!«, seufzte sie lächelnd, und als ich sah, wie sich die kleinen vertrauten Falten in ihr Gesicht gruben, traten mir wieder die Tränen in die Augen.

»Bitte, lasst euch helfen«, sagte ich eindringlich und mit Verzweiflung in der Stimme.

Meine Mutter sah mich lange an, während die kleinen Falten um ihren Mund zuckten. »Nein«, sagte sie schließlich gedehnt. »Ich werde dich nicht mit in den finanziellen Ruin reißen. Es reicht schon aus, dass es mich und deinen Vater trifft. Nächste Woche haben wir einen Termin mit dem Makler. Er hat schon ein paar Interessenten, die sich den Hof ansehen werden. Ich wollte dir Gelegenheit geben, noch einmal in Ruhe Abschied zu nehmen, bevor wir alles ausräumen.«

»Wir wollten hier Biogemüse anbauen!«, sagte ich verzweifelt.

»Ich bezweifle, dass das die Situation so schnell ändern wird«, sagte meine Mutter ruhig. »Weder du hast genug Geld, um solche Veränderungen zu finanzieren, noch glaube ich, dass dein Vater dazu bereit wäre. Wo steckt er eigentlich?«, fragte meine Mutter und sah sich um, als wenn ihr erst jetzt auffallen würde, dass etwas Wichtiges fehlte. Vielleicht wollte sie auch nur endlich wieder zu ihrer normalen Tagesordnung übergehen, anstatt sich weiter mit mir auseinandersetzen zu müssen.

»Er ist im Hühnerstall«, sagte ich.

Meine Mutter nickte, als wenn sie mit nichts anderem gerechnet hätte. »Ich sehe mal schnell nach ihm.«

Ich sah ihr zu, wie sie die Küche verließ und über den Hof ging. Als der Ton der sich schließenden Tür verklungen war, hatte ich das Gefühl, dass ich in einer zähen Dunkelheit versank.

Ich musste etwas tun, ich durfte nicht zulassen, dass diese Farm verkauft wurde. Da musste doch mehr möglich sein. Meine Gedanken überschlugen sich regelrecht.

Devon könnte mir helfen, doch über der Beziehung zu Devon lag ein dunkler Schatten namens Shannon. Ich hätte auch eine Gehaltserhöhung bei Trevor herausschlagen können, wenn nicht Shannon meinen Job sabotiert hätte. Es war aussichtslos. Ich sah einfach keine Lösung.

In meinen Ohren begann die Panik zu summen. Stöhnend stand ich auf und begann im Raum auf und ab zu gehen. Der Gedanke, dass in diesem Zimmer vermutlich bald andere Leute sitzen würden, tat so verdammt weh, dass es mich innerlich zerriss. Es war alles so hoffnungslos, so dunkel. Ich rannte in mein Zimmer und schmiss die Tür hinter mir zu. Dann vergrub ich mich regelrecht in meinen Kissen und versuchte die Welt da draußen auszusperren.

KAPITEL 17

Komm zurück nach New York«, bat Sarah eindringlich. »Seit einer Woche verkriechst du dich jetzt schon in Mankato. Ich habe Karten für den Presseball, das ist der nächste gesellschaftliche Höhepunkt in der Stadt.«

»Es sind erst vier Tage, und ich weiß nicht, ob ich im Moment in Stimmung für einen Ball bin«, erwiderte ich. Ich war heilfroh, dass ich mich hier hatte verkriechen können. Weder Devon noch Trevor hätte ich in den letzten Tagen gegenübertreten wollen. Nur ein falscher Satz hätte gereicht, und mein sensibles seelisches Gleichgewicht wäre ins Rabenschwarze gekippt. Doch mittlerweile hatte ich mich wieder gefasst und Abstand gewonnen.

»Ich brauche dich hier in New York, außerdem hat mir deine Mutter versichert, dass sie aus dem Verkauf der Farm arm, aber wenigstens schuldenfrei herauskommen würden. Finde dich doch bitte endlich mit der Entscheidung deiner Eltern ab!«, bat Sarah.

»Das kann ich einfach nicht und es macht mich verrückt, dass meine Eltern sich nicht von dieser Idee abbringen lassen. Aber du hast recht, ich kann hier im Moment nicht viel ausrichten.« Ich seufzte. Zu dieser Erkenntnis war ich auch schon gelangt.

»Ich würde dir auch gern helfen, aber mehr als meine Arbeitskraft kann ich dir im Moment nicht anbieten, und meine Eltern investieren zwar in Immobilien, aber nicht in Landwirtschaft. Wir finden notfalls eine andere Farm, auf der wir mit Olivia Gemüse anbauen können. Was hast du denn jetzt vor?«

»Ich gebe noch nicht auf«, sagte ich. Denn seitdem mich die Verzweiflung langsam wieder verlassen hatte, war mein Kampfeswille erwacht. »Hast du mit Olivia gesprochen? Vielleicht hat sie noch eine Idee.«

»Ja, das habe ich. Sie entwirft einen Plan, wie es ab September weitergehen könnte, wenn der Mais erst einmal vom Acker verschwunden ist.«

»Das klingt gut«, erwiderte ich zufrieden. Zumindest war es ein Plan, langfristig eine andere Richtung einzuschlagen. Jetzt musste ich nur eine kurzfristige Geldquelle auftun, um die Zeit bis zum Herbst zu überstehen.

»Hast du irgendetwas von Shannon und Devon erfahren?«

»Ja, von Devon«, antwortete Sarah. »Ich habe unter dem Vorwand, ein Interview zu brauchen, in seinem Büro angerufen.«

»Wirklich?«

»Sicher, von der Sekretärin erfahre ich am meisten«, sagte Sarah, als ob sie so etwas jeden Tag tat. Vermutlich tat sie auch genau das. »Wenn ich ihn angerufen hätte, hätte er mich garantiert abgewimmelt. Er reagiert irgendwie nicht auf meine Reize.« Ich schmunzelte bei dem Gedanken daran, wie sehr es Sarah frustrierte, wenn sie nicht bekam, was sie wollte.

»Wie schaffst du das nur immer?«, fragte ich.

»Das lass mal mein Geheimnis sein«, entgegnete sie. »Jedenfalls habe ich erfahren, dass Devon Draper auf Geschäftsreise ist und diese Woche im Büro nicht zur Verfügung steht.«

»Sicher ist er losgezogen, um irgendetwas Verrücktes zur Stressbewältigung zu unternehmen«, sagte ich resigniert. Er suchte garantiert nach einem Kick, um schnell über mich hinwegzukommen.

»Vermutlich«, seufzte Sarah. »Komm wieder zurück. In Minnesota wird es nicht plötzlich Geld vom Himmel regnen. Hier in New York können wir mehr erreichen.«

»Das …« Ich stockte plötzlich mitten in meinem angefangenen Satz. Der Gedanke, der mich soeben heiß durchfahren hatte, ließ mich meine Worte schlagartig vergessen. Es gab eine Lösung. Natürlich, es war ganz logisch, und sie lag direkt vor meiner Nase. Warum hatte ich nicht eher daran gedacht?

»Anya, ist alles in Ordnung bei dir?«, fragte Sarah besorgt, der die Stille am anderen Ende der Leitung aufgefallen war.

»Ähm«, sagte ich zögernd, der Gedanke reifte im Bruchteil einer Sekunde zu einem Entschluss und spannte sich zu einem ganzen Plan auf. Meine Stimme war ganz fest, als ich sagte: »Ich komme heute Abend zurück nach New York.«

»Na, endlich siehst du es ein«, seufzte Sarah zufrieden. »Ich sage Olivia Bescheid, dann können wir morgen gemeinsam frühstücken und einen Plan schmieden.«

»In Ordnung. Bis dann.« Ich verabschiedete mich von Sarah und begann meine Sachen zu packen. Dann buchte ich einen Flug und machte mich auf den Weg nach New York.

Es war schon früher Abend, als ich mein Apartment wieder betrat. Die Ruhe und die Stille, die mich empfingen, dämpften ein wenig meine Entschlossenheit. Ich legte meine Jacke ab und packte in Ruhe meine Tasche aus, um mich wieder zu sammeln. Dann ging ich unter die Dusche und rasierte mich sorgfältig. Als ich in ein Handtuch gehüllt in meinem Schlafzimmer stand, kam einen Moment lang die Panik wieder hervor, und ich spürte, wie meine Finger zu zittern begannen.

Die Sehnsucht nach Devon zerriss mir beinahe das Herz, aber dieses Gefühl nahm ich nur ganz am Rande war, gedämpft wie durch dicke Wattewolken. Ich wollte nicht wissen, wie es mir gehen würde, wenn ich all den Schmerz irgendwann zuließ. Doch im Moment musste ich mich konzentrieren, und da war es gut, dass eine andere Empfindung so dominant in mir war und selbst meinen Herzschmerz verdrängen konnte. Die Trauer um den Verlust meines letzten Zukunftstraumes war das, was im Moment all mein Handeln, Denken und Fühlen bestimmte.

Es beruhigte mich, dass ich einen Plan hatte, um wieder Ordnung in dieses Chaos zu bringen, in das sich mein Leben innerhalb kürzester Zeit verwandelt hatte. Ich warf einen Blick auf die Uhr und holte tief Luft. Es war so weit.

Bald begann das *Black Game*, und dieses Mal würde ich mitspielen.

250 000 Dollar Schweigegeld für eine Nacht wilden und leidenschaftlichen Sex mit Orgasmusgarantie. Die Worte hämmerten seit heute Morgen unentwegt durch meinen Kopf, wälzten sich von einem Ohr zum anderen und breiteten sich immer weiter aus. Die Eintrittskarte lag bereit, und es wurde Zeit. Bald begann die Auswahl.

Es war die Lösung, das wir mir immer noch glasklar. Ich wusste, wie ich es schaffen würde, ausgewählt zu werden. Sarah hatte es mir schließlich verraten.

Damit wären meine finanziellen Probleme gelöst. Ich würde Devon nie wieder in die Augen sehen können, wenn ich hinter seinem Rücken mit einem seiner Freunde Sex hatte, aber gegen Shannon hatte ich vermutlich ohnehin längst verloren. Sie würde die letzten Tage gut genutzt haben, um ihr Netz an Intrigen und Lügen weiter aufzuspannen.

Mit dem Geld konnte ich die Farm meiner Eltern retten und eine Zukunft für mich, Sarah und Olivia aufbauen. An diesem Gedanken hielt ich mich fest. Ich versuchte mir vorzustellen, wie ich morgen beim Frühstück die gute Nachricht verkünden würde.

Ich war plötzlich ganz ruhig. Die Nervosität, die Anspannung, die Verwirrtheit der letzten Tage und Stunden waren schlagartig von mir abgefallen.

Ich würde alles auf diese letzte Karte setzen, die letzte Möglichkeit, mein Leben wieder halbwegs in Ordnung zu bringen.

KAPITEL 18

Ich trug die Korsage und den String-Tanga, als ich mein Apartment am späten Abend verließ. Darüber hatte ich einen knielangen Mantel geworfen. In der *Black Lounge* würde ich den Mantel ablegen und ich war mir hundertprozentig sicher, dass mich Marc und Ralph auswählen würden. Ein knapperes Outfit hatte die *Black Lounge* garantiert noch nie gesehen.

»Anya!« Sarah stand plötzlich neben mir. Ich war so in Gedanken vertieft gewesen, dass ich gar nicht bemerkt hatte, wie sie neben mich getreten war.

»Schön, dass du wieder da bist. Wie geht's dir?«, fragte sie besorgt.

»Mir geht's gut«, log ich.

»Wirklich?« Sarah musterte mich genau. Doch ihr Mitleid konnte ich jetzt nicht gebrauchen.

»Ja, mir geht es gut.« Meine Worte klangen leer. Ich hatte meine Emotionen auf ein absolutes Minimum heruntergeschraubt. Für das, was ich nun vorhatte, brauchte ich keine Gefühle mehr.

»Wo willst du noch hin?«, fragte sie mit einem Blick auf meine Absatzschuhe und die zarten schwarzen Strümpfe, die ich trug und deren Spitzenbesatz über den Knien glücklicherweise von meinem Mantel verdeckt wurden. Seitdem sie den Vorsatz gefasst hatte, mich als Freundin nie wieder zu enttäuschen, war es gar nicht so einfach, ihr etwas vorzumachen. Eigentlich war ich ihr für ihre Fürsorge äußerst dankbar, aber genau jetzt in diesem Moment wollte ich sie nicht.

»Ich gehe noch in Bens Pub etwas trinken, ich brauch ein bisschen Abwechslung«, sagte ich möglichst gefasst.

»Warte, ich komm mit!« Sarah hatte schon einen Schritt auf mich zugemacht, doch mein Blick bremste sie.

»Nein, Sarah. Heute Abend möchte ich allein sein«, sagte ich ruhig und entschlossen.

»Sicher?« Sie sah mich zweifelnd an, und ich wusste genau, dass sie angestrengt nachdachte.

»Ich brauche etwas Zeit für mich«, erwiderte ich. »Die Sache mit meinen Eltern hat mir ziemlich zugesetzt.«

»Da ist doch noch mehr.« Sarah sah mich prüfend an, als ob sie die Wahrheit in meinen Augen lesen wollte. Ich musste ihr eine bessere Erklärung liefern.

»Okay, es macht mich fertig, dass Devon sich nicht bei mir meldet, und ich traue mich nicht, bei ihm anzurufen«, sagte ich schließlich. »Ich geh jetzt was trinken und versuche heute Abend alles zu vergessen, und morgen, wenn ich wieder nüchtern bin, reden wir in Ruhe.« Ich nahm Sarah kurz in den Arm, drückte sie fest und ging dann, so schnell ich konnte, zum Aufzug.

Ich wusste, dass sie mir hinterhersah, aber ich wusste auch, dass sie mich davon abhalten würde, in die *Black Lounge* zu gehen, wenn ich ihr von meinem Plan erzählen würde. Sie brauchte mich nicht daran zu erinnern, dass ich morgen früh garantiert bereuen würde, was ich getan hatte.

Aber selbst wenn ich morgen meinen Mut bereuen würde, hätte ich 250 000 Dollar, und meine Probleme wären gelöst. Dafür nahm ich Reue in Kauf.

Als das Taxi vor dem *Club 5* hielt, hatte ich mich wieder gefasst und meine Gedanken auf mein Ziel ausgerichtet.

Der Türsteher zwinkerte nicht einmal, als ich ihm wie selbstverständlich meine Einladung hinhielt, nachdem ich mich durch die wartende Menge gedrängelt hatte. Mit einem Kopfnicken winkte er mich durch und schien mein rasendes Herz und meine zitternden Hände nicht zu bemerken.

Meine Nerven waren zum Zerreißen gespannt, als ich zur Bar ging und mir einen starken Cocktail bestellte. Während ich dem Barkeeper dabei zusah, wie er meine Bestellung zubereitete, überlegte ich für einen kurzen Moment, einfach wieder zu gehen.

Doch das Ausmaß des Chaos, das hinter dieser Entscheidung wartete, war unerträglich. Ich trank meinen Cocktail in langen Zügen leer.

Entschlossen stellte ich das Glas auf den Tresen und stand auf. Ich würde mir jetzt mein Leben zurückholen.

Mit kleinen Schritten schlenderte ich zur *Black Lounge* hinüber und hielt dem Türsteher meine Einladung unter die Nase. Wie schon beim letzten Mal griff er nach der Gästeliste und fragte mich nach meinem Namen.

»Anya Summers«, sagte ich möglichst gelassen, als ob es darum ging, eine Fahrkarte für die U-Bahn zu kaufen.

»Tut mir leid, Ihr Name wurde von der Gästeliste gestrichen«, sagte der Schrank von einem Türsteher. Seine Worte trafen mich wie ein Kinnhaken. Devon hatte mich wohl vollkommen aus seinem Leben verbannt.

Was für ein Hohn!

Ich begann fieberhaft zu überlegen, wie ich an diesem Kerl vorbeikommen könnte. Ich hatte nur noch wenige Minuten Zeit, bis die Auswahl begann, und dann musste ich dort drin sein.

Meine Augen huschten unruhig über das gesammelte Testosteron vor mir. Entschlossen setzte ich eine verführerische Miene auf. Ich schlug ganz langsam die Augen auf und wieder zu und warf dem Türsteher einen vielversprechenden Blick zu.

Sarah Green war mein Vorbild, und auch wenn ich bisher nicht dieselbe Verführungskraft hatte wie sie, so war ich doch oft genug dabei gewesen, wenn sie ihre Talente zur Schau gestellt hatte. Vor mir stand ein Mann, und ich war heute so aufreizend gekleidet, dass ich einen Eisblock zum Schmelzen bringen konnte.

»Drücken Sie doch ein Auge für mich zu«, bat ich und bemühte mich, meiner Stimme einen tieferen Klang zu geben, während ich langsam meinen Mantel öffnete, um dem verdutzt dreinschauenden Türsteher einen kurzen Blick auf mein verruchtes Outfit zu gestatten. »Ich komme heute auch das letzte Mal, versprochen.« Ich trat einen Schritt auf ihn zu und steckte ihm meine Einladungskarte in die Hemdtasche. Dabei streifte ich wie zufällig seinen Oberkörper und registrierte zufrieden den Effekt, den ich auf ihn hatte. Vielleicht hatte ich Sarah immer zu Unrecht belächelt. Die Sache begann mir Spaß zu machen.

»Geh durch!«, knurrte der Türsteher, und ich nickte ihm dankbar zu, während ich unter seinem muskelbepackten Oberarm hindurchhuschte.

Ein Machtgefühl hatte mich ergriffen, das mich schwindelig machte. Wenn ich wollte, konnte ich also tatsächlich nur mit meiner reinen Präsenz etwas bewirken, und zwar ohne dass ich nächtelang an Tabellen und Präsentationen arbeitete, um mir dann einen mittelmäßigen Anschiss von Trevor abzuholen.

Trevor! Nur der Gedanke an ihn machte mich wütend. Eigentlich war es das Beste, was mir passieren konnte, dass sich unsere Wege in Zukunft trennten. Einzig und allein die Sorge um mein Einkommen beunruhigte mich noch, aber dieses Problem würde ich heute Abend lösen.

Der Raum war gut gefüllt. Dennoch hatte ich das Gefühl, dass an diesem Samstag nicht ganz so viele knapp bekleidete

Frauen in den edlen Sofas lehnten wie noch bei meinem letzten Besuch in diesem Etablissement.

Die erwartungsvolle Stimmung sprang sofort auf mich über, und ich spürte ein berauschendes Kribbeln am ganzen Körper. Dieses Mal war alles anders. Als ich mit Sarah hier gewesen war, waren die Enthüllungen von Mira ein Schock für mich gewesen. Doch nun wusste ich genau, worauf ich mich einließ, und dank Devon würde es wohl kaum etwas geben, was mich heute Nacht noch überraschen konnte.

Ich ließ meinen Blick schweifen, während ich mich am Rand des Raumes in einen leeren Sessel gleiten ließ. Jede der Frauen hatte viel Mühe in ihr Outfit gesteckt. Jedes Haar lag an seinem Platz, jedes Bein war glatt rasiert, und jede Rundung steckte in edler Wäsche, die das betonte, was sie verbergen sollte. Aber auch wenn ihre Röcke kurz und die Shirts eng anliegend waren, so wusste doch keine von ihnen, was der genaue Grund war, wegen dem eine von ihnen ausgewählt wurde.

Unruhig rutschte ich auf meinem Sitz hin und her, als sich eine Tür öffnete und zwei Männer hereintraten, die an einem Tisch Platz nahmen, der oberhalb der Sitzecken lag. Die Beleuchtung war immer noch so geschickt arrangiert, dass die Gesichter der Männer im Schatten lagen, während sie vermutlich genau beobachten konnten, was sich hier unten tat.

Es war so weit. Meine Knie zitterten vor Aufregung. Doch es war nicht nur die Aufregung, die mich erbeben ließ. Ein erregendes Kribbeln hatte mich ergriffen. Ich stand in einer eleganten und fließenden Bewegung auf und lief dann ganz ruhig und langsam auf das Podest zu, ohne dass ich erkennen konnte, ob ich die Aufmerksamkeit der beiden erregt hatte.

Im Laufen löste ich den Gürtel meines Mantels. Ich spürte die kühle Luft, die an meinen Beinen entlangstrich und schließlich meinen Oberkörper erreichte, als ich den Mantel öffnete und ihn mitten auf dem Weg von meinen Schultern gleiten ließ.

Ein Raunen ging durch die Gruppe der Frauen, als sie registrierten, dass ich quasi unbekleidet durch den Raum schwebte. Ich wusste nicht, warum, aber ich fand Gefallen an meiner Rolle als verführerischer Vamp. Devon hatte diese Seite von Anfang an in mir gesehen, eine Seite, von der ich nie vermutet hatte, dass sie überhaupt existierte.

Bevor ich an dem Podest ankam, lenkte ich meine Schritte zu einem Sessel, der in der ersten Reihe stand, und ließ mich elegant daraufgleiten. Dann schlug ich sehr langsam und genüsslich die Beine übereinander, damit jeder sehen konnte, dass es mir Freude bereitete, wie die Innenseiten meiner Schenkel aneinanderrieben. War es der Alkohol, der mich so enthemmt hatte, oder war das hier mein wahres Ich? Vermutlich war es eine Rolle, die ich spielen konnte, wenn ich wollte, so wie ich die Rolle der knallharten Geschäftsfrau spielte, sobald ich einen Hosenanzug trug.

Ich blickte ruhig durch den Raum, während sich um mich herum ein aufgeregtes Tuscheln erhob. Zufrieden registrierte ich, wie sich die beiden Köpfe der Schatten vor mir zusammensteckten. Vermutlich hatten sie gerade die Überraschung ihres Lebens erlebt.

Dennoch ließen sich die beiden reichlich Zeit, um ihre Entscheidung zu treffen. Meine Siegesgewissheit begann mit jeder Sekunde zu schwinden, die ich untätig in diesem Sessel saß. Aber die Entscheidung lag nicht mehr in meinen Händen, und mir blieb nichts anderes übrig als abzuwarten.

Endlich geschah etwas. Einer der Männer erhob sich und ging langsam die wenigen Stufen hinunter, die das Podest vom Sitzbereich trennten. Er hatte schwarze Haare und war groß und stark wie ein Bär.

Er ging ganz langsam und musterte jede Frau eindringlich. Ich hörte das Seufzen hinter mir, als er an ihnen vorbeischlenderte. Doch ich ließ mir meine Aufregung nicht anmerken und konzentrierte mich allein auf den Schatten, der noch oben im Dunkeln saß.

Die Zeit verstrich quälend langsam, während er die Frauen musterte. Endlich hatte er seinen Rundgang beendet und blieb genau vor mir stehen. Mein Atem stockte, als er mir einen brennenden Blick zuwarf. Ein leichtes Nicken und mir war klar, dass ich die Auswahl gewonnen hatte.

Er streckte mir eine Hand entgegen, die ich entschlossen ergriff. Ich wollte das hier, nicht nur wegen des Geldes. Mittlerweile betrachtete ich dieses Spiel als eine Art Befreiungsschlag gegen meine komplette Vergangenheit.

Ich folgte ihm die Treppen hinauf zu dem Podest und spürte die eifersüchtigen, gierigen Blicke auf meinem Rücken und meinem zugegebenermaßen unbekleideten Hinterteil.

Mein Plan war aufgegangen, und das Hochgefühl, das mich deswegen ergriffen hatte, hielt noch immer an.

Wir verließen die *Black Lounge* und traten durch eine Tür in einen abgedunkelten Raum. Mir wurde mulmig zumute, als ich das Klappern meiner Absätze auf dem harten Boden hörte. Der Mann hatte meine Hand fest umschlossen und führte mich in die Dunkelheit hinein.

KAPITEL 19

Schließ die Augen!«, hörte ich seine Stimme neben mir raunen, als er mit einem Mal stehen blieb. Eine Gänsehaut lief mir den Rücken hinab, als ich begriff, dass es jetzt tatsächlich ernst wurde. Seine Stimme war angenehm melodisch. Er klang, als ob er alles im Griff hatte, und dieser Gedanke beruhigte mich in diesem Moment ungemein.

Das *Black Game* begann, und ich war mittendrin. Nun gab es kein Zurück mehr. Ich schloss die Augen und versuchte meinen Verstand abzustellen. Jedwede Logik war hier fehl am Platz.

Gedämpfte Helligkeit traf meine geschlossenen Augenlider, als ich hörte, wie eine Tür geöffnet wurde. Wir standen offenbar vor den Spielräumen. Ich musste schlucken. Die Nervosität kroch in kleinen Schüben in mir hoch. Würde ich das schaffen und sogar genießen können oder bekam ich es doch noch mit der Angst zu tun? Meine Hand war plötzlich ohne Führung, und stattdessen spürte ich Seide an meiner Wange.

»Du weißt, weswegen du hier bist?«, fragte er, während er mir die Augen verband und dann wieder meine Hand in seine nahm. Seine Finger waren warm und stark.

Ich nickte.

»Es gibt drei Regeln in unserem Spiel. Erstens: Du sprichst nur dann, wenn du gefragt wirst. Zweitens: Du tust widerspruchslos das, was ich dir befehle. Und drittens: Ich beende das Spiel. Bist du damit einverstanden?« Die Worte waren mir nicht unbekannt und sie hatten noch immer die gleiche erregende Wirkung auf mich. Vielleicht lag es auch daran, dass es eigentlich Devons Worte waren, und die Leidenschaft, mit der er sie lebte, auch bei mir angekommen war. Wenn ich es endlich tat, hier in der *Black Lounge*, dann würde ich vielleicht viel tiefer und weiter in Devons Denken eintauchen können und verstehen, was ihn wirklich antrieb.

Ich nickte, während ich die starken Hände jetzt an meiner Taille spürte.

»Du darfst nie über die Details dieses Spiels mit anderen sprechen«, fuhr er fort, und sein Atem kitzelte an meinem Hals, ungewohnt und dennoch erregend. Ich war verunsichert von meiner eigenen Reaktion. War es nicht Devon, den ich noch immer liebte? Oder lag diese seltsame Vertrautheit, die ich hier spürte, daran, dass ich Marc und Ralph aus Devons Erzählungen schon zu kennen schien und wusste, dass ich nichts zu befürchten hatte?

»Du wirst als Gegenleistung für dein Stillschweigen 250 000 Dollar in bar erhalten, und zwar noch heute Nacht.« Er zog die letzten Silben auseinander, während die Unermesslichkeit dieser Summe vor meinem inneren Auge tanzte. Alle meine Probleme wären gelöst. Ich spürte, wie sich mein Kopf bewegte. Ich spürte, wie ich nickte. Nur langsam, aber ich tat es. Meine Bedenken waren zerstreut, und nun war mein Schicksal besiegelt.

»Gut«, hauchte er, und ich spürte seine festen Hände an meinem Bauch entlangstreifen. »Dann beginnt jetzt das *Black Game*. Bist du bereit?«

»Ja«, keuchte ich. Seine Hände schlossen sich fester um meine Taille, und ich spürte seinen heißen Atem auf meinem Nacken.

»Ich werde nun würfeln; wenn du mit der ersten Wahl zufrieden bist, dann nicke. Wenn du nicht zufrieden bist, würfele ich ein weiteres Mal, und wir addieren die Punkte, und dann steht das Thema fest.« Er trat einen Schritt von mir weg, und ich vernahm ein Klappern.

»Zwei«, sagte er. »Sexspielzeuge. Bist du einverstanden?«

Ich überlegte kurz und schüttelte dann den Kopf. Die Sache mit den Toys hob ich mir lieber für ruhige, einsame Abende auf.

»Gut, dann wird die nächste Augenzahl entscheiden, und du kannst diese Entscheidung nicht mehr rückgängig machen.«

Mit angehaltenem Atem lauschte ich auf das Klappern und wartete unruhig auf die Augenzahl.

»Noch eine Zwei und damit lautet dein Ergebnis Vier.« Er zog erwartungsvoll Luft ein. »Gangbang«, hörte ich das Urteil und schnappte nach Luft.

Konnte ich das? Ich erinnerte mich an Devons Worte, dass es nur meine Angst gewesen war, die mich abhielt, etwas Neues auszuprobieren.

Angst! Wie lächerlich. Ich hatte in den letzten Tagen so viel verloren. Da machte mir das *Black Game* schon lange keine Angst mehr. Ich erinnerte mich an die Summe, die bald mir gehörte, und an die Probleme, die ich bald nicht mehr haben würde.

Als ich hörte, wie sich Schritte näherten, holte ich noch einmal tief Luft. Das musste Marc sein oder Ralph, nun ja, jedenfalls die Verstärkung.

Zwei Männer gleichzeitig! Wow!

Von mir aus konnte es losgehen. Gerade als ich eine Hand auf meiner Haut erwartete, roch ich einen vertrauten Geruch, und vor Schreck entwich mir ein überraschter Laut, als ich begriff, wer vor mir stand.

»Anya, du hier«, stellte Devon ruhig fest. Seine Stimme war verlockend dunkel. »Es freut mich, dass du hierhergefunden hast, obwohl es viele Fragen aufwirft, wie genau du an diese Stelle gekommen bist.« Ich spürte seine Lippen an meiner Wange und stöhnte. »Allerdings, finde ich, sollten wir diese Fragen später klären, denn diese Gelegenheit werde ich nicht verstreichen lassen. Nicht nachdem du endlich hier bist, bereit, dich auf ein weiteres Abenteuer einzulassen.«

Er nahm meine Hand und führte mich weiter in den Raum hinein.

»Devon, ich …«, wollte ich beginnen zu erklären und mich zu entschuldigen.

»Pst«, sagte Devon und küsste mich leicht auf die Lippen. »Jetzt ist nicht der richtige Zeitpunkt, um zu reden. Außerdem solltest du die Regeln der *Black Lounge* bereits kennen, denn du hast ihnen soeben zugestimmt, und die erste Regel lautet: Du sprichst nur dann, wenn du gefragt wirst. Du weißt, was passiert, wenn du gegen die Regeln des Spiels verstößt?«

Ich nickte hastig.

»Genau, dann werde ich dich bestrafen.«

Ich nickte wieder, als ich mich in Gedanken auf meinem Bett knien sah, während ich mich Devon absolut auslieferte, ihm die Kontrolle überließ, den Schmerz für ihn ertrug und die Belohnung in Form eines unglaublichen Orgasmus bekam.

In diesem Moment verwarf ich meine Bedenken. Wenn ich Devon egal wäre, dann wäre er jetzt nicht hier und würde den nächsten Punkt auf seiner Agenda mit mir abhaken wollen. Plötzlich wollte ich ihm beweisen, dass ich nicht ansatzweise so ängstlich und zurückhaltend war, wie er es mir vorgehalten hatte.

Ich straffte meinen Rücken und drückte Devons Hand fest. Er verstand die Geste und wusste, dass ich mein stillschweigendes Einverständnis damit gegeben hatte. Ich spürte plötzlich, wie er seine Arme um mich schlang und mich fest an sich zog. Seine Lippen lagen an meinen Ohren. »Ich liebe dich«, flüsterte er rauh, und ich spürte den Ernst in seiner Stimme. »Verdammt noch mal, ich liebe dich.«

Ein Grinsen schlich sich auf meine Lippen, ein glückliches zufriedenes Grinsen. Es war alles in Ordnung zwischen uns. Sarah hatte wieder einmal recht gehabt. Devon hatte nur etwas Zeit gebraucht, um sich zu beruhigen. Ich spürte seine Finger an der Augenbinde, spürte, wie er den Knoten löste und der Stoff von meinen Augen glitt. Ich blinzelte.

»Die brauchen wir nicht«, sagte er. »Ich will, dass du das jetzt mit allen Sinnen genießt. Wenn ich jemandem vertrauen kann, dass er all das für sich behält, dann dir.« Er küsste mich zart auf die Lippen, und ich nickte.

»Komm«, sagte er, und erst jetzt sah ich mich um. Der Raum war groß, beinahe ein Saal und genauso exklusiv gestaltet wie die Lounge, aus der wir gekommen waren. Ich sah Lederbänke, einen Barbereich und hinten links ein großes Bett, das mit schwarzem Satin bezogen war. Überhaupt schien alles schwarz zu sein, worüber mein Auge streifte. Nur gelegentlich bemerkte ich ein paar rote Akzente. An der Wand auf der rechten Seite sah ich ein riesiges Sortiment an Handschellen, Seilen in verschiedenen Stärken, Gerten, Peitschen, Paddel und sogar einen Rohrstock. Mir stockte der Atem, als ich begriff, dass Devon die Möglichkeiten, die sich hinter Nummer sechs verbargen, noch nicht einmal im Ansatz ausgeschöpft hatte.

Er war meinem Blick gefolgt und musterte mich erwartungsvoll. »Heute brauchen wir das nicht«, sagte er. »Heute konzentrieren wir uns auf ein anderes Thema.« Er schlang einen Arm um meine Taille und zog mich zu dem satinbezogenen Bett hinüber. Mein Atem ging schneller, als ich sah, dass genau in diesem Moment Marc und Ralph an das Bett herantraten.

»Das ist Marc«, sagte Devon und sah zu dem Mann hinüber, der mich in der *Black Lounge* an die Hand genommen hatte.

»Freut mich.« Ein erwartungsvolles Lächeln lag auf seinen Lippen, als er zu mir kam, mich wortlos in seine Arme zog und mich zart küsste. Einen Moment lang kam es mir seltsam vor, und ich sah aus den Augenwinkeln zu Devon hinüber. Er nickte mir beruhigend zu, und ich schloss die Augen, gab mich ganz dem Mann hin, der mich immer stürmischer küsste. Marcs Zunge spielte an meinen Lippen, als er mich in seiner Umarmung hinabzog. Ich folgte seiner Bewegung, als er sich auf die Bettkante setzte, und ließ mich auf seinen Schoß sinken. Seine Hände streichelten sanft über meine Brüste und meinen Bauch hinab, bis sie sanft zwischen meinen Beinen zu liegen kamen.

»Hi, ich bin Ralph«, hörte ich eine rauhe Stimme an meinem Ohr, und kühle, schlanke Hände umspannten meine Brüste. »Freut mich, dich endlich kennenzulernen. Devon hat uns ja in einem fort von dir vorgeschwärmt, und ich gebe zu, er hat nicht übertrieben.« Durch den Stoff der Korsage hindurch fand er meine Brustwarzen, die sich hart aufgestellt hatten, als ob mein Körper nur allzu deutlich signalisieren wollte, dass ich bereit zu allem war, was sie mit mir planten.

Ich wusste gar nicht, worauf ich mich zuerst konzentrieren sollte. Marcs Hände, die mich durch den Slip hindurch liebkosten, seine Lippen, die noch immer in einem festen Kuss auf meinen lagen, oder auf die kühlen Finger, die jetzt die Schalen der Korsage zur Seite schoben und meine nackten Brüste umspannten.

Marc unterbrach unseren Kuss, sodass ich mich Ralph zuwenden konnte. Ich öffnete die Augen und sah zu ihm hinauf. Er war außergewöhnlich schön, und zwar auf eine verwirrend perfekte Art. Seine Gesichtszüge waren sanft geschwungen, sein Nase grazil und sein Blick unter den wirren blonden Locken neugierig und klug.

Bevor ich ihn weiter verdutzt ansehen konnte, hatte er sich schon zu mir gebeugt und küsste mich, während seine Finger meine Brüste fester umschlossen. Sein Kuss war drängender als der von Marc, ungeduldig stieß seine Zunge in meinen Mund, während ich feststellte, dass mein Atem immer schneller ging und sich ein heißes erregendes Prickeln in meinem Körper auszubreiten begann, das von überall zu kommen schien.

Je stärker das Prickeln wurde, umso mehr schwanden meine Bedenken. Wann hatte man schon einmal Gelegenheit, von drei derart heißen Männern verwöhnt zu werden?

Marcs Hände schoben meine Beine auseinander, und er begann mich mit mehr Druck zu massieren. Ich keuchte, während Ralph mich unablässig weiterküsste. Ich legte einen Arm um Marcs breite Schulter, um mich besser festhalten zu können.

Wo war Devon? Ich blinzelte kurz und entdeckte ihn auf dem Bett. Er hatte sich an das Kopfteil gelehnt und sah uns einfach nur zu, seine Augen brannten vor Erregung, und ich stellte erstaunt fest, wie sehr mich dieser Anblick erregte. Ich drängte mich Marcs Hand entgegen, die mittlerweile den String ein wenig zur Seite geschoben hatte. Seine Finger glitten zwischen meine Schamlippen und massierten mich geschickt. Süße Wellen kitzelten in meinem Unterleib. Doch das Keuchen fiel mir schwer, denn Ralphs Küsse waren hart und unnachgiebig, während er meine Brustwarzen knetete, zwirbelte und drückte.

»Knie dich auf das Bett!«, sagte Marc. Ralphs Lippen lösten sich von meinen, als ob er schon auf diesen Vorschlag gewartet hatte.

»Du bist wirklich heiß, Anya«, knurrte Ralph, nachdem ich von Marcs Schoss geglitten war. Ralph dirigierte mich auf allen vieren so, dass ich mit meinen Händen am Rand der Matratze kniete und in seine Richtung sah, während sich Marc daranmachte, mir den String von den Hüften zu schieben.

Bereitwillig hob ich ein Bein nach dem anderen, damit Marc das Stück Stoff von meinen Beinen streifen konnte. Währenddessen beobachtete ich Ralph, der sein Hemd auszog und seine Hose mitsamt seiner Unterwäsche zu Boden fallen ließ. Zutage kam ein muskulöser Körper, der einem Model alle Ehre gemacht hätte. Ralph hatte mich nicht aus den Augen gelassen, während ich seine Bauchmuskeln angeschmachtet hatte.

»Was für ein Anblick«, seufzte er jetzt heiser, als er fertig war, dann griff er ohne Umschweife in meine Haare. Er umfasste sie und zog daran, sodass ich nach oben sehen musste. »Mach den Mund auf!«, forderte er und plazierte seine beeindruckende Erregung vor meinem Mund.

Bereitwillig öffnete ich den Mund, und er stieß hinein. Er tat es ohne Vorsicht, tief und heftig. Hatte ich es sanft erwartet?

Wohl eher nicht. Es dauerte einen Moment, doch ich passte mich schnell seinem harten Rhythmus an. Was blieb mir auch anderes übrig, denn er hielt mich immer noch auf Position, sodass ich nicht ausweichen konnte.

Erst jetzt spürte ich, dass Marc mittlerweile eine warme Flüssigkeit auf meinem Po verteilt hatte und sie sanft in meine Haut einmassierte, so sehr war ich auf Ralph konzentriert gewesen.

In diesem Moment dämmerte mir, was sie vorhatten. Normalerweise hätte ich nun Bedenken haben sollen, dass mich sehr bald drei Männer gleichzeitig in Besitz nehmen würden, doch das Gegenteil war der Fall. Der Gedanke war heiß, ich fühlte mich geborgen, denn es würde sich jetzt alles nur um mich drehen. Ein Machtgefühl ergriff mich, als ich hörte, wie schwer Ralph atmete, während er unentwegt seine Erregung in meinen Mund stieß. Meine Bedenken hatte ich schon vor einer ganzen Weile mit dem Cocktail weggespült.

Marcs Finger fanden in diesem Moment ihren Weg in meinen Anus, glitten leicht hinein und hinaus, dehnten und weiteten mich, während das süße Ziehen in meinem Bauch immer stärker wurde. Meine Oberschenkel begannen zu beben, als er erst mit zwei und dann mit drei Fingern in mich hineinstieß.

Ich stöhnte heiser auf, als ich in diesem Moment Lippen an meinen Brüsten spürte. Das war Devon, ich hörte deutlich seinen schweren Atem, während er meine Brustwarzen auf unglaubliche Weise leckte, mit seinen Zähnen daran knabberte und immer wieder leicht hineinbiss. Das Zittern meiner Oberschenkel wurde immer stärker, während ich die vielen Reize zu sortieren versuchte.

Als ich Devons Hand auch noch an meiner Klitoris spürte, die er sanft streichelte und massierte, wollte ich am liebsten explodieren.

Er drang mit seinen Fingern leicht in mich ein, während ich ein wimmerndes Geräusch von mir gab. Ich würde gleich explodieren, in eine bunte Wolke aus Lust. Ganz sicher, es war zu viel und zu gut, dabei hatten wir gerade erst begonnen.

»Sie ist so weit«, sagte Devon mit einem frohlockenden Beben in seiner Stimme.

Marc und auch Ralph zogen sich zurück, und ich blieb keuchend auf allen vieren stehen. Doch die Pause währte nicht lang. Devon fasste mich an meinen Hüften und zog mich auf sich.

Ich ließ mir Zeit, als ich mich auf ihn setzte, betrachtete seine erregte und erwartungsvolle Miene und ließ meine Hand über seinen Waschbrettbauch gleiten.

»Ich liebe dich«, flüsterte er. Ich sah in seinem Blick, wie nah er bei mir war, wie eng wir in diesem Moment miteinander verbunden waren. Ich vertraute ihm voll und ganz, vertraute ihm und seiner Liebe. »Los«, bat er. »Ich kann es kaum erwarten, dich endlich hier zu nehmen.«

Als ich mich langsam auf ihn sinken ließ, schloss er seufzend die Augen, bäumte sich leicht unter mir auf, als er tief in mich eindrang. Ich begann mich auf und ab zu bewegen, wohl wissend, dass Marc und Ralph ganz nah waren und jede meiner Bewegungen genau beobachteten.

Das Gefühl war erregend, dass ihr Blick auf uns lag und sie unseren intimsten Moment beobachteten. Ich spürte die Erregung in mir wachsen, und als Devon meine Brüste fest umfasste und meine Brustwarze mit seiner Zunge liebkoste, war ich kurz davor zu kommen.

Kurz bevor die Wellen über mich zusammenschlagen konnten, spürte ich plötzlich eine Hand an meiner Hüfte und eine an meinem Po.

Devon hielt kurz inne, und in diesem Moment spürte ich, dass Marc seine Erektion an meinem Anus plazierte. Ich keuchte auf, als er gegen mich drückte und mich weitete, während Devon unablässig und zärtlich meine Brüste küsste.

Ich wollte zerspringen und zerfließen, so intensiv war dieser Moment.

Marc umfasste meine Hüften jetzt mit beiden Händen und drang immer tiefer in mich ein.

»Ah!« Ich schrie leise auf, als es schmerzte. Marc hielt inne und ließ mir Zeit, mich an seine Größe zu gewöhnen.

Als der Schmerz verging, streckte ich ihm meinen Po entgegen, und er drang langsam tiefer in mich ein, vorsichtig und bedächtig, während ich schnell ein- und ausatmete.

»Verdammt, bist du eng«, stöhnte Marc zufrieden, als er tief in mir war und sich langsam hin und her zu bewegen begann. »Das ist gut.« Er küsste und biss meinen Nacken, während sein Rhythmus schneller wurde und auch Devon in mich zu stoßen begann.

Sie harmonierten perfekt. Vermutlich war es nicht das erste Mal, dass sie so etwas taten – das spürte man.

Devon zog meinen Kopf zu sich und begann mich zu küssen, hart und heftig. Ich keuchte und wimmerte unter den immer härter werdenden Stößen der beiden, während ich versuchte, meinen Orgasmus hinauszuzögern. Das süße Prickeln wanderte an meinen Oberschenkeln entlang, ging ganz tief in meinen Bauch und begann sich in Wellen in meinem ganzen Körper auszubreiten.

Devons Lippen lösten sich von meinen, und ich spürte eine Hand in meinem Haar. Ralph!

»Mach den Mund für mich auf!«, sagte er mit einem grollenden Ton der Erregung in seiner Stimme.

Alle drei gleichzeitig, schoss es mir in den Kopf. Wow! Sarah würde in Ohnmacht fallen, wenn ich ihr davon erzählte.

Ich öffnete meinen Mund, und Ralph zog meinen Kopf ein wenig zur Seite, dann stieß er seine Erektion in mich und versuchte sich dem Rhythmus der beiden anderen anzupassen. Ich wusste nicht mehr, worauf ich mich konzentrieren sollte. Es passierte alles gleichzeitig, Devon füllte mich aus, während Marc gleichzeitig von hinten in mich hineinstieß. Und nachdem Ralph in seinen Rhythmus gefunden hatte, begann Devon wieder sich zusätzlich meinen Brüsten zu widmen.

Es war unglaublich, ich war völlig überreizt und konzentrierte mich abwechselnd auf meinen Mund, meine Brüste, meinen Anus und fühlte gleichzeitig Devon ganz nah bei mir und in mir.

Marcs Atem auf meinem Rücken war heiß, und ich spürte seine Erektion noch einmal anschwellen, spürte, wie er den Rhythmus noch einmal erhöhte und sich zuckend in mich entlud, während ich mich auf Devons Schulter abstützte, um dem Druck standzuhalten.

»Danke, meine Schöne«, raunte er mir schwer atmend in mein Ohr. »Das nächste Mal wirst du meinen Schwanz im Mund haben.«

Ich keuchte erwartungsvoll bei dem Gedanken daran, dass wir das bald wiederholten wollten, während Ralph noch fester in meine Haare griff, wie um mich daran zu erinnern, dass er jetzt dran war.

»Mach den Mund weiter auf«, sagte er grollend, und ich folgte seiner Anweisung. Er bewegte sich nun langsamer, dafür stieß er tief in meinen Mund und meinen Rachen. »Sehr gut«, knurrte er, als er meinen Kopf festhielt, um eine Weile in dieser Position zu verharren.

Ich fühlte mich ausgeliefert, was sicher auch daran liegen konnte, dass Devon Ralph unterstützte, indem er inzwischen meine Arme auf meinem Rücken fixiert hatte und meine Brustwarzen mit seinen Zähnen umschlossen hatte. Das Gefühl überwältigte mich und nahm mich mit. Meine Bedenken und meine Zurückhaltung gingen gänzlich verloren. Ich dachte nichts mehr, spürte nur noch meine immer stärker anschwellende Lust. Mein Kopf war absolut leer, und ich fühlte mich freier und stärker denn je.

Ralph ließ von mir ab, und ich holte keuchend Luft, als Devon zubiss.

Ich schrie überrascht auf, und gleichzeitig stieß Devon in mich.

»Ah.« Mein Schrei ging in ein lustvolles Stöhnen über.

Ralph stand auf, und ich hörte ihn hinter mir.

Dann spürte ich seine Erektion an meinem Anus, und mit einem schnellen Ruck drang er von hinten in mich ein.

Obwohl mich Marc schon ausreichend gedehnt hatte, war Ralphs Erektion noch etwas größer, und ich hörte schon wieder einen überraschten Schrei aus meinem Mund.

Auch Marc hatte keine Probleme, sich Devons Rhythmus anzupassen, und stieß heftig in mich.

Dieser Zustand hätte ewig dauern können, doch ich spürte die Wellen immer größer werden, meine Beine bebten, und meine Arme zitterten, während ich der Kraft der beiden Männer ausgeliefert war.

Ganz unvermittelt explodierte ich. Ich hörte, wie ich Devons Namen schrie, wie ich mich aufbäumte und mein Anus zuckend Ralph antrieb. Er stieß fester zu und katapultierte mich hinein in den nächsten Orgasmus, während auch Devon sein Tempo anglich und die beiden fast gleichzeitig kamen und sich zuckend in mich entluden.

Schwer atmend blieb ich auf Devons Brust liegen, mit geschlossenen Augen und summenden Gliedern, zufrieden und eins mit mir und der Welt.

KAPITEL 20

Wir fuhren schweigend durch die New Yorker Nacht, während ich die Tasche mit dem Geld fest umklammert hielt. Devon raste mit seinem Sportwagen durch die vollen Straßen auf ein mir unbekanntes Ziel zu. Ich wollte irgendetwas sagen, aber mir fiel beim besten Willen nichts ein.

Das letzte Mal, als wir miteinander gesprochen hatten, hatte er eine Pause gefordert, ohne sich wieder bei mir zu melden, und jetzt war er plötzlich hier, und die Umstände, unter denen wir uns wiedergesehen hatten, waren erklärungsbedürftig.

Warum war Devon in den *Club 5* gekommen und woher hatte er überhaupt gewusst, dass ich dort war? Ich wollte ihm alle Fragen stellen, doch er sah so konzentriert in die Nacht hinaus, dass ich es nicht wagte. Schließlich musste ich im selben Atemzug erklären, wie ich dorthin gelangt war.

Wir fuhren in eine Tiefgarage, und Devon parkte das Auto auf einem privaten Parkplatz. Er half mir schweigsam und höflich beim Aussteigen, wobei er darauf achtete, mich mit seinem Körper vor anderen zu verbergen. Seine Jacke bedeckte nur knapp, dass ich im Prinzip nackt war. Ich suchte seinen Blick, um zu verstehen, was hier gerade mit mir und ihm passierte. Doch Devon ließ keinen innigen Moment zu. Er war in Eile und führte mich schnell zu einem Lift.

Ebenso schweigend, wie wir im Auto gesessen hatten, standen wir nun in dem engen Raum nebeneinander und fuhren in eine Etage, die man nur mit einem Pin-Code betreten durfte.

081285 – ob das sein Geburtstag war?

Ich spürte Devons Hand ganz sacht auf meinem Rücken, als er mich in einen dunklen Flur führte. Als sich ein Bewegungsmelder einschaltete und das Licht mit einem Mal anging, begriff ich, dass er mich mit zu sich genommen hatte. Wir standen im Flur einer luxuriös eingerichteten Suite. Er hatte nicht zu viel versprochen. Es war komfortabel und unpersönlich. Das hier war wirklich nur ein Platz zum Schlafen, wenn auch ein sehr angenehmer.

An den Wänden hingen hübsche Landschaftsmalereien, die denselben blassen Ton hatten wie die Teppiche auf dem Boden. Der Raum war üppig eingerichtet, doch so sauber und frei von den persönlichen Gegenständen seines Bewohners, dass er von der Behaglichkeit und Gemütlichkeit eines Zuhauses weit entfernt war. Den Reiz, den mein gemütliches Apartment für Devon ausgemacht hatte, verstand ich jetzt ohne eine weitere Erklärung.

»Setz dich!«, sagte Devon leise und zeigte auf eines der Sofas. »Du musst erschöpft sein. Ich hole dir etwas zum Anziehen.« Er verschwand im Nachbarzimmer, in dem ich ein breites Bett erspähte. Bald darauf kam er zurück mit einem seiner T-Shirts und einer Hose in den Händen. Ich legte seine Jacke ab und schlüpfte in die viel zu große Kleidung. Das Gefühl eines Déjà-vus erwischte mich eiskalt, genauso kalt, wie der Atlantik gewesen war, aus dem Devon mich einst gerettet hatte. Doch dieses Mal wollte ich nicht gerettet werden, dieses Mal war ich in das Dunkle gänzlich eingetaucht.

Ich ließ mich auf das Sofa sinken und sah Devon erwartungsvoll an. Wie sollte ich ihm nur alles erklären? Es war so viel passiert, seitdem wir das letzte Mal miteinander gesprochen hatten, und es waren so viele Gefühle im Spiel, gute wie auch schlechte.

»Danke«, sagte ich schließlich, als er sich neben mich sinken ließ. Er sah erschöpft aus und hatte dunkle Ringe unter den Augen.

»Warum?«, sagte er, wandte sich mir zu und durchbohrte mich regelrecht mit seinem Blick. »Es war unglaublich, ich habe zu danken.« Er beugte sich zu mir und streichelte sanft meine Wange. »Ich habe es sehr genossen, so nah bei dir zu sein. Du hast mir heute erlaubt, dich wirklich zu lieben, und dafür danke ich dir, aber ich weiß natürlich, dass wir darüber reden müssen, wie es überhaupt so weit gekommen ist.« Er seufzte. »Reden ist nicht immer meine Stärke, und im Moment wäre ich froh, wenn wir dieses wundervolle Erlebnis einfach so kommentarlos stehen lassen könnten.«

»Ich denke, wir sollten besser darüber reden«, erwiderte ich bedauernd, obwohl ich seinen Wunsch nur zu gut verstand. Dieses intime Gefühl des Vertrauens und der Liebe, das ich gefühlt hatte und das die eigentliche Wahrheit über unsere Gefühle widerspiegelte, wollte ich am liebsten für immer festhalten und ich befürchtete, dass es durch ein klärendes Gespräch zerstört werden könnte. Ich gab mir einen Ruck und holte tief Luft. Schließlich saß ich hier mit einem Koffer Geld neben Devon, und das bedurfte einer Erklärung.

»Wie hast du mich gefunden?«, fragte ich.

»Sarah hat mich angerufen und mir gesagt, dass du irgendetwas Dummes planst. Ich habe lange überlegt, wohin eine verzweifelte Frau geht, aber auf die *Black Lounge* wäre ich nie im Leben gekommen. Erst Toni hat mir den entscheidenden Tipp gegeben, dass eine halb nackte Anya Summers gerade die *Black Lounge* betreten hat.«

»Der Türsteher!«, stöhnte ich.

»Ja, Toni schuldet mir noch einen Gefallen. Also, warum warst du dort?« Er sah mich erwartungsvoll an, und jetzt musste ich die Wahrheit sagen.

»Wegen des Geldes«, gestand ich und warf der Tasche auf dem Tisch einen schnellen Blick zu.

Devon riss die Augen auf. »Das ist nicht dein Ernst!«, rief er.

»Doch, meine Eltern sind pleite«, begann ich stockend zu erzählen. Ich konnte nicht verhindern, dass mir die Tränen in die Augen traten, als mir die Katastrophen der letzten Tage in den Sinn kamen. »Sie haben Schulden von 200 000 Dollar, die sie nicht mehr bezahlen können. Die Farm läuft schlecht, und sie haben kein Geld, um neu zu investieren. Sie wollten die Farm verkaufen, mein Zuhause.« Ich schniefte.

»Du verdienst doch gut, du hättest deine Eltern unterstützen können. Es hätte mehr Möglichkeiten gegeben als das *Black Game*.«

»Das dachte ich auch«, erwiderte ich. »Bis deine Schwester bei TC aufgetaucht ist und angefangen hat, ein Netz aus Lügen und Intrigen zu spinnen. Sie hat mich manipuliert und reingelegt. Trevor denkt, ich hätte eine Affäre mit meinem Assistenten, und er weiß, dass wir eine Beziehung haben oder hatten. Er wird mich rauschmeißen. Bei TC hat man keine Affären mit Geschäftspartnern oder Angestellten. Jedes allein wäre für ihn ein Grund, mir fristlos zu kündigen. Und dann hast du mir nicht geglaubt, sondern hast mich von dir weggestoßen. Ich war völlig durcheinander und habe keinen anderen Ausweg gesehen, um schnell an so viel Geld zu kommen.«

»Du hättest mich fragen können«, sagte er leise und nachdenklich.

»Du hast mir nicht geglaubt und wolltest Abstand«, erinnerte ich ihn. »Für mich klang das nach Trennung.«

»Wenn ich mich von dir hätte trennen wollen, dann hätte ich das getan«, entgegnete er scharf. »Ich habe es so gemeint, wie ich es gesagt habe. Ich wollte nur ein wenig Zeit, damit ich mich mit dem Thema beschäftigen konnte. Deine Vorwürfe kamen so überraschend, dass ich Abstand brauchte, um in Ruhe alles überdenken zu können. Ich gebe zu, dass ich wütend war, und in so einem Zustand treffe ich keine Entscheidungen.«

»Du gehst also auf Abstand, wenn du wütend bist?«, fragte ich.

»Ja, ich wollte dich nicht verletzten und das hätte ich getan, wenn wir dieses Gespräch vor einigen Tagen weitergeführt hätten«, erklärte er ruhig.

»Du hast mich alleingelassen. Das hat mich verletzt.«

»Es tut mir leid«, sagte er und nahm meine Hand. »Ich bin nicht gut in diesen Dingen. Du fehlst mir unglaublich.«

»Hast du die Situation mit deiner Schwester aufgeklärt?«, fragte ich. »Denn wenn du ihr mehr glaubst als mir, dann hat das alles keinen Sinn.«

»Ich habe mit ihr gesprochen«, sagte er gedehnt. »Verdammt, Anya, es ist alles völlig verrückt. Ich weiß nicht mehr, wem ich glauben kann.«

»Was hat Shannon gesagt?«, fragte ich, bemüht, nicht allzu ungeduldig zu klingen.

»Sie bestreitet nach wie vor, dass sie so etwas getan hat.«

»Tatsächlich«, erwiderte ich. »Devon, sie hat meinen Assistenten hereingelegt, sodass er nun glaubt, er hätte Sonntagnacht mit mir geschlafen. Und dann wollte sie mich mit dieser Geschichte erpressen, damit ich dich nie wiedersehe.«

»Es ist einfach unvorstellbar. Das eine wie das andere.« Devon sprang unruhig auf.

»Nach diesem Sonntag habe ich geschlafen wie ein Stein, ich war völlig erschöpft, oder glaubst du ernsthaft, dass ich noch ausgegangen bin?«

»Ich kenne die Geschichte«, sagte er zornig. »Und ich habe sie überprüfen lassen.«

»Du warst doch die Woche gar nicht in der Stadt.«

»Ich habe Leute, die so etwas erledigen, Anya.« Er blieb vor mir stehen. Seine Stimme war wieder ruhig. »Dieser Trumell denkt wirklich, er hätte mit dir geschlafen. Er hat sogar seinen Job deswegen gekündigt.«

»Nicht nur deswegen«, seufzte ich.

»Ich weiß selbst, dass du Sonntag nicht mehr in der Verfassung warst, die Nacht durchzufeiern. Es passt einfach nicht zusammen.«

»Also lügt Shannon«, sagte ich entschieden. Das lag doch wohl auf der Hand.

»Warum sollte sie das tun?« Er glaubte wohl immer noch an ihre Unschuld.

»Weil sie die Beziehung zwischen uns nicht akzeptiert«, sagte ich verzweifelt.

»Aber sie hat mir versichert, dass sie sich mit mir freut und dich gern besser kennenlernen möchte.«

»Reden wir von derselben Frau? Groß, elegant, braune Haare und hellblaue Augen, genauso wie deine?«

»Klingt nach Shannon«, antwortete Devon resigniert. »Es muss eine andere Erklärung dafür geben.«

»Sie ist eifersüchtig, das liegt doch auf der Hand«, erwiderte ich ungeduldig. »Und solange du nicht bereit bist, zumindest den Gedanken daran zuzulassen, dass sie daran schuld sein könnte, macht das alles keinen Sinn.« Ich stand auf.

»Anya, was hast du vor?«, fragte er missmutig.

»Ich werde jetzt gehen und meine Sachen packen. Ich muss die Farm meiner Eltern retten und dann habe ich in dieser Stadt nichts mehr zu tun.«

»Geh nicht«, bat er und trat ganz nah an mich heran. Mein Herz schlug schneller, und ich verzehrte mich danach, das intime Gefühl wieder zurückzuholen, was eben noch in meinem Herzen gewesen war.

»Es war deine Entscheidung, Abstand zu halten. Nur dadurch ist es erst so weit gekommen«, erinnerte ich ihn stockend.

»Ich weiß und es tut mir leid, dass ich dir weh getan habe.« Er berührte meine Wange ganz zart mit seinen Fingern, und ich glaubte beinahe zu vergehen vor Sehnsucht.

»Und wie soll es weitergehen?« Ich schmiegte meine Wange an seine Hand, in der Hoffnung, er würde mich nie wieder loslassen.

»Ich weiß es nicht«, sagte er dumpf. »Ich weiß nur, dass ich dich nicht gehen lassen kann.«

»Nichts würde ich lieber tun, als bei dir zu bleiben. Aber wenn du den Lügen deiner Schwester mehr glaubst als meinen Worten, dann hast du kein Vertrauen zu mir. Und ohne Vertrauen funktioniert diese Sache zwischen uns nicht. Das hast du selbst schon festgestellt.«

»Ich weiß, und ich vertraue dir, aber ich vertraue auch Shannon. Ich muss eine Entscheidung treffen.«

»Genau das musst du«, sagte ich ernst.

»Aber nicht heute Nacht, nicht nachdem ich dich endlich in der *Black Lounge* haben durfte. Die Umstände, wie es dazu gekommen ist, blende ich lieber aus. Aber diesen Abend lasse ich mir nicht kaputt machen.«

»Einverstanden«, entgegnete ich, ohne weiter zu protestieren. Wenigstens darin waren wir uns einig.

»Gut, dann rufe jetzt deine Eltern an und überbringe ihnen die gute Nachricht.«

»Mitten in der Nacht?«, fragte ich verwirrt und sah zur Uhr. Es war schon weit nach Mitternacht.

»Wenn deine Eltern solche Probleme haben, schlafen sie ohnehin nicht gut.«

Ich nickte und nahm das Handy, das Devon mir hinhielt. Mit zitternden Fingern wählte ich die Nummer meiner Eltern, während er einen Arm um mich legte.

»Hallo?« Meine Mutter klang tatsächlich so, als ob sie noch munter gewesen wäre.

»Hi, Mom.« Ich lächelte. »Ich habe gute Nachrichten. Du kannst den Makler wieder abbestellen.«

KAPITEL 21

Sonnenstrahlen kitzelten mich, als ich am nächsten Morgen erwachte. Wohlig streckte ich mich, drehte mich langsam um und ließ mir einen Moment Zeit, wieder in mein Leben einzutauchen. Noch gestern hätte ich mich lieber wieder umgedreht und vergessen, dass ich überhaupt existierte, aber heute war ein neuer Tag.

Wunder gab es für mich eigentlich nur im Märchen, zumindest sah es meine rationale Seite so. Doch tief in mir lachte etwas über meine Selbstbeherrschung, mein angestrengtes Bemühen, immer korrekt zu sein. War ich damit nicht ganz weit weg von mir selbst gewesen?

»Guten Morgen!« Devon lächelte. Es war kein angestrengtes Lächeln, das den Beigeschmack eines anderen Gefühls in sich trug, keine Wut, keine Vorsicht und auch keine Zurückhaltung. Ich sah nur ein reines und völlig befreites Lächeln.

»Guten Morgen!«, erwiderte ich überrascht von der Intensität seines Blickes. »Du siehst glücklich aus.« Immer noch fasziniert von seinem Gesichtsausdruck strich ich ihm über das braune Haar, das vom Schlaf noch zerzaust war.

»Ich bin glücklich«, entgegnete Devon. »Ich bin einfach nur glücklich, weil du da bist und weil ich eine fantastische Idee habe, wie wir den heutigen Tag miteinander verbringen können.« Ich kannte diesen Ton in seiner Stimme. Es war die Vorfreude auf einen Adrenalinkick.

Ich war mir der Tatsache bewusst, dass er mir keine Antwort auf meine Frage gegeben hatte, sondern den Aufschub, den er heute Nacht beschlossen hatte, auf den heutigen Tag ausgeweitet hatte. Kurz zog ich es in Betracht, das Thema anzuschneiden, aber als ich dieses glückliche Leuchten in seinen Augen sah, konnte ich es nicht über das Herz bringen, diesen Moment zu zerstören. Solange mein kleines Glück hielt, würde ich es genießen, auch wenn es nur noch ein paar Stunden währen würde.

Er war bei mir, er war es irgendwie immer gewesen, und doch fühlte ich mich, als ob ich auf Glatteis unterwegs war. Ich hatte keine Ahnung, wie sich dieser Tag entwickeln würde, aber vielleicht war es auch gut, wenn ich den Dingen einfach ihren Lauf ließ, ohne Fragen zu stellen und etwas zu erwarten. Im Augenblick wollte ich nur eines, und das war hier an Devons Seite zu bleiben und seine zarten Versuche der Annäherung zu genießen.

Genau in diesem Moment klingelte Devons Telefon, und er nahm mit einem freundlichen »Hallo!« ab.

»Ja, Sie können das Frühstück jetzt heraufschicken. Haben Sie alles bekommen?« Devon wartete die Antwort ab und nach einem kurzen »gut« legte er wieder auf. Er war also schon vor mir wach gewesen und hatte irgendetwas vorbereitet.

Mit einem leisen Bing öffneten sich kurz darauf die Lifttüren zwei Zimmer weiter. Mit einem vielversprechenden Lächeln drehte er sich um und verschwand im Nebenzimmer.

Ich nutzte die Gelegenheit, stand auf und ging unter die Dusche.

Als ich kurz darauf, nur in ein Handtuch gewickelt, das Wohnzimmer betrat, hatte Devon schon ein üppiges Frühstück vorbereitet. Was mich jedoch mehr verwunderte, war das Outdoor-Outfit, das er trug. Ich ahnte Schlimmes, als ich an unseren letzten Ausflug zurückdachte.

»Keine Angst«, sagte Devon, als ob er meine Gedanken ahnte, »ich möchte einfach nur ein wenig Zeit mit dir verbringen, nicht mehr und nicht weniger. Wenn du gehen möchtest, kannst du das natürlich tun.«

»Nein, ich gehe nicht«, sagte ich schnell. »Muss ich höhentauglich sein?«, fragte ich besorgt, während mir Devon eine Tüte des mir schon bekannten Bergsportausrüsters hinhielt.

»Nicht unbedingt, aber es ist sicher von Vorteil«, entgegnete er gut gelaunt.

»Und du willst mir vermutlich nicht verraten, was du vorhast?« Ich seufzte, als ich seine erwartungsvolle Miene sah.

»Dann verderbe ich dir doch die Überraschung und ich weiß ja, dass du Überraschungen magst.«

Keine zwei Stunden nach unserem üppigen Frühstück stand ich auf einem kleinen Flugplatz in Long Island und starrte das Flugzeug vor mir an, als ob ich noch nie im Leben so ein Fortbewegungsmittel gesehen hätte.

Schlagartig bereute ich, dass ich mir beim Frühstück den Bauch vollgeschlagen hatte, denn mir war übel. Und dieses Mal war nicht die rasante Fahrt in Devons Sportwagen schuld, sondern das, was Devon für den heutigen Tag geplant hatte. Es war so abwegig, dass ich nie im Leben darauf gekommen wäre. Doch je länger ich das Flugzeug betrachtete, umso mehr fragte ich mich, wieso ich eigentlich nicht eher daran gedacht hatte.

Fallschirmspringen passte einfach perfekt zu Devons Hang zu außergewöhnlichen Hobbys, und es war eher seltsam, dass er mich erst jetzt hierzu einlud. Ich spürte Devons Hand an meiner Hüfte. Eine zarte Berührung, die eine Frage war und auch Mut zusprechen sollte.

»Du willst mit mir aus einem Flugzeug springen?«, fragte ich mit zittriger Stimme. Nur um noch einmal sicherzustellen, dass meine Mutmaßungen korrekt waren.

»Ja, natürlich nur, wenn du es möchtest«, sagte er leise in mein Ohr. »Es ist ein berauschendes Erlebnis, und es würde mir viel bedeuten, es mit dir zu teilen. Wir machen einen Tandemsprung. Ich übernehme alles für dich, du brauchst es nur noch zu genießen.« Ich drehte mich in seiner zarten Umarmung um und sah ihn erstaunt an. Devon lächelte so begeistert, dass mir die Worte fehlten.

Was taten wir hier? Begannen wir tatsächlich von neuem und vergaßen, dass Devons intrigante Schwester vermutlich schon die nächste Überraschung für mich vorbereitete, oder waren wir nur Freunde, die an einem Wochenende einen Ausflug machten? Im Moment war alles so ungewiss. Die Verbindung zwischen uns war noch ein zartes Band, das bei jeder unpassenden Bewegung sofort zerreißen konnte.

»Ja, ich möchte das tun«, erwiderte ich, nachdem ich mir die Situation mehrmals durch den Kopf hatte gehen lassen. Die Worte Fallschirmspringen und Genießen wollten immer noch nicht so recht zueinanderpassen, aber einen Versuch war ich Devon schuldig. Wir brauchten positive Erlebnisse, und wenn sich Devon sicher war, dass ein Sprung aus einem Flugzeug etwas Berauschendes war, dann musste ich meine ängstlichen Bedenken zurückstellen, wieder einmal.

Sein glückliches Lächeln allein war schon überwältigend, und ich bereute meine Entscheidung nicht. Devon zog mich begeistert weiter, und ich versuchte mich von seiner Vorfreude anstecken zu lassen.

Wir waren nicht die Einzigen, die heute Vormittag aus einem Flugzeug springen wollten. Während des Sicherheitstrainings und dem Ankleiden hielt Devon immer wieder meine Hand und zwinkerte mir aufmunternd zu. Er spürte wohl, dass ich langsam an meinem eigenen Mut zu zweifeln begann, je näher der Moment rückte, in dem wir uns in die Tiefe stürzen würden.

War ich feige, oder war er zu übermütig? Ich konnte mich nicht entscheiden und diskutierte beide Standpunkte innerlich aus.

»Nur noch zehn Minuten, dann geht es los!«, informierte uns der Pilot und begann die Maschine vorzubereiten. Devon zog mich ein wenig zur Seite und ließ sich mit mir auf den Rasen sinken.

»Was denkst du jetzt?«, fragte er erwartungsvoll.

»Ich bin durcheinander«, gestand ich und versuchte all die Gedanken, die mir im Moment im Kopf umherschwirrten, zu sortieren. »Ich habe Angst davor zu springen und auf der anderen Seite habe ich Lust, es zu tun. Es ist verwirrend, und gleichzeitig bin ich so froh, dass du bei mir bist, und doch habe ich Angst, dass du nicht bei mir bleiben möchtest. Es ist alles in der Schwebe, und ich habe noch keine Ahnung, wohin die Waage endgültig ausschlagen wird.«

Devon schmunzelte, sah zu Boden und seufzte. »Es ist wichtig, dass wir diesen Sprung machen, du wirst schon sehen.« Er stand auf und hielt mir seine Hand hin. Ich ergriff sie fest und ließ mir von Devon wieder auf die Füße helfen. Er hatte mir immer noch keine Antwort gegeben, aber darüber konnte ich mir im Moment keine Sorgen machen, denn ich hatte genug damit zu tun, die aufkommende Unruhe zu bekämpfen, die mich immer stärker überfiel.

Als wir mit Schutzbrillen ausgestattet wieder vor dem Flugzeug standen und alle um mich herum so taten, als ob es nicht um einen Sturz aus schwindelerregender Höhe ging, sondern um eine Busfahrt um den nächsten Block, hatte ich mich tatsächlich von ihrer Ruhe anstecken lassen und stieg mit Devon in das Flugzeug.

»Es wird dir gefallen«, sagte Devon völlig überzeugt, doch ich begann an seinen Worten zu zweifeln und warf ihm einen ängstlichen Blick zu. »Lass die Angst ruhig zu, sie ist wichtig.« Er nickte mir zu, und ich erwiderte langsam seine Geste, während wir auf kleinen Sitzen nebeneinander Platz nahmen.

»Sollte man seine Ängste nicht eher bekämpfen?«, fragte ich, um mich von dem, was mir bevorstand, abzulenken. Er rückte näher, da es schwierig war, bei der Geräuschkulisse des sich langsam in den Himmel erhebenden Flugzeuges ein tiefsinniges Gespräch zu führen.

»Die Angst ist ein wichtiger Partner in deinem Leben, sie warnt dich und hält dich davon ab, Dinge zu tun, die dich umbringen oder dir schaden«, sagte er.

Meine Angst fühlte sich im Moment eher wie ein gefräßiges Ungeheuer an, das mit jedem Meter, den wir uns vom Boden entfernten, gieriger und größer wurde. Eine Partnerschaft fühlte sich anders an.

»Ich hoffe, dass ich genug Mut finde, hier runterzuspringen, aber im Moment fühlt sich meine Angst viel, viel stärker an«, sagte ich und sah Devon mit großen Augen an. Meine Hände zitterten mittlerweile deutlich spürbar.

»Ich weiß. Du musst mir vertrauen. Ich bringe dich wieder heil zum Boden zurück. Lass die Angst zu und warte einfach ab, was mit dir passiert.«

Devon sah mich eine Weile prüfend an.

»Weißt du, meine Mutter war Schauspielerin«, sagte er schließlich, und ich sah ihn überrascht an. »Meinen Vater habe ich nie kennengelernt, aber meine Mutter sagt immer, dass das kein Verlust war.«

»Schauspielerin?«, fragte ich verwirrt. Das war schwer sich vorzustellen.

»Ja, genau«, bestätigte Devon. »Sie war sehr erfolgreich, und um erfolgreich zu bleiben, hat sie viele Filme gedreht. Im Prinzip sind meine Schwester und ich vom Personal aufgezogen worden.« Devon sah zu Boden.

»Oh, das tut mir leid«, sagte ich sofort.

»Das muss es nicht, es hat uns an nichts gefehlt. Solange meine Großeltern noch gelebt haben, sind sie oft da gewesen. Wir haben im Luxus geschwelgt, es war eine gute Zeit.«

»Und dann?«, fragte ich neugierig.

»Als sie älter wurde, war ihre Karriere ziemlich schnell vorbei. Wir haben immer auf großem Fuß gelebt, nur leider war meine Mutter kein Mensch, der Geld zusammenhalten konnte. Als die Rollen ausblieben und das Personal gekündigt hatte, war ich ungefähr siebzehn. Dass es eine Welt in Armut geben kann, habe ich zwar gewusst, aber dass es mich jemals treffen würde, wäre mir niemals im Leben in den Sinn gekommen.«

»Was hat deine Mutter getan?«, fragte ich.

»Sie hat nicht verkraftet, dass ihre glorreiche Zeit zu Ende war. Am Anfang hatte sie nur schlechte Laune, doch die kippte immer weiter. Sie hat sich vernachlässigt und anstatt ihre neu gewonnene Freizeit mit meiner Schwester und mir zu verbringen, hat meine Mutter ihren Frust im Alkohol ertränkt. Sie war wohl der Meinung, wir wären alt genug, um jetzt auf eigenen Beinen zu stehen.«

»Wie hast du …?«, fragte ich zögernd, als das Flugzeug einen kleinen Sprung in der Luft machte. Nur mühsam unterdrückte ich den Schrei im letzten Moment. Devon nahm meine Hand und drückte sie zärtlich und tröstend. Doch im

Moment hatte ich eher das Gefühl, dass er meinen Trost brauchte.

»Was ich getan habe in diesem Moment?« Er seufzte. »Nichts Gutes. Ich war das erste Mal ohne Kontrolle, das Personal war weg, und meiner Mutter war es egal, wie ich den Tag verbracht habe. Wir sind in eine Kleinstadt gezogen, weg von Los Angeles. Meine Mutter konnte nicht ertragen, dass sie keinen Zugang mehr zu der exklusiven Gesellschaft hatte, die sie einst hofierte.«

»Das ist traurig«, erwiderte ich bedrückt.

»Das habe ich damals anders gesehen. Für mich war es eine Befreiung. Ich habe dieses Gefühl total genossen. Im Nachhinein gesehen ein wenig zu sehr. Ich habe die Schule geschwänzt und viel zu viel getrunken, ich habe die Nächte durchgefeiert und Dinge getan, die am Rand der Legalität waren. Da war eine seltsame Leere in mir, die ich mit etwas füllen wollte.«

»Wow!« Dieses Geständnis überraschte mich tatsächlich.

»Ja, Shannon hat die Situation weniger gut verkraftet. Die Polizei hat sie ein paar Mal heimgebracht, während meine Mutter den ersten Entzug gemacht hat. In diesem Moment habe ich begriffen, dass es so nicht weitergehen kann. Einer musste die Rolle des Erwachsenen übernehmen, und das war schließlich ich. Dann habe ich Marc und Ralph kennengelernt, und zwischen uns hat sofort die Chemie gestimmt. Wir waren eine Familie damals. Vermutlich hätte mir das auch gereicht, aber ich hatte Verantwortung und habe Shannon angetrieben und klargemacht, dass das Leben nicht nur aus Alkohol und Party bestehen kann. Damals habe ich beschlossen, unser Leben zu ändern.« Das Rauschen um uns herum war laut, doch ich fühlte mich mit Devon an meiner Seite, als ob das alles nicht existierte. Wir befanden uns im

Auge des Tornados, und während um uns herum die Welt unterging, saßen wir auf einer stillen Insel, wo es nur uns gab und sonst nichts.

»Also hast du Shannon sozusagen gerettet?«, sagte ich nachdenklich.

»Ja, ich denke, so kann man es ausdrücken.«

Ich hatte ihm so konzentriert zugehört, dass ich beinahe überhörte, dass wir die Absprunghöhe fast erreicht hatten.

»Wie ist euer Verhältnis heute?«, fragte ich vorsichtig, ohne einen Vorwurf darin mitklingen zu lassen oder eine Entscheidung zu fordern.

»Shannon ist eine starke und sehr eigenwillige Frau«, schmunzelte er. »Sie ist sehr aufbrausend und emotional, aber sie ist auch sehr verletzlich und mitfühlend. Es gab auch Zeiten, in denen wir uns aus dem Weg gehen mussten. Es war nicht immer einfach, seit ein paar Jahren läuft es allerdings gut. Wir leben beide in New York und sehen uns regelmäßig, auch geschäftlich haben wir gemeinsame Projekte, aber wir haben die Grenzen genau gezogen, damit wir uns nicht ins Gehege kommen.«

Er kannte also doch Shannons streitlustige Seite und wusste, dass nicht immer eitel Sonnenschein herrschte.

In diesem Moment machte das Flugzeug einen kleinen Satz, und ich hörte meinen eigenen Schrei. Bevor mir klarwurde, was passiert war, war diese kleine Turbulenz schon wieder vorbei.

»Ich kann das nicht«, sagte ich plötzlich bebend.

»Das war nur ein Wind, du bist absolut sicher.« Devon legte beruhigend den Arm um mich. »Diese Leere, die ich damals gefühlt habe und die ich mit Alkohol nicht vertreiben konnte, habe ich seitdem versucht mit Extremen aller Art zu füllen. In diesen Momenten, in denen ich an die

Grenze des Machbaren gestoßen bin, war ich wirklich bei mir angekommen. Als wenn ich das Extrem brauche, um mich selbst zu erkennen und fühlen zu können.«

»Und was tust du mit der Angst?«

»Es ist die Angst, die ich hatte, die wirkliche, echte Todesangst, die mir das Gefühl von absoluter Freiheit geschenkt und die mir klargemacht hat, wie wertvoll jeder Tag ist, den ich auf Erden verbringen darf.«

»Bist du sicher? Angst und Freiheit sind Dinge, die für mich widersprüchlich sind.« Ich bemerkte aus den Augenwinkeln, wie sich um mich herum alle auf ihren Sprung vorbereiteten. Die Angst, die sich während unseres Gespräches hinter Neugier versteckt hatte, kam jetzt wieder und erfüllte mich immer mehr. Das verräterische Zittern hatte mittlerweile nicht nur meine Finger ergriffen, ich spürte auch meine Knie vibrieren. Freiheit fühlte sich für mich anders an.

»Ich kann nicht springen«, sagte ich zögernd. Meine Lippen fühlten sich eiskalt an, und es fiel mir schwer zu sprechen.

»Das hast du vor dem Abseilen auch gesagt«, gab Devon zu bedenken. »Aber du hast deine Angst überwunden, und das wird dir auch jetzt gelingen.«

Ich schüttelte automatisch den Kopf. Es war ein Unterschied, ob man sich von einem Felsen abseilte oder ohne Seil und Sicherung aus einem Flugzeug sprang. Beim Abseilen konnte man immerhin eine Pause machen, wenn man sich ängstigte, aber hier gab es keine Möglichkeit, mal schnell einen kurzen Zwischenstopp einzulegen.

Ein Piepen ertönte, und die Fallschirmspringer stellten sich in einer Reihe auf. Ich sah, wie sich der erste aus dem großen Loch in die Tiefe stürzte, und verbiss mir gerade noch im letzten Moment einen panischen Schrei.

Ich wurde immer unruhiger und doch spürte ich Neugier in mir aufkeimen, ob Devons Worte wirklich wahr waren. Der Nächste stürzte sich in die Tiefe. Ich hörte seinen euphorischen Schrei, bis der Wind den Ton zerriss.

Wer dachte sich solche Hobbys aus? Es gab doch so viele schöne Dinge auf der Welt zu sehen und zu erleben, Museen, Kirchen, Modelleisenbahnen und Riesenkürbisse. Wer brauchte einen Sprung aus dem Flugzeug?

»Los, Anya, sonst ist es zu spät!«, sagte Devon in diesem Moment, und ich wusste, dass es auch um Vertrauen ging. Vor uns standen noch zwei Fallschirmspringer, von denen der erste gerade Schwung nahm, um sich mit einer kunstvollen Pirouette in den Abgrund zu schrauben. Ich begann, viel zu schnell zu atmen.

»Es geht gleich los, entscheide dich!«

Ich sah zu, wie sich der Letzte vor uns für seinen Absprung bereit machte. Er hatte dasselbe glückliche, aufgeregte Lächeln auf den Lippen, das ich schon von Devon kannte, wenn uns lebensbedrohende Abenteuer bevorstanden. Vielleicht war es doch wahr?

»Gut, ich mach es«, erwiderte ich.

Devon nutzte die Gelegenheit, bevor ich es mir wieder anders überlegen konnte, schob mich vor sich und befestigte mich mit mehreren Haken an sich. Ich biss die Zähne fest zusammen, um nicht zu hyperventilieren.

Als wir an der Kante saßen und sich unter mir das endlose Land ausbreitete wie ein riesiger Teppich, wollte ich schreien, doch mein Schrei ging im Wind unter, der mir entgegendonnerte, als wir schon zur Erde hinabrasten.

Devon war einfach gesprungen. Vielleicht war es auch besser so. Ein »Nein!« hätte ich nicht mehr herauspressen können.

Falls ich jemals geglaubt hatte, Angst zu kennen, so war sie nur der schwache Schein eines lodernden Feuers gewesen. Mich hatte eine echte, ursprüngliche Angst ergriffen. Wenn der Gedanke an den Tod ein Trost war, dann hatte man vermutlich mit dem Leben abgeschlossen. Die Panik, die sich innerhalb des Bruchteiles einer Sekunde in meinem Körper ausbreitete, war so fundamental, dass die Kräfte des Windes, die an meinen Armen und Beinen rissen, nichts waren.

Ich starrte nach unten und sah, wie der Boden immer näher kam. Ob es weh tun würde, wenn ich einschlug, oder würde es so schnell gehen, dass ich nichts mehr spürte?

Nichts war in diesem Augenblick mehr wichtig, weder mein Job noch das Geld oder mein Apartment, auch meine Vergangenheit und meine Zukunft spielten keine Rolle mehr. Es gab nur noch mich in diesem Moment der Angst, und da war noch etwas, was in mir pochte, heiß und lebendig.

Ich sah zur Seite und nahm wahr, wie sich das Meer endlos in der Ferne verlor. Sogar die Neigung der Erde konnte ich erkennen, die ich vom Boden nie wahrgenommen hatte. Das Adrenalin musste auch ein paar Endorphine mit freigelassen habe, denn ich ertappte mich bei einem euphorischen Schrei. Ich drehte mich zu Devon um und sah die Begeisterung in seinen Augen, die ich fühlte.

»Ich liebe dich«, formten seine Lippen, und sein Bekenntnis traf mich so tief, dass plötzlich jegliche Angst verschwand. Das heiße, lebendige Gefühl in mir war Devon. Wir waren hier, gemeinsam und frei von allem, was mich jemals eingeengt hatte. Alles war möglich auf dieser Welt, und mir standen alle Türen offen. Dieses Verstehen war nicht logisch. Es war ein Gefühl in mir, das plötzlich wach geworden war.

Devon riss an einer Leine, und über uns entfaltete sich ein bunter Fallschirm. Der abrupte Fall wurde gebremst, und langsam segelten wir in großen Kreisen zur Erde.

»Ich liebe dich«, rief ich Devon zu. Warum hatte ich nur jemals annehmen können, dass ein Krimi auf dem Sofa besser war als das hier, als das echte Leben? Im Halbschlaf meiner persönlichen Komfortzone hätte ich es beinahe verpasst.

Langsam segelten wir zu Boden.

Als wir landeten, konnte ich nicht aufhören zu grinsen. Devon half mir aus den Seilen und Gurten und ließ sich dann neben mir in das Gras fallen. Ich wurde das selige Lächeln einfach nicht los, das mir auf den Lippen lag. Dieser Tag war eindeutig der beste meines Lebens.

»Und?« Devon sah mich fragend an.

»Danke«, erwiderte ich überzeugt, »das war unglaublich!«

»Hast du je daran gezweifelt?« Devon sah mich fragend an, doch ich sah schon das Lächeln, das hinter seinem gespielten Ernst wartete.

»Nur kurz«, entgegnete ich. »Wie war es für dich?«

»Gut, ich wollte wissen, was ich fühle, wenn alles Überflüssige, was mir oft den Blick verstellt, nicht mehr zählt.«

»Deswegen wolltest du heute zum Fallschirmspringen?« Früher reisten die Menschen zu einem Orakel und heute sprangen sie eben aus Flugzeugen, um eine Antwort auf ihre offenen Fragen zu bekommen.

»Ja.« Er strich mit einem Finger an meiner Hand entlang.

»Und was hast du gefühlt?«, fragte ich bebend, als ich den gesamten Grund unseres Ausflugs nun verstand.

»Ich liebe dich«, sagte Devon. »Aber ich kann Shannon nicht aus meinem Leben verbannen.« Er zögerte.

»Und nun?«, fragte ich.

»Wir werden uns gemeinsam an einen Tisch setzen und die Dinge klären«, antwortete Devon eindringlich. »Es darf kein Entweder-oder geben, keine Bedingungen, keine Erwartungen, keine Einschränkungen, einfach nur Liebe.«

Ich lachte. »Einfach nur Anya und Devon, sonst nichts.«

»Einverstanden?«, fragte Devon.

»Einverstanden«, erwiderte ich glücklich.

KAPITEL 22

»Was machen wir jetzt?«, fragte ich. Wir waren am Auto angelangt, und es war erst später Nachmittag. Ich hatte meine Antwort erhalten und ich war zufrieden mit diesem Kompromiss. Nach allem, was mir Devon von Shannon erzählt hatte, konnte ich nun sogar ein wenig nachvollziehen, warum sie tat, was sie eben tat. Devon drückte mich gegen den warmen Lack des Wagens, während er mir einen langen Kuss gab.

»Jetzt fahren wir zu mir, bestellen uns Abendessen und lassen die Dinge passieren, die noch passieren wollen.« Er küsste meinen Hals, und ich seufzte.

»Einverstanden«, sagte ich lächelnd. Eine Beziehung konnte nicht von Anfang an perfekt funktionieren; der Trick bestand wohl darin, dass man in der Lage war, aus seinen Fehlern zu lernen, und genug Geduld hatte, diese Erkenntnisse auch umzusetzen.

Es gab Missverständnisse, einfach weil wir verschiedene Menschen waren und unterschiedlich dachten und fühlten, aber ich liebte Devon, und er hatte ganz richtig erkannt, dass diese Wahrheit das Einzige war, was zählte.

Ich stieg in Devons Wagen ein und schnallte mich an.

Die Landschaft schoss an mir vorbei, doch ich nahm sie nicht wahr. Mit meinen Gedanken war ich ganz woanders, hoch über der Erde, mitten im freien Fall.

Warum hatte ich das nicht schon eher getan? Die Frage stellte ich mir in letzter Zeit immer häufiger. Wie viel Leben hatte ich in meinem Leben schon verpasst, während ich Trevors Bürosklaven gespielt hatte?

»Ich mag es, wenn du lächelst.« Devon sah mich gut gelaunt an. »Bin ich etwa schuld daran?«

»Ja, ich glaube schon«, erwiderte ich. »Ich fühle mich heute so frei, und daran ist nicht nur der Fallschirmsprung schuld.«

»Ich bin stolz auf dich«, sagte Devon ganz unvermittelt, während er beschleunigte.

»Warum?«, fragte ich lächelnd. Ich hatte zu diesem Sprung nicht viel beigetragen.

»Ganz ehrlich, ich hatte befürchtet, dass du dich im letzten Moment nicht traust zu springen.«

»Vielleicht springe ich das nächste Mal allein«, sagte ich grinsend und genoss den überraschten Blick aus seinen Augen. »Ich würde auch sehr gern mit dir zum Tauchen gehen oder zum Windsurfen oder zum … ach, such dir einfach etwas Wagemutiges aus.« Ich lächelte ihn begeistert an.

»Die Sache beginnt mir immer mehr Freude zu bereiten«, murmelte Devon und nahm meine Hand. Er führte sie an seine Lippen und küsste meinen Handrücken ganz zart. »Deine Anwesenheit in der *Black Lounge* hätte mich schon völlig von deiner neuen Unternehmungslust überzeugen sollen, aber ich war noch skeptisch.«

»Erzähl mir mehr, bevor wir wieder in New York sind«, bat ich. »Wie bist du auf das *Black Game* gekommen?«

»Einverstanden«, sagte Devon.

Ich lehnte mich zurück und plötzlich fühlte ich mich bei ihm angekommen, es war wunderbar, wie er sich mit einem Mal öffnen konnte. Der Sprung aus dem Flugzeug hatte uns vielleicht in Todesangst zusammengeschweißt, oder es war die Tatsache, dass er uns erlaubte, noch einmal von vorn zu beginnen, ohne dass wir versuchten, den Ballast unserer Vergangenheit mitzuschleppen.

Er ließ sich Zeit, sich zu sammeln, und sah konzentriert auf die Straße vor uns, als ob wir einen komplizierten Parcours auf einem Bergpass befuhren und neben uns ein tausend Meter tiefer Abgrund gähnte.

»Es begann ganz harmlos«, sagte er schließlich. Seinen Worten folgte eine weitere Pause, doch ich wartete geduldig, bis er seine Gedanken sortiert hatte.

»Wie ich schon sagte, in meiner Teenagerzeit wurde mein ganzes Leben auf den Kopf gestellt. Aus dem totalen Luxus in die totale Armut, von der ständigen Beobachtung durch Kindermädchen und Butler in die absolute Freiheit. Das ist mir anfangs nicht gut bekommen. Ich hatte plötzlich keine Orientierung mehr. Ich habe getrunken, die Schule geschwänzt und mich nachts auf der Straße herumgetrieben. Als Shannon auch aus der Bahn geworfen wurde, ist mir erst klargeworden, dass ich jetzt Verantwortung habe und so nicht weitermachen kann. Das war der Wendepunkt. Nach einem Jahr harter Arbeit hatte ich wieder Bestnoten und meine überschüssige Energie habe ich in verschiedene Sportarten gesteckt. Auch Shannons Leben verlief wieder halbwegs normal. Ich hatte sogar einen Job, mit dem ich mein eigenes Geld verdient habe. Ich war Geschirrspüler in einem Imbiss. Das war die schlimmste Arbeit meines Lebens.« Devon zog die Stirn in Falten. »Aber ich hatte wieder etwas Geld zur Verfügung und außerdem habe ich den Wert von Geld begriffen. Erst wenn dir etwas genommen wird, beginnst du zu begreifen, wie viel es dir wert war. Das begründete mein Verhältnis zu Geld.«

»Und wie ist dein Verhältnis zu Geld?«

»Es macht nicht glücklich oder zufrieden, aber es macht unabhängig. Da wurde mir auch klar, dass ich wieder ein Ziel in meinem Leben hatte. Ich wollte wieder Luxus, und wenn es nur der Luxus wäre, frei über meine Zeit entscheiden zu können.«

»Du hast hart gearbeitet für deinen Erfolg.«

»Richtig, und Marc und Ralph als meine besten Freunde waren der Meinung, sie müssten meinen Einsatz belohnen, und eine Belohnung in ihren Augen war der Besuch eines sehr speziellen Clubs.«

»Sie haben dich mit in einen Club genommen, als du siebzehn warst?«, fragte ich ungläubig.

»Na ja, eigentlich war ich gerade achtzehn geworden, und ja, sie haben mich in einen Club geschmuggelt.« Devon grinste, als er daran zurückdachte. »Dieser Club hat mein Leben verändert und meine Sicht auf Frauen auch.«

»Was war das für ein Club?«, fragte ich, obwohl ich schon ahnte, worauf die Sache hinauslief.

»Es war ein ganz spezieller Club. Ich hatte natürlich schon Freundinnen gehabt, mit denen ich auch mehr oder weniger guten Sex hatte. Aber ich war nicht auf das vorbereitet, was mir in diesem Club passieren würde. Marc und Ralph haben mich eine ganze Nacht lang Eva überlassen.«

»Eva? Klingt unschuldig«, warf ich ein.

»Das dachte ich auch, aber Eva wollte etwas ganz anderes als das, was ich bisher getan hatte.«

»Lass mich raten, sie hatte eine devote Ader?«

»So ist es, sie war jung und schön, und ich habe mich auf sie eingelassen. Nach dieser Nacht war ich ein anderer Mann. Sie hatte eine Seite in mir geweckt, von der ich nicht mehr loskam. Es war wie eine Sucht. In jeder Nacht, die ich mit Eva verbrachte, wollte ich noch ein Stück weitergehen.«

»Hat sie dir nie Grenzen aufgezeigt, war es ihr nie zu viel?«

»Nein, Eva hat mir gezeigt, dass es kein Zuviel gibt, dass die Grenzen nur in meinem Kopf existierten, weil sie angelernte und widerspruchslos akzeptierte Halbwahrheiten waren. Ich habe gelernt, alles infrage zu stellen, was ich nicht eindeutig als Wahrheit erlebt hatte.«

»Dir ist aber klar, dass es in einer Beziehung nicht immer so weitergehen kann?« Ich dachte an Tom und Olivia.

»Ich weiß, und das mit dir ist auch irgendwie alles ganz anders.«

»Ist es besser oder schlechter?«, fragte ich grinsend.

Devon lachte. »Da ich hier bin, ist es eindeutig besser. Es nutzt sich nicht so schnell ab wie ein extremer Kick. Es ist warm und beständig.«

»Wirklich?« Sein Geständnis war so berührend, dass in meinem Bauch ein wildes Kribbeln einsetzte, das bis in mein Herz wanderte.

»Ja, ich muss mich bei dir entschuldigen, dass ich einfach so lange gebraucht habe, um das zu verstehen, und dass ich nicht darüber sprechen konnte, bevor ich es verstanden hatte.«

»Wir sehen jetzt nur noch nach vorn«, sagte ich überzeugt.

»Und nie wieder zurück«, erwiderte Devon.

Devon parkte das Auto in der Tiefgarage, und Hand in Hand gingen wir zum Aufzug.

»Ob das so eine gute Idee ist, Aufzug zu fahren?«, fragte ich seufzend, während wir vor dem Lift warteten. »Ich habe so einen seltsamen Hunger.«

»Das ist der schnellste Weg, um in meine Suite zu kommen, und genau dort will ich jetzt endlich hin. Das Abendessen steht schon für uns bereit, und ich verspreche dir, mich bis dahin zu benehmen.« Er grinste spitzbübisch, während er seine Hände in seinen Hosentaschen verschwinden ließ. Die Türen des Aufzugs öffneten sich.

Wir würden diesen perfekten Tag mit perfektem Sex krönen, wir würden uns Zeit nehmen und es genießen. Nach der Nacht in der Black Lounge war es ganz gut, wieder eine Nacht nur mit Devon zu verbringen.

»Ich habe auch über deinen Vorschlag, einen Kompromiss einzugehen, nachgedacht.« Er grinste schelmisch.

»Es wird ja immer besser«, erwiderte ich lächelnd.

»Das war es dann auch schon, schraub deine Erwartungen nur nicht zu hoch!« Er zog mich in den Lift und sah mich lächelnd an.

»Zu spät. Wie würde denn der Kompromiss aussehen, den du dir vorstellst?«

»Also, ich dachte, dass ich vielleicht auf einen Würfel verzichten könnte, um dich nicht zu überfordern. Was hältst du davon?«

»Das klingt interessant, ehrlich gesagt klingt es sogar sehr verlockend. Allerdings werden wir erst herausfinden, ob das funktioniert, wenn du mir verrätst, worauf du genau verzichten möchtest.« Die Lifttüren öffneten sich, und wir betraten Devons Suite.

»Du bist also einverstanden?«, fragte er, während ich die festen Stiefel und die Hose fallen ließ.

»Ja, natürlich bin ich das. So außergewöhnlich der gestrige Abend in der *Black Lounge* auch war, denke ich, er sollte etwas Außergewöhnliches bleiben und das bleibt er nur, wenn er nicht zu unserem üblichen Repertoire gehört.«

»Du möchtest also nicht, dass wir das wiederholen?«, fragte er skeptisch.

»Nein, das meine ich nicht, ich möchte das sehr gern wiederholen, aber eben nicht jede Woche.«

»Du schließt also nichts mehr aus?«, fragte er.

»Nein, ich schließe nichts mehr aus, aber es gibt Dinge, die sollten etwas Besonderes bleiben, und das tun sie nur, wenn sie nicht jeden Tag passieren. Verstehst du?«

»Ja«, sagte er gedehnt, »damit kann ich leben.« Er stellte den Rucksack ab, und sein Blick verweilte genüsslich bei meinen nackten Beinen und dem durchsichtigen Slip, den ich trug.

»Allerdings möchte ich die sechs Dinge gern allein auswählen.«

»Einverstanden!«, seufzte ich. »Ich liebe Überraschungen, und dass du ein gutes Gefühl dafür hast, was mir gefällt, stelle ich nicht infrage.«

»Ich finde, wir werden schon fast unerträglich gut darin, Kompromisse zu finden.«

»Eindeutig«, erwiderte ich mit einem leichten Lächeln. Ich wollte nicht auf die hässliche Stimme der Vernunft hören, die mich ganz tief in mir drin daran erinnerte, dass ein paar tolle Kompromisse und ein wenig Hochstimmung noch lange nicht ausreichten, um für den Rest unseres Lebens eine perfekte Beziehung zu führen. Ich hatte die dumpfe Ahnung, dass wir uns auch in Zukunft jeden Kompromiss hart erarbeiten würden.

»Du siehst übrigens bezaubernd aus«, sagte Devon und kam zu mir. Er schlang den Arm um meine Taille und zog mich an sich. Sofort spürte ich die Lust in mir erwachen und wachsen. Ich schlang meine Arme um seinen Hals.

»So verlockend dieser Moment auch ist«, flüsterte ich und küsste sanft seine Lippen, »muss ich jetzt trotzdem erst einmal unter die Dusche.« Ich seufzte und wand mich aus seiner Umarmung.

»Ich habe eine viel bessere Idee«, erwiderte Devon lächelnd und folgte mir ins Bad.

Anstatt auf die Duschkabine steuerte Devon auf die große Badewanne zu und ließ Wasser ein. Während er aus seiner Kleidung schlüpfte und sich in das warme Wasser sinken ließ, betrachtete er mich unentwegt.

»Zieh dich aus, aber bitte langsam!«, forderte er, als er es sich bequem gemacht hatte und die Schaumberge um ihn herum wuchsen.

Langsam trat ich näher, denn ich sah genau, welche Auswirkung mein Anblick auf ihn hatte. Die Schaumberge verbargen noch nicht ganz seine Erektion.

In Zeitlupe zog ich mein T-Shirt über den Kopf und ließ es achtlos zu Boden fallen.

»Du bist atemberaubend schön«, sagte Devon, als ich einen Träger meines BHs herunterstreifte.

»Wirklich?«, erwiderte ich lächelnd und gab dem zweiten Träger einen Schubs.

»Komm ins Wasser!«, knurrte Devon.

»Ich bin noch nicht nackt«, protestierte ich, öffnete den BH und ließ ihn fallen.

»Jetzt sofort!«, befahl er, und ich zuckte zusammen. Sein Ton war erregend. Ich hob ein Bein und stieg in das Wasser, obwohl ich noch immer meinen Slip trug.

»Es ist zu heiß«, beschwerte ich mich.

»Das hat einen Grund. Knie dich hierhin!«, sagte er und zeigte auf die Stelle zwischen seinen Beinen.

Ich ließ mich in das heiße Wasser sinken, das meine angespannten Glieder umspülte und entspannte.

»Was hast du vor?«, fragte ich neugierig.

»Lass dich überraschen!« Er beugte sich vor und umfing meine Brüste mit seinen glühenden Händen. Ich erbebte sofort unter seiner Berührung.

»Meinetwegen.« Ungeduldig rutschte ich im heißen Wasser hin und her, während er sich aufsetzte, ohne die ablenkende Massage meiner Brüste zu unterbrechen. »Das ist wunderbar«, seufzte ich und schloss genussvoll die Augen.

»Konzentrier dich, Anya«, forderte Devon erstaunlich ernst, während er mit spitzen Fingern meine längst harten Brustwarzen drückte. Mit jedem Mal wurde sein Druck ein wenig fester, während ich ungern die Augen wieder öffnete. »Ich werde dir jetzt verraten, welche Dinge ich gern hinter welcher Augenzahl verstecken möchte.« Er drückte genau in diesem Moment meine Brustwarzen so fest, dass ich überrascht Luft holte.

»Mehr!«, forderte ich, straffte meinen Rücken und streckte ihm meine Brüste provokant entgegen.

»Du hast dich verändert, Anya«, sagte Devon, und seine Hände glitten leicht zwischen meine Beine. »Du bist selbstbewusster und mutiger geworden. Es ist, als ob du endlich mit dir im Reinen wärst«, sagte er und massierte mich sanfter. Das warme Wasser und Devons Berührungen verschmolzen zu einem unerträglich schönen Prickeln.

»Du hast dich auch verändert«, flüsterte ich und versuchte mich mit aller Gewalt auf unser Gespräch zu konzentrieren. »Du bist ruhiger geworden. Ich mag das.«

»Du kannst dir sicher sein, dass ich diese selbstbewusste Anya auch sehr zu schätzen weiß«, raunte Devon in mein Ohr. »Und diese Nacht werden wir uns sehr, sehr viel Zeit nehmen und die Dinge ausprobieren, die du noch nicht kennst.«

Jetzt war es um mich geschehen, die Ankündigung dieses Lustmarathons war so verheißend, dass mir ein Stöhnen entwich.

»Ich sehe, dass du damit einverstanden bist.« Devon lächelte, ohne seine Berührungen zu unterbrechen. »Ich finde, wir sollten gleich anfangen, denn du bist heute sehr ungeduldig.«

Ich nickte eifrig.

»Der Einfachheit halber wird die Eins für Wasser stehen, da wir gerade hier sind. Unser Ausflug in dieses Wellnesshotel ist mir noch gut in Erinnerung.« Er griff zum Duschkopf, drehte daran und tauchte ihn in die Wanne ein. Dann drehte er Wasser auf und sah mich herausfordernd an.

»Bereit?«, fragte er, und ich wunderte mich über den erwartungsvollen Klang in seiner Stimme.

Ich nickte Devon zu, und er griff zu der Dusche.

Ich hatte keine Ahnung gehabt, was er genau plante, und deshalb entfuhr mir ein überraschter Schrei, als Devon ohne Umschweife mit dem Duschkopf meine Brustwarze berührte. Er hatte einen scharfen Strahl eingestellt, der zudem eiskalt war. Nach dem viel zu heißen Wasser war die Empfindung hoch explosiv.

Ich keuchte und wimmerte, während er mit dem Strahl zu meiner anderen Brustwarze hinüberglitt. Je näher er der empfindlichen Stelle kam, umso hektischer wurde mein Atem. Der Strahl war in einem Moment erregender Schmerz und im nächsten schon wieder ein gieriges Brennen.

Ich versuchte auszuweichen, doch Devon fixierte mich mit seinen Beinen zwischen sich, sodass ich nicht flüchten konnte. Ich bereute zutiefst, dass ich den BH trotz seiner Aufforderung, ihn anzulassen, ausgezogen hatte. Nun wusste ich, warum, doch jetzt war es zu spät.

Ergeben schloss ich die Augen und gab mich dem spannungsgeladenen Gefühl hin. Ich schrie erneut auf, als der beißende Strahl meine Brustwarze passierte, ich wand mich in Devons festem Griff und keuchte ungehalten, während er mit dem Duschkopf eine Ehrenrunde um meine Brustwarze drehte. Nachdem er sie glühend und bebend zurückließ, machte er sich auf den Weg nach unten.

Sofort riss ich die Augen auf, als ich begriff, was Devon vorhatte. Das würde ich nicht aushalten, da war ich mir sicher.

Ich sah, wie seine Erregung pulsierte, nur allein von meinem erregten Anblick. Mit präziser Geduld führte er den Strahl an meinem Bauchnabel vorbei, und in mir schwoll eine unberechenbare Erregung an.

»Heute darfst du den Slip noch anbehalten, aber beim nächsten Mal wirst du ihn ausziehen«, sagte Devon.

»Danke«, keuchte ich erleichtert, denn ich wollte gar nicht wissen, was mit mir heute passieren würde, sobald diese Kraft ungebremst auf meine Klitoris treffen würde.

Als der Strahl kurz vor meiner Scham auf Stoff traf, atmete ich erleichtert aus. Die Kälte und den Druck nahm ich gedämpft wahr, als sich Devon immer weiter nach unten arbeitete. Es war schön und erträglich. Ich ließ mich darauf ein und spürte ein köstliches Prickeln an der Innenseite meiner Oberschenkel aufsteigen. Doch gerade als sich die Erlösung anbahnte, schaltete Devon die Dusche wieder aus.

»Das war ein Vorgeschmack auf Nummer eins, und jetzt geht es weiter mit Nummer zwei«, kündigte er an. »Du darfst nun deinen Slip ausziehen.«

Gehorsam ließ ich mich in das Wasser sinken und zog meinen Slip von den Beinen. Die Badewanne war mittlerweile fast bis zum Überlaufen gefüllt, und das Wasser hatte jetzt eine angenehme Temperatur.

»Erinnerst du dich, was wir noch in diesem Wellnesshotel getan haben?« Er beugte sich im Wasser über mich und ließ sich zwischen meine Beine sinken.

»Ja«, keuchte ich, als er in mich eindrang.

»Was war es?«

»Die Zwei ist Anal?«, stotterte ich.

»Bist du damit einverstanden?« Seine Frage war mehr ein erregtes Keuchen an meinem Ohr, während er unbeirrt mit jedem Stoß tiefer in mich eindrang. Ich dachte an den wunderbaren Abend zurück und wie angenehm diese Grenzüberschreitung gewesen war.

»Ja«, erwiderte ich. Natürlich hatte ich nichts dagegen, im Gegenteil: Der Sache haftete eher ein verbotener Reiz an, der sie besonders interessant machte. Devon drang mit einem Finger in meinen Anus ein. Er dehnte und massierte mich leicht und arbeitete sich in aller Ruhe weiter vor, während ich schnell atmend und mit geschlossenen Augen das Gefühl genoss.

Währenddessen stieß er mit seiner Erektion unablässig in mich, und ich hob ab. Ich hielt mich verzweifelt an Devons Rücken fest, während er tiefer vorstieß und einen festen Rhythmus fand.

»Ich liebe dich«, seufzte er, und ich spürte seine Erektion nochmals anschwellen.

»Nicht so sehr, wie ich dich liebe«, entgegnete ich und drängte mich ihm weiter entgegen.

Der Orgasmus kam plötzlich und überrollte mich ungebremst, und als Devon spürte, wie sich zuckend meine Erregung entlud und ich ungehemmt stöhnte und mich unter ihm wand, drang er noch einmal fest in mich ein und kam dann selbst.

Eine Weile blieben wir einfach nur liegen und genossen den erschöpften Zustand unserer Körper. Langsam zog sich Devon zurück und lächelte mich an.

»Wir sind nur bis zur Zwei gekommen«, sagte ich erschöpft.

»Wir haben erst angefangen, die Nacht ist noch lang«, erwiderte Devon sofort.

»Oh!«

»Ich werde dich jetzt gründlich einseifen, und dann werden wir dieses wunderbare Spiel im Bett fortsetzen.« Devon lächelte und griff zu einer Shampooflasche.

»Und die Drei steht wofür?«, fragte ich kurz darauf, als ich mich in die weichen Kissen seines Bettes sinken ließ und mich erwartungsvoll auf den Rücken legte.

»Drei«, raunte Devon mit einem vielversprechend dunklen Ton in seiner Stimme, der mich erschaudern ließ, »steht hierfür.« Er küsste meinen Hals, und dem süßen Kitzeln folgend wanderten seine Lippen zu meiner Brust, seine Zunge umkreiste quälend langsam meine Brustwarze, und ich stieß ein unterdrücktes Stöhnen aus. Devon berührte meinen Körper nur an einem Punkt, und diese Stelle war alles, was ich in diesem Moment fühlte; ein reines, hochdosiertes Prickeln, das mich vergessen ließ, dass es auf der Welt noch etwas anderes außer diesem Gefühl gab.

Mit seinen Zähnen fixierte er jetzt meine Brustwarze, während seine Zunge die oberste Spitze kitzelte.

Vor Überraschung schrie ich auf und wollte mich aufbäumen, denn das Kitzeln schoss mir mit solcher Wucht in den Bauch, dass ich meinte zu explodieren. Obwohl mein Körper an Devons Tempo gewöhnt war, konnte selbst er dieses intensive Gefühl nicht so schnell in einen Orgasmus verwandeln.

Als Devon spürte, welche beeindruckende Wirkung seine Liebkosung auf mich hatte, gönnte er mir eine Ruhepause.

»Zu viel!«, keuchte ich, riss die Augen auf und sah ihn verdutzt an.

»Glaubst du mir jetzt, dass eine Frau einen Orgasmus bekommt, nur weil ich mich mit ihren Brüsten beschäftige?« Er sah mich herausfordernd von unten an, und allein schon sein Anblick war verführerisch.

»Zweifellos«, erwiderte ich außer Atem. »Wie geht es weiter? Lass es schnell weitergehen!«, flehte ich.

»Deine Brüste stehen im Zentrum meiner Aufmerksamkeit, wenn du die Drei gewürfelt hast. Die Vier steht für das hier.« Er ließ sich zwischen meinen Beinen nieder, die ich bereitwillig spreizte, und beugte sich über mich, wieder, ohne mich zu berühren. Dieses Mal setzte er an meinem Bauchnabel an, den er mit seiner Zunge gemächlich umkreiste.

»Ah!«, seufzte ich wohlig und schloss wieder die Augen. Fasziniert verfolgte ich das Gefühl seiner Zunge, die von meinem Bauchnabel ganz sacht nach unten wanderte.

Jetzt spürte ich seine Hände an meinen Knien, die meine Beine weit spreizten und offenbarten, dass ich aufs äußerste erregt war.

Seine Lippen berührten ganz sacht meinen Schamhügel, und ein entzückender Schauer durchfuhr mich.

»Mehr!«, flüsterte ich heißer.

»Sei nicht ungeduldig!«, ermahnte mich Devon, während seine Hände an der Innenseite meiner Oberschenkel entlangstrichen und immer langsamer wurden, je weiter sie sich von meinen Knien entfernten. Ich wartete auf Erlösung, darauf, dass dieser unerträglich schöne Schwebezustand eine Erfüllung fand.

Devons Hände bogen rechtzeitig vor dem Erreichen meiner Schamlippen ab und schoben sich unter meinen Po. Dann endlich berührten seine Lippen meine Klitoris, seine Zunge umkreiste meine empfindlichste Stelle, während ich keuchte und mich unter ihm wand.

Jetzt wusste ich, warum er seine Hände unter meinen Po geschoben hatte. Er fixierte mich mit festem Griff, sodass ich seiner immer stärker werdenden Liebkosung nicht ausweichen konnte.

»Was tust du mit mir?« Abgehackt keuchte ich die überraschten Worte.

Doch Devon antwortete nicht, immer schneller leckte und biss er meine Klitoris, der Rhythmus war verzehrend. Ich glaubte beinahe zu zerspringen, so intensiv war das Brennen in mir.

Ich dachte nichts mehr, ich war nur noch ein feuerrotes Leuchten unter Devons geschickten Berührungen.

»Das ist zu viel, wir machen später weiter«, hörte ich Devons erregte Stimme.

Dann lag er auch schon auf mir und drang mit einem festen Ruck in mich ein. Ich krallte mich verzweifelt an seinen Schultern fest, während er heftig und schnell in mich stieß. Es war wild, es war hart und es war richtig, so verdammt richtig, wie Sex mit Devon nur sein konnte.

Ich spürte, wie sein Körper zu glühen begann, wie sein Atem immer schneller und lauter wurde, genauso, wie seine Stöße immer tiefer drangen, als wenn er unsere Körper für immer miteinander verbinden wollte. Er vergrub sein Gesicht an meinem Nacken und küsste die zarte Haut.

»Ich kann es nicht mehr aufhalten«, stöhnte Devon. Ich spürte seine Erregung noch härter anschwellen und riesig in mir pulsieren.

Er stieß mit aller Kraft zu und als er meinen Namen seufzte, war das Kribbeln in mir zu solch einem Sturm angewachsen, dass es sich entlud. Ich drückte meinen Kopf in das Kissen, als mich ein überwältigender Orgasmus überrollte, der nur darum so stark sein konnte, weil Devon mit mir gemeinsam kam.

In langen, hohen Wellen erbebte ich immer wieder, spürte Devons Orgasmus in meinen hineinpumpen, bis mein Atem allmählich ruhiger wurde.

»Unglaublich!«, seufzte Devon, als er sich beruhigt hatte. Matt ließ er sich neben mich gleiten.

»Wir sind nicht bis zur Fünf gekommen!«, sagte ich nach einer Weile, in der ich nur lächelnd zur Decke gesehen hatte. »Was ist die Fünf?«

»Ich hatte gehofft, wir schaffen alle Augenzahlen noch heute Nacht. Die Fünf ist Sexspielzeug, das nächste Mal fangen wir gleich damit an. Ich habe ein paar neue Vibratoren hier, mit denen ich bestimmt noch einige neue Gefühle aus dir herauskitzeln könnte.« Devon zog ein Schubfach auf, und ich warf einen schnellen Blick auf etliche hübsch verpackte, nagelneue Vibratoren. Aber da lag noch mehr, ich sah auch Analplugs und Ketten mit aneinandergereihten Perlen. Doch bevor ich mich näher mit dem Inhalt von Devons Nachtschrank beschäftigen konnte, schob er das Schubfach schon wieder zu.

»Damit machen wir gleich morgen weiter.« Er sah mich lächelnd an.

»Was ist die Sechs?«, fragte ich.

»Ich sage nur Greenwood Lake, obwohl ich für das nächste Mal schon einen anderen Ort im Kopf habe.«

»Sex im Freien?«, erwiderte ich erstaunt. Devon hatte heute Nacht noch viel vorgehabt.

»Ja, bist du damit einverstanden?«

»Im Moment schon«, seufzte ich genüsslich und küsste Devon zärtlich. »Im Moment bin ich mit allem einverstanden.«

KAPITEL 23

Zügig ging ich zur Tür meines Apartments, während ich Devons Schritte genau hinter mir vernahm. Die fröhliche Stimmung zwischen uns war mit den Händen zu greifen. Heute Nacht wollten wir in meinem Apartment übernachten, und vielleicht blieb Devon bei dieser Gelegenheit gleich noch eine Nacht und noch eine. Ich grinste, als ich daran dachte, dass Devon ein paar Gegenstände aus seinem Nachtschrank in seinem Gepäck verstaut hatte.

Während ich die Tür aufschloss, spürte ich, wie seine Hände meinen Bauch berührten, meine Taille umspannten und wie er sich von hinten an mich drückte. Trotz der erregenden Verwirrung, die mich sofort überfiel, schaffte ich es noch, den Schlüssel im Schloss umzudrehen und die Tür aufzuschließen.

Ich trat einen Schritt in mein Apartment und wollte schon die Tür hinter mir und Devon zuwerfen, um die Augen zu schließen und mich ganz seinen vielversprechenden Berührungen zu überlassen, als ich plötzlich das Gefühl hatte, in der falschen Wohnung zu stehen.

Das war nicht mein Apartment. In meinem Apartment war es gemütlich und aufgeräumt. Der Raum, in dem ich gerade stand, war völlig zerstört. Fassungslos starrte ich das Chaos an, die Topfpflanzen lagen zertreten am Boden, schwarze Erde war auf dem ganzen Teppich verstreut. Meine Möbel bildeten einen grotesken Haufen vor dem Fenster. Es gab nichts, was nicht zerstört worden wäre.

»Verdammt!«, vernahm ich Devons Stimme gedämpft hinter mir, während ich einen Schritt in das Chaos hineintat, um wenigstens etwas zu finden, was mir gehörte.

Wie ferngesteuert lief ich weiter in mein Schlafzimmer und dort verlor ich endgültig die Fassung. Jemand musste mit einer Axt hier gewesen sein. Anders war das Ausmaß der Zerstörung um mich herum nicht zu erklären. Nur der metallene Bettrahmen hatte der Gewalt widerstanden, doch mein Schrank und die Kommode waren zerstört. Zitternd ließ ich mich zu Boden sinken. Ich war nicht mehr fähig, auch nur ein Wort zu sagen.

»Komm!« Devon stand plötzlich neben mir. Seine Stimme war eiskalt.

»Ich kann nicht mitkommen«, stotterte ich und zeigte auf die Reste meines einst gemütlichen Zuhauses. »Die Polizei muss kommen. Ich muss nachsehen, was gestohlen wurde. Wer hat einen Grund, bei mir einzubrechen? Ich besitze nichts, was auch nur halbwegs von Wert ist.«

»Ich lasse das wieder in Ordnung bringen. Meine Leute sind unterwegs.«

»Deine Leute?« Ich sah ihn entsetzt an und verstand einfach nicht, was er da gerade gesagt hatte. »Die Polizei muss kommen, das war ein Einbruch.« Der schrille Klang meiner eigenen Stimme klang fremd in meinen Ohren wie ein Ton, der nicht zu mir gehörte.

»Ich kümmere mich darum«, sagte er ruhig.

»Du?« Jetzt stand ich auf und sah Devon an. Und plötzlich begriff ich, warum er so reserviert blieb, so kühl und beherrscht. »Du weißt, wer das getan hat?«

Ich starrte ihn schockiert an, während sich die Gedanken in meinem Kopf überschlugen. Hatte Devon Feinde, von denen er mir nichts erzählt hatte? Er war erfolgreich, und

Erfolg lockte immer Neider an, aber davon hatte er nie etwas erwähnt.

»Wir gehen!«, sagte er streng, und ich hörte die unkontrollierte Wut, die er versuchte noch weiterhin im Griff zu haben. Er schaffte es nicht, mich in seine Gedankengänge mit einzubeziehen. In mir war alles leer. Schwerfällig ging ich zur Eingangstür, fast so, als ob ich in der Sahara nach einem zweitägigen Marsch die letzten Schritte auf eine rettende Oase zumachte.

Ich musste hier raus, ich musste diese Situation hinter mir lassen. Meine Gedanken waren total blockiert.

Ich erreichte die Eingangstür und atmete tief ein, als ich im Flur stand, der beruhigend normal wirkte.

»Wer war das?«, fragte ich gefasst, während Devon die Tür hinter mir schloss.

Er antwortete nicht mehr, sondern hatte die Lippen zusammengepresst und die Stirn in Falten gelegt. Er konnte mich nicht an sich heranlassen, und das machte mich unglaublich wütend.

»Rede mit mir!«, forderte ich.

»Komm!«, erwiderte er, und seine Augen funkelten mich an.

Was sollte ich nur tun? Wenn ich ihn jetzt weiter drängte, mit mir zu sprechen, würde er sich mir immer weiter verschließen. Nein, das wollte ich nicht. Nicht jetzt, wo mein Zuhause in Trümmern lag. Er musste sich nur beruhigen und wenn er das getan hatte, konnten wir in Ruhe über das sprechen, was hier vorgefallen war.

Langsam bewegte ich mich zum Aufzug, während ich mich auf Devons Schritte konzentrierte, die mir leise folgten.

Seit einer Stunde saß ich schon in Devons Suite und starrte die Wände an, während er nebenan im Büro hektisch telefonierte. Abendrot hatte sich in dem Raum ausgebreitet und die Musterung der Tapete in ein warmes Purpur getaucht. Die hübschen Möbel bildeten ein stimmiges Gesamtbild, und es lag eine friedliche und ruhige Stimmung im Raum.

Mein anfänglicher Zorn hatte sich in Wut gesteigert, und aus der Wut war Enttäuschung geworden. Doch niemand war hier, dem ich meine Gefühle entgegenschleudern konnte.

Obwohl wir uns so oft vorgenommen hatten, offen zueinander zu sein und den anderen an unseren Gedanken teilhaben zu lassen, schien es Devon in diesem Moment unmöglich zu sein, diesen Vorsatz umzusetzen.

Ich war verletzt, ich war einsam, und daran änderten auch die vielen Tüten einer teuren Boutique nichts, die jetzt neben der Eingangstür standen.

Ich stand auf und drehte noch eine Runde um das Sofa.

Beim Blick auf die Obstschale fiel mir plötzlich siedend heiß ein, dass Sarah und Olivia noch nichts über den Einbruch wussten. Wenn ein Einbrecher mein Apartment verwüstete, konnte er es ebenso mit dem von Sarah und Olivia tun. Sie mussten gewarnt werden oder zumindest brauchten sie eine Erklärung.

Ich hechtete zu meiner Handtasche und zog mein Smartphone hervor. Im Nebenraum klang Devons Stimme jetzt lauter. Er versuchte doch tatsächlich noch einen Maler zu organisieren, der eine Nachtschicht einlegen konnte.

Er schaffte es vermutlich erst, wieder mit mir zu sprechen, wenn das Problem gelöst war und er den Schuldigen in Wildwestmanier persönlich zur Strecke gebracht oder wenn er eine Woche Zeit gehabt hatte, um seine Gedanken zu sortieren.

Ich wählte Sarahs Nummer, während ich ungeduldig vor den hohen Fenstern auf und ab lief und meinen Blick über die benachbarten Hochhäuser von Manhattan schweifen ließ.

»Wo bist du, Sarah?«, fragte ich schnell.

»In Olivias Laden«, erwiderte sie verwundert.

»Gut.« Ich seufzte erleichtert. »Bleib, wo du bist. Ich muss mit dir reden.«

»Wo bist du?«, unterbrach mich Sarah. »Warum hast du dich nicht mehr gemeldet?« Ihre Fragen kamen wie aus der Pistole geschossen. »Du bist meine beste Freundin, und ich erwarte von dir, dass du mich auf dem Laufenden hältst, was die Katastrophen in deinem Leben angeht.« Sarah holte kurz Luft, während ich spürte, wie meine mühsam aufrechterhaltene Beherrschung langsam zu bröckeln begann wie ein aufgeweichter Damm, der dem Wasserdruck einer Überschwemmung nicht mehr lange standhalten würde.

»Los, erzähl, was passiert ist! Es muss etwas passiert sein, sonst hättest du dich doch längst bei mir gemeldet.« Sarahs Stimme klang nun weicher und einfühlsamer, und ich spürte, wie mir die Tränen in den Augen drückten.

»Meine Eltern sind pleite«, sagte ich stockend, »und …« Meine Stimme versagte.

»Anya …«, seufzte Sarah. »Komm in Olivias Laden und dann erzählst du mir alles, was passiert ist. Es kann doch nicht sein, dass du dich mit deinem Herzschmerz verkriechst und daran halb erstickst. Das ist nicht gesund. Du musst mit jemandem sprechen!«

»In Ordnung«, entgegnete ich schniefend. Sarah hatte absolut recht. Ich musste mir meinen Kummer endlich von der Seele reden.

Ich ging ins Bad und wusch mir das Gesicht mit kaltem Wasser. Dann legte ich Devon eine Nachricht auf den Tisch, damit er wusste, wohin ich verschwunden war, und machte mich auf den Weg in Olivias Laden.

Der Duft von Rosenräucherstäbchen empfing mich und die angespannten Blicke von Sarah und Olivia. Ich konzentrierte mich auf Olivias sandfarbene Leinenlatzhose und den Teller mit Gemüsesticks, der vor Sarah stand, während ich zu der gemütlichen Sitzecke ging, wo schon ein großer Soja-Latte auf mich wartete.

»Du hast es also nicht geschafft, eine platonische Beziehung zu führen«, sagte ich möglichst ruhig. Es tat so verdammt gut, etwas Normales zu sagen und zu tun und den Übelkeit erregenden Anblick meines zerstörten Apartments kurz zu vergessen.

Sarah verdrehte die Augen. »Genau, ich habe aufgegeben. Ich kann es einfach nicht, aber der Buchhalter ist es wert, dass ich verloren habe. Wir sind immer noch zusammen, und deswegen habe ich beschlossen, die Wette nun freiwillig zu verlieren. Für diesen Mann bin ich bereit, Opfer zu bringen. Ich verzichte jetzt schon seit drei Tagen auf Hotdogs und Burger und …« Sie winkte ab. »Du hast keine Ahnung, wie schlecht es mir geht. Ich komme mir vor wie auf einem Entzug, aber für Francesco nehme ich das auf mich. Er hat alles, was ich mir bei einem Mann immer gewünscht habe.« Sarah warf mit einer heroischen Geste ihr braunes Haar in den Nacken.

»Du hast wieder braune Haare«, sagte ich und betrachtete den warmen, dunklen Ton in Sarahs Haaren.

»Ja, und dabei bleibt es jetzt auch erst einmal, Francesco mag meine natürliche Seite.« Sarah biss lustlos in eine Möhre.

»Dein Körper wird jetzt übrigens gereinigt. In ein paar Tagen wird es dir viel bessergehen als vorher. Du wirst schon sehen, nach diesen zwei Wochen wirst du keinen Hotdog mehr freiwillig essen wollen.« Olivia lächelte Sarah aufmunternd zu, doch die sah alles andere als zufrieden aus mit ihrer neuen Diät.

»Aber nur, falls mir in diesen zwei Wochen keine Wurzeln an den Füßen gewachsen sind. Ich komm mir selbst schon vor wie ein Gemüse.« Entschlossen schob sie den Teller von sich fort und wandte sich mir zu. »Setz dich!«, sagte sie.

Glücklicherweise machte sie keine Anstalten, mich zu einem Gespräch zu drängen. Ich wollte noch einen kleinen Moment in der normalen Welt bleiben, bevor ich mich wieder dem Drama meines eigenen Lebens zuwandte.

»Ich hätte zum Beispiel auch nichts dagegen, wenn wir noch einmal zum Brunchen in dieses nette Restaurant gehen, wo wir letzte Woche waren. Das Essen war wirklich fantastisch. Erinnerst du dich noch an die Würstchen?« Sarah schloss verträumt die Augen.

»Das sollten wir unbedingt wiederholen. Das Essen war wirklich gut«, stimmte ich zu. »Ganz zu schweigen von den Kellnern. Die müssen sie in einem Fitnessstudio angeworben haben.«

»Leider geht das nicht«, sagte Olivia zögernd und sah zu Boden, sodass ihr rotblondes Haar ihr Gesicht umrahmte.

»Warum?«, fragte Sarah und riss die Augen auf. »Da gab es auch vegane Gerichte zur Auswahl. Ich habe es genau gesehen. Vielleicht könnte ich sogar auf die Würstchen verzichten. Die Nudelsalate sahen auch gut aus. Mit der Rohkost kann ich mich nicht so richtig anfreunden.« Sie warf dem Teller mit dem Gemüse einen feindseligen Blick zu.

»Das ist es nicht«, murmelte Olivia.

»Was ist es dann?« Sarah sah sie herausfordernd an.

»Ich habe Hausverbot«, sagte Olivia schnell und begann plötzlich ziemlich eifrig ein paar Kochbücher über Kichererbsen und Auberginen im Regal neben ihr neu zu sortieren. Während ich Sarah überrascht anstarrte, richtete Olivia die Kochbücher immer wieder neu aus und schien einfach nicht zufrieden zu sein, wie sie da im Regal standen.

»Warum denn?«, fragte ich schließlich, als sie keine Anstalten machte, uns zu erklären, wie die sanftmütige, pazifistische Olivia zu einem Hausverbot kam.

»Ich habe mit Emilio eine spontane Aktion gemacht, nachdem ihr gegangen seid«, sagte sie ausweichend.

»Nein!«, entgegnete Sarah überrascht.

»Doch!« Olivia straffte ihren Rücken. »Wir haben alle Gäste darauf hingewiesen, dass sie gerade Fleisch aus Massentierhaltung essen und sie damit Leid und Elend verursachen.«

»Und weiter?«

»Was meinst du?« Olivia sah unruhig im Raum umher.

»Da ist doch noch mehr. Allein dafür gibt es kein Hausverbot.« Sarahs graue Augen funkelten, und sie hatte die Stirn nachdenklich in Falten gelegt.

»Emilio hatte eine Farbsprayflasche mit«, sagte Olivia leise. »Und dann haben wir die Fleischgerichte einfach angesprüht.«

»Das ist nicht dein Ernst, oder?« Ich sah sie schockiert an, während ich versuchte, diese zwei grundverschiedenen Dinge miteinander zu kombinieren: Olivia und Vandalismus. Doch es gelang mir einfach nicht, mir sie mit wehenden rotblonden Haaren, blitzenden Augen und einer Sprayflasche in der Hand vorzustellen.

»Doch«, seufzte sie betreten. »Sie haben uns rausgeschmissen und uns Hausverbot erteilt.«

»Wo ist Emilio?«, fragte Sarah wutentbrannt. »Ich werfe ihn aus dieser Stadt hinaus. Du würdest so etwas nie tun.«

»Heute ist Sonntag. Emilio hat frei, und du brauchst ihm die Sache gar nicht vorzuwerfen. Es ist richtig, was wir getan haben.«

»Das ist doch nicht dein Ernst?«, fragte Sarah. »Vandalismus ist noch nie dein Weg gewesen, und jetzt randalierst du plötzlich in der Öffentlichkeit. Ich erkenne dich kaum wieder.«

»Emilio hat mir die Augen geöffnet, dass ich einfach noch nicht genug tue. Gut, die Aktion in dem Restaurant war vielleicht etwas zu spontan, aber wir wollen jetzt mehr solche Aktionen machen. Anders kann man die Leute nicht aufrütteln.« Olivia hatte ihren Rücken gestrafft und eine kämpferische Pose eingenommen. Die Arme angriffslustig in die Hüften gestützt sah sie aus, als ob sie dieses Mal unter keinen Umständen eine friedliche Lösung anstreben wollte. Nur die sandfarbene Leinenlatzhose wirkte nun etwas albern, aber mit einer Kunstlederjacke und einer Sprayflasche in der Hand konnte ich sie mir plötzlich bildhaft als Freiheitskämpferin vorstellen.

»Doch, kann man. Gründe doch eine Aktionsgruppe bei Facebook oder pflanz ein paar Bäume oder räum Müll aus den Straßen«, schlug ich vor.

»Nein«, sagte Olivia. »Das bringt nicht viel. Ich will grundlegend etwas an meiner Strategie ändern, und das heißt, ich muss mich ändern.«

»Was ist nur los mit dir?«, fragte Sarah verzweifelt. »Habe ich etwas wahnsinnig Wichtiges verpasst, was dein Leben zerrüttet hat?«

»Tom hat sich von mir getrennt«, sagte Olivia zerknirscht, und schlagartig wurde mir ihr Sinneswandel klar. »Er sagt, er erträgt den Stress mit mir nicht mehr. Aber das ist in Ordnung, denn es ist Zeit, dass ich mich verändere, und es ist gut, dass Tom nicht mehr da ist. Wir waren schon seit einer Weile nicht mehr richtig glücklich.«

»Schade!«, flüsterte ich. Ich kannte Olivia nur mit Tom und ich wollte mir gar nicht vorstellen, wie es Tom jetzt ging.

»Sarah hatte recht. Er war nie ein Vulkan, sondern immer nur eine Schlaftablette.« Olivia klang so entschlossen, dass selbst Sarah zusammenzuckte.

»Sag bloß, du bist jetzt mit Emilio zusammen?«, fragte sie schockiert.

»Nicht offiziell, aber da ist irgendetwas zwischen uns«, sagte Olivia mit einem leichten Lächeln.

»Ja, kriminelle Energie schwebt zwischen euch.« Sarahs Augen funkelten. »Er ist viel zu radikal. Das bringt dich nicht weiter, sondern nur ins Gefängnis.«

»Manchmal muss man etwas Neues ausprobieren, das waren doch deine Worte«, sagte Olivia vorwurfsvoll.

»Aber es ist ein Unterschied, ob man sich Reizwäsche kauft, um sein Liebesleben in Schwung zu bringen, oder ob man in einem Restaurant randaliert und finanziellen Schaden verursacht.«

»Ich glaube, das bringt jetzt nicht viel, wenn ihr weiterstreitet«, warf ich ein. Die zwei waren gerade dabei, sich gegenseitig Dinge an den Kopf zu werfen, die sie garantiert bald bereuen würden.

»Ich denke, dass es das Beste ist, wenn Olivia selbst ausprobiert, ob das der richtige Weg für sie ist.« Schließlich hatte ich auch für mich herausfinden müssen, ob die Sache mit Devon für mich in Ordnung war.

»Ich will nur nicht, dass sie wegen diesem Umweltaktivisten im Gefängnis landet«, sagte Sarah leise.

»Ich lande schon nicht im Gefängnis«, sagte Olivia in versöhnlichem Ton.

»Und wenn doch«, sagte ich ruhig, »dann war es ihre eigene freie Entscheidung, etwas zu tun, was sie ins Gefängnis bringt. Da Trevor mich demnächst ohnehin rauswerfen wird, kann ich deinen Laden dann auch mal für ein paar Tage betreuen. Wenn du mehrere Jahre im Knast sitzt, musst du dir allerdings etwas anderes einfallen lassen. Biolatschen zu verkaufen ist nicht ganz mein Ding. Ich bin wahrscheinlich auch nicht halb so gut darin wie du.«

Der Gedanke, Jahre im Knast verbringen zu müssen, ließ Olivia verstummen. Sie war mit einem Mal blass geworden.

»Moment mal«, sagte sie plötzlich. »Wieso wirst du deinen Job verlieren? Macht Trevor jetzt etwa ernst?«

Ich schluckte, denn eigentlich war ich ganz froh gewesen, nicht über mich sprechen zu müssen.

Ihr Blick war voller Mitleid, und sie war wieder so sanft und mitfühlend, wie ich sie kannte. Sofort standen mir die Tränen in den Augen.

»Olivia, bring sie nicht zum Weinen!« Sarah griff entschlossen nach meiner Hand. »Deswegen habe ich Anya hergebeten, wir wollten eigentlich in Ruhe reden. Wir fangen jetzt ganz vorne an, einverstanden?« Sie sah mich fragend an, und ich nickte nur und versuchte meine Fassung wiederzugewinnen.

»Also, das letzte Mal, dass ich dich gut gelaunt gesehen habe, war, als du hier gesessen und den Fall Shannon mit uns ausdiskutiert hast«, sagte Olivia.

»Seitdem ist viel passiert«, seufzte ich.

»Und was?«, fragte Sarah hellhörig.

»Ich hatte Streit mit Devon.«

»Warum das denn?« Sarah sah mich mit großen Augen an.

»Wegen seiner Schwester. Sie war bei TC und hat mir eine ziemlich fiese Falle gestellt, damit ich gleich selbst dafür sorge, dass Trevor mich rausschmeißt«, versuchte ich zu erklären, was letzte Woche vorgefallen war.

»Ich habe dir doch gleich gesagt, dass du mit so einem Kaliber wie Shannon nicht spaßen solltest«, sagte Sarah beunruhigt.

»Ich habe wirklich nicht geglaubt, dass sie zu so etwas fähig ist, aber da habe ich mich gründlich geirrt. Dummerweise hat auch Devon nicht daran geglaubt, dass seine scheinbar sonst so sanftmütige Schwester zu so etwas fähig ist. Er wollte auf Abstand gehen. Ich habe ziemlich dumm dagestanden und ich habe so die Befürchtung, dass Shannon genau wusste, wie Devon reagieren würde.« Ich versuchte es in schöne Worte zu packen, doch Sarahs Gesichtsausdruck ließ mich innehalten.

»Wie ich schon sagte«, murmelte sie, »diese Frau schlägst du nur mit ihren eigenen Mitteln.«

»Das glaube ich mittlerweile auch, aber ehrlich gesagt habe ich keine Ahnung von solchen Mitteln«, erwiderte ich und sah Olivia Hilfe suchend an.

»Ich auch nicht«, sagte sie mit einem ratlosen Achselzucken.

»Du hast ja mich«, entgegnete Sarah tröstend. »Aber nun erzähle erst einmal weiter!«

Ich nickte. »Also, bevor wir die Sache klären konnten, habe ich einen Anruf von meiner Mutter bekommen. Ich habe die Stadt verlassen und bin nach Hause gefahren.«

»Und dann?« Olivia hielt die Tischkante fest.

»Meine Eltern haben mir erzählt, dass sie pleite sind und die Farm verkaufen müssen, weil sie die Raten an die Bank und an das Finanzamt nicht mehr aufbringen konnten. Ich war total blockiert, als ich das erfahren habe«, gab ich zu. »Dann ging alles so schnell. Ich bin zurück nach New York gekommen mit dem Entschluss, das Geld aufzutreiben, und da ist mir nur eine Sache eingefallen.«

»Was hast du getan?« Sarah rückte ein Stück näher. Ich erinnerte mich daran, dass Devon erzählt hatte, Sarah hätte ihn gewarnt, dass ich etwas Dummes planen würde.

»Ich habe mir Reizwäsche angezogen und bin in die *Black Lounge* gegangen«, sagte ich schnell und sah zu Boden.

»Nein!« Sarah sah mich schockiert an. »Darauf wäre ich ehrlich gesagt nicht gekommen. Also mir hätte ich das zugetraut, aber dir?«

»Du warst wegen der 250 000 Dollar da?«, fragte Olivia relativ ruhig, doch ihre Sachlichkeit täuschte nicht über ihren schockierten Gesichtsausdruck hinweg.

Ich nickte.

»Was ist dann passiert?«, fragte Sarah ungeduldig.

»Ich wurde ausgewählt, denn ich hatte das knappste Outfit an.«

»Das hätte ich wohl besser für mich behalten.« Sarah verdrehte die Augen. »Jetzt spann mich nicht auf die Folter! Hast du es getan oder nicht?«

»Devon ist gekommen, und dann ist es passiert.« Ich verzichtete darauf, die Einzelheiten darzulegen.

»Was hast du gewürfelt?«, fragte Sarah atemlos.

»Die Vier«, sagte ich kurz angebunden.

»Nein!«, hauchte Sarah erstaunt.

»Oh doch!«, erwiderte ich und spürte, wie mir eine leichte Röte ins Gesicht stieg, als ich an diese Nacht zurückdachte.

»Ich verstehe rein gar nichts.« Olivia sah abwechselnd zwischen Sarah und mir hin und her.

»Anya, es ist Zeit, dass ich dir meinen allerhöchsten Respekt zolle. Wow! Die Vier!« Sie nickte mir ehrfürchtig zu. »Wie viele? Alle drei?«

»Ja«, sagte ich schnell.

»Unglaublich«, sagte Sarah ergriffen. »Ich beneide dich um diese Erfahrung.«

»Sagt ihr mir jetzt endlich, was passiert ist. Ich platze vor Neugier«, fiel Olivia ungeduldig ein.

»Anya hat mit drei Männern gleichzeitig Sex gehabt«, sagte Sarah trocken, und Olivia wurde blass.

»Nein!«, hauchte sie und starrte mich an, als ob ich von einem anderen Stern kommen würde.

»Es war unglaublich, und danach haben wir uns ausgesprochen. Ich habe bei ihm übernachtet. Wir wollten einen Neuanfang wagen, und er hat sogar vorgeschlagen, dass ich Shannon neu kennenlerne, damit wir diese Differenzen überwinden. Gestern war der allerbeste Tag meines Lebens, denn Devon hat sich endlich geöffnet und mich an sich herangelassen. Er hat mir unglaublich viel von sich erzählt. Die Probleme mit meinen Eltern waren gelöst. Es war alles perfekt, bis wir heute Nachmittag nach Hause gekommen sind.«

»Was war dann?«, fragte Sarah mit unheilvoller Stimme. Sie ahnte wohl schon, dass jetzt nichts Gutes kommen konnte.

»In meine Wohnung ist eingebrochen worden, es ist alles zerstört«, erzählte ich stockend. »Jemand muss mit einer Axt dort gewesen sein, um die größtmögliche Zerstörung anzurichten.«

Ich sah, wie Sarah und Olivia das Blut aus den Gesichtern gewichen war.

»Ich wollte die Polizei rufen, aber Devon hat gesagt, er kümmert sich selbst darum. Er hat nicht mehr mit mir gesprochen, sondern telefoniert seit einer Ewigkeit mit den Handwerkern. Er ist in so eine Art Notfallmodus verfallen.«

»Du musst die Polizei rufen«, erwiderte Olivia schwach.

»Er weiß, wer es war, oder zumindest hat er einen Verdacht«, sagte Sarah nachdenklich.

»Der Meinung bin ich auch, anders kann ich mir sein Verhalten nicht erklären«, entgegnete ich, und plötzlich erschlug mich die verdammte Erkenntnis, und alles ergab einen Sinn.

»Du solltest mit ihm reden. Irgendwelche Vermutungen anzustellen bringt dich nicht weiter«, sagte Olivia, während ich fassungslos die Wand anstarrte.

»Das sehe ich genauso …«, sagte Sarah, doch sie hielt mitten im Satz inne, als sie meine erstarrte Miene sah. »Anya, alles klar?«

»Er weiß, wer mein Apartment zerstört hat«, stotterte ich.

»Ja, das haben wir gerade schon festgestellt.« Sarah sah mich verwirrt an.

»Ich meine, ich weiß auch, wer es getan hat«, antwortete ich ohne Klang in meiner Stimme.

»Wer ist es?«, fragte Sarah atemlos und rückte zu mir hinüber. Ich sah in ihre weit aufgerissenen Augen und rang um Worte.

»Es ist Shannon«, sagte ich matt, und sofort stand mir ihr Bild vor Augen. Natürlich hatte sie nicht akzeptieren können, dass ihr Plan gescheitert war, mir eine Affäre unterzuschieben, und sich Devon mir zugewandt hatte, anstatt mich zu verlassen. Selbst in den finanziellen Ruin hatte sie mich nicht treiben können, denn dank des *Black Game* war ich finanziell vorerst abgesichert. Ich konnte die Farm meiner Eltern retten und den restlichen Collegekredit abbezahlen, und selbst dann blieb noch genug Geld übrig, um mich eine ganze Weile über Wasser zu halten.

Doch wenn Shannon Devons Temperament hatte und ihr Wille, Erfolg zu haben, genauso stark ausgeprägt war wie der seine, dann war mir klar, dass sie diese Niederlage nicht so einfach hatte hinnehmen können. Wie hatte ich das nur übersehen können?

Es war logisch. Ich hatte ihr das vermutlich Wichtigste in ihrem Leben genommen, und das würde sie mir nicht so einfach verzeihen. Ich dachte an Devons Erzählung über ihre gemeinsame Vergangenheit. Jetzt war mir natürlich auch klar, dass Devon dieses Familienproblem allein lösen wollte.

»Shannon, natürlich«, sagte Sarah und schlug sich mit der Hand gegen die Stirn.

»Ist sie tatsächlich so dumm, dass sie glaubt, Devon würde auf diese Drohungen eingehen und reumütig wieder zu ihr zurückkommen? Sie macht doch alles kaputt.« Olivias Empörung klang durch jedes Wort hindurch.

»Ich glaube, das ist ihr mittlerweile egal«, sagte ich erschöpft. »Sie will vermutlich ihren Willen erzwingen. Ein Nein akzeptiert sie nicht.«

Erschrocken fuhr ich zusammen, als sich die Ladentür öffnete.

»Es ist geschlossen!«, rief Olivia und stand auf. Als sie sich umdrehte, erstarrte sie. Auch Sarah und ich blickten die Gestalt, die den Laden betreten hatte, schockiert an.

Ein riesiger Mann stand zwischen den Regalen mit den passierten Biotomaten und den Artischockenherzen. Mit seinen breiten Schultern füllte er den Platz dazwischen beinahe vollständig aus.

Er trug eine schwarze Lederjacke und sah aus, als ob er gerade vom Kampftraining kam.

»Ah!« Olivia entfuhr ein erschrockener Schrei.

»Ganz ruhig!«, erwiderte der Riese und hob beschwichtigend die Hände, bevor sie zum Telefon hechten und die Polizei rufen konnte. Denn das, was dieser Kerl hier wollte, war sicher kein Soja-Latte.

»Mr. Draper schickt mich. Ich soll Ihnen keinen Zentimeter von der Seite weichen, Anya Summers«, brummte er, während er sich, ohne mit der Wimper zu zucken, hinter mir aufstellte.

KAPITEL 24

Ich fühlte mich seltsam, als ich mich auf den Rückweg machte. Seit Jahren lebte ich in New York und kam mehr als gut allein zurecht und jetzt befand ich mich plötzlich in der Fürsorge einer männlichen Riesen-Nanny.

Die Nacht war gänzlich hereingebrochen, als ich eine Stunde später Devons Suite betrat. Wie ein gleißendes Quadrat lag der Schein der Liftbeleuchtung im Flur.

Als sich der Lift hinter mir schloss und meinen Aufpasser mit hinunter in das Foyer nahm, blieb ich einen Moment in der Dunkelheit stehen. Wenn Devon mir einen Bodyguard schickte, dann erwartete er wohl, dass Shannon noch mehr plante, als nur mein Apartment in kleine Teile zu hacken.

Ich trat einen Schritt nach vorn. Shannon sollte sich gefälligst ein anderes Opfer suchen. Es wurde Zeit, dass Devon ihr Einhalt gebot, und wenn er es nicht tat, würde ich es tun. Als mich der Bewegungsmelder erfasste, wurde der Flur in gleißendes Licht getaucht.

Langsam ging ich in das Wohnzimmer hinüber. Doch hier war niemand. Verdutzt registrierte ich Stimmen aus dem Büro.

Hatte Devon so spät noch Besuch? Doch das war kein Handwerker, mit dem er da sprach. Ich vernahm ganz klar die Stimme einer weiblichen Person.

Ich kannte diese Stimme, ich hatte sie schon einmal gehört, und sie würde mir für immer im Gedächtnis bleiben.

Shannon war hier. Langsam schlich ich zur Tür und legte vorsichtig mein Ohr an das Holz.

»Ich habe mich doch jetzt schon mehrmals dafür entschuldigt«, hörte ich Shannons zornige Stimme.

»Es gibt keine Entschuldigung dafür, dass du die Wohnung meiner Freundin zerstörst, nur weil du deinen Willen nicht bekommst«, entgegnete Devon nicht minder wütend. Also hatte ich mit meiner Vermutung richtiggelegen, und hier fand gerade eine Aussprache statt.

»Das hat mit meinem Willen nichts zu tun. Mit welcher Freundin du gerade dein Bett teilst, ist mir auch egal. Mir geht es nur um dich. Diese Frau ist nicht gut für dich.«

»Seit wann entscheidest du darüber, welche Frau gut für mich ist?«, sagte Devon verächtlich. »Dir geht es doch um etwas ganz anderes. Du willst mich nur erpressen, weil ich keine Lust mehr habe, für dich zu arbeiten, aber du irrst dich vollkommen, wenn du denkst, dass Anya daran Schuld hat. Es ist allein meine Entscheidung gewesen. Ich will mich nur noch auf Draper Consulting konzentrieren und alle anderen Beteiligungen habe ich mittlerweile abgestoßen.«

»Du kannst mich doch nicht einfach so sitzenlassen. Ich habe mir mühsam eine Existenz in dieser Stadt aufgebaut, und nur weil du das erste Mal in deinem Leben verliebt bist, zerstörst du alles. Du lässt mich hängen, das ist unverzeihlich.«

»Du hast Millionen verdient.« Devons Stimme donnerte durch den Raum, und ich erschrak, als ich hörte, um welche Summen es hier ging. Verdammt, in was für Geschäfte waren Shannon und Devon nur verwickelt? Saß da nebenan vielleicht eine skrupellose Drogenbaronin? Das würde zumindest die Wahl ihrer brutalen Mittel erklären.

Jetzt hörte ich wieder Devons Stimme. »Ich habe dir immer gesagt, du musst das Risiko streuen und dich nicht nur auf dieses eine Projekt verlassen. Du musst das Geld in neue Ideen stecken, investieren und dich weiterentwickeln, neue Geschäfte aufbauen, damit du nicht nur von einer Einnahmequelle abhängig bist. Aber auf dem Ohr bist du ja taub. Es ging nur um die neuen Autos, die teure Jacht und den Urlaub in deinem privaten 5-Sterne-Resort. Du bist keine Unternehmerin, was eigentlich kein Verbrechen ist, aber du hast dich geweigert, einen guten Rat anzunehmen. Ich habe es einfach satt, dir Ratschläge zu erteilen, die du ohnehin nicht berücksichtigst. Das geht jetzt schon seit Jahren so.«

»Ich bin bei TC eingestiegen, falls du es nicht mitbekommen hast.«

»Doch, das habe ich mitbekommen. Ist es wahr, dass du als ersten offiziellen Akt versucht hast, Unfrieden in Anyas Abteilung zu stiften?«

»Du hast doch mehrfach erwähnt, dass der Führungsstil dieser Abteilung zu wünschen übrig lässt und über eine personelle Neuorientierung nachgedacht werden sollte. Jetzt sag bloß, du hast deine Meinung geändert? Ich habe mich sofort daran gemacht, deine Ideen umzusetzen. Dass Anya nun mit betroffen war, ist ja nicht meine Schuld.«

»Das ist unglaublich«, erwiderte Devon abschätzig. »Jefferson Wilson bekommt meinen Bericht erst morgen. Wenn du etwas ändern willst, dann solltest du den Geschäftsführer mit einbeziehen und nicht über seinen Kopf hinweg entscheiden. Das wüsstest du, wenn du mir zugehört hättest. Und jetzt tu nicht so, als ob du dich jemals wirklich für meine Empfehlungen interessiert hättest. Du wolltest nur Anya schlechtmachen.«

»Das ist nicht wahr. Für diese Empfehlung habe ich mich tatsächlich interessiert, und das wüsstest du, wenn du mehr mit mir reden würdest. Aber du hast ja keine Zeit mehr, weil du nur noch mit diesem Mädchen unterwegs bist.«

»Anya hat damit nichts zu tun. Ich habe Kunden, um die ich mich kümmern muss.«

»Jetzt tu nicht so, als ob du ein ganzes Imperium leiten müsstest.«

»Imperium ist sicher das falsche Wort«, sagte Devon mit schneidender Stimmte. »Es ist ein solides Unternehmen, alles andere wäre für mich als Unternehmensberater auch ein Armutszeugnis. Ich muss dort sein, wo auch meine Kunden sind. Ich habe mittlerweile Niederlassungen in London, Washington und Moskau, falls es dir entgangen sein sollte. Glaubst du, diese Arbeit erledigt sich von selbst? Ich habe dir länger unter die Arme gegriffen als irgendjemandem sonst. Also komm endlich damit klar und überlege dir, wie es für dich weitergeht, anstatt deine Zeit damit zu verbringen, Anya und mich zu terrorisieren.«

»Anya und mich ...«, äffte Shannon Devon nach, und ich glaubte sogar durch die Tür sein wutentbranntes Schnauben zu hören. »Du benimmst dich wie ein dressiertes Äffchen, seitdem du dieses Miststück getroffen hast. Du hast deinen Biss verloren, Devon. Du bist weich geworden. Sie hat dich weich gemacht.« Shannons Ton war ätzend, und ich hatte keine Ahnung, wie Devons Gesichtsausdruck in diesem Moment aussah. Zu gern hätte ich die Tür geöffnet, nur um einen Blick auf seine Miene zu erhaschen. Doch ich war mir sicher, wenn ich nun zwischen die Fronten stolpern würde, würde ich nicht heil davonkommen.

»Ich meine es ernst mit ihr, Shannon«, entgegnete Devon erstaunlich gefasst. Er schien auf Shannons Wut nicht mehr eingehen zu wollen. »Wenn du damit nicht zurechtkommst, dann haben wir jetzt wohl den Moment erreicht, an dem sich unsere Wege endgültig trennen werden.«

»Das wagst du nicht«, schrie Shannon.

»Halte dich von Anya fern oder du lernst mich von einer ganz anderen Seite kennen!«

»Drohst du mir etwa?« Shannons Stimme klang fremd, so als ob sie selbst nicht glauben konnte, was Devon gerade zu ihr gesagt hatte.

»Ich will das nicht, aber du lässt mir keine Wahl. Wenn du dich nicht mit der Situation abfindest, werde ich dich mit Gewalt aus unserem Leben fernhalten.«

»Wie bitte?« Shannon klang ernsthaft entsetzt über Devons harte Worte.

»Du hast ganz richtig gehört und du weißt, dass ich es auch wirksam umsetzen werde. Also, entscheide dich!«

»Ich will dich nicht verlieren«, hörte ich Shannons Stimme jetzt ungewohnt sanft. War es möglich, dass diese Frau tatsächlich eine sensible Seite hatte? Wenn ja, dann musste sie unter einer Geröllhalde von Frust begraben sein und war nur mit Gewalt zutage zu befördern.

»Du musst mich nicht verlieren, aber du musst akzeptieren, dass Anya jetzt zu mir gehört.« Devons Worte beruhigten mich ungemein, und ich wäre durchaus bereit gewesen, Shannon ihren katastrophalen Fehler zu verzeihen.

»Ich akzeptiere es, wenn du mich weiterhin unterstützt«, bat Shannon, und ich glaubte, nicht richtig gehört zu haben. Was auch immer die zwei für ein Projekt betrieben, Devon wollte doch ganz klar einen Schlussstrich ziehen. Es konnte nur etwas Illegales sein, vielleicht hatte ihr Devon geholfen, ein Drogenimperium aufzubauen.

Dieser Gedanke war nicht gut, er war falsch und kalt, mein Gehirn fühlte sich plötzlich an, als ob jemand flüssigen Stickstoff unter die Schädelplatte gegossen hätte.

Doch was mich neben meinem irrigen Gedankenspiel noch mehr schockierte, war die lange Pause, die jetzt eintrat. Devon schien ernsthaft über Shannons Bitte nachzudenken. Deshalb wollte er also keine Polizei einschalten, die Spuren seiner Aktivitäten ließen sich sicher von mir zu ihm und zu Shannon verfolgen.

»Ich werde Anya kein Haar krümmen, versprochen. Ich lasse euch in Ruhe. Nur hilf mir. Du hast recht, ich bin nicht gut in diesen Dingen, deswegen brauche ich dich.« Shannons Stimme klang melodisch und sanft. Sie versuchte, Devon um den Finger zu wickeln.

Ich musste mich stark bremsen, nicht in das Zimmer zu stürmen und Devon an den Schultern zu packen, um ihn so lange zu rütteln, bis er wieder zur Vernunft kam. Er durfte sich nicht in illegale Machenschaften verstricken lassen. Wenn er für den Rest seines Lebens im Gefängnis saß, konnte es nie ein glückliches Ende für uns geben.

Ich lauschte vorsichtig. Würde er etwa nachgeben? Wie konnte man denn mit jemandem zusammenarbeiten, der Mittel wie Vandalismus und Erpressung einsetzte, um seine Ziele zu erreichen?

»Nein.« Die Worte klangen klar und deutlich durch die Tür, fast so, als ob ich direkt neben Devon gestanden hätte. »Du musst dir endlich selbst den Kopf darüber zerbrechen, wie man ein erfolgreiches Unternehmen führt, und solange du nicht bereit bist, einfache Dinge selbst zu übernehmen, und stattdessen versuchst, mich zu erpressen, ist es besser, wenn wir auch beruflich getrennte Wege gehen.«

Shannons erboster Schrei folgte sofort. Mir war klar, dass sie jeden Moment aus der Tür stürmen würde und es besser war, wenn ich nicht die erste Person war, die sie nach einem Streit mit Devon zu Gesicht bekam. So schnell ich konnte, stolperte ich ins Schlafzimmer hinüber, wo ich hinter der angelehnten Tür stehen blieb.

Keine Sekunde später knallten Türen, und Absätze donnerten über den Boden. Shannon musste immer noch wütend sein, wenn sie es sogar mit ihren Stilettos schaffte, auf dem Teppich Geräusche zu verursachen. Vermutlich hatte sie Löcher in die teuren Perser gestanzt.

Mit weit aufgerissenen Augen starrte ich in die Dunkelheit und wartete darauf, dass der Lift sich schloss.

Als ich sicher war, dass Shannon gegangen war, kam ich aus dem Schlafzimmer. Obwohl es schon fast dunkel war, hatte Devon kein Licht eingeschaltet, sondern stand wie eine Marmorstatue im Dämmerlicht der heraufziehenden Nacht.

Seine Gesichtszüge wurden nicht gut ausgeleuchtet, dennoch bemerkte ich sofort seine Stimmung. Er war immer noch zornig.

»Warum gehst du einfach?«, fuhr er mich an, bevor ich auch nur einen Ton sagen konnte.

»Wie bitte?«, entgegnete ich überrascht. »Ich habe mich mit Sarah und Olivia getroffen, nachdem du nicht mehr mit mir gesprochen hast.«

»Da draußen läuft jemand herum, der es auf dich abgesehen hat.«

»Du meinst deine rachsüchtige Schwester«, entgegnete ich barsch. Nahm er etwa an, ich hätte diese beeindruckende Auseinandersetzung nicht mitbekommen? »Und als ob das nicht genug wäre, schickst du mir diesen Bodyguard, der mich zu Tode erschreckt hat.«

Devons Stirn verdüsterte sich immer mehr. Er verschränkte die Arme vor dem Körper und wandte sich dem Panoramafenster zu.

»Ich habe nur dafür gesorgt, dass du wieder heil zu mir zurückkommst«, sagte er leise. »Ich ertrage es nicht, wenn dir meinetwegen etwas zustößt.«

Mein Tonfall tat mir mit einem Mal leid. Er schien verletzt zu sein, doch das änderte nichts daran, dass er mich übergangen hatte.

»Hatten wir nicht vereinbart zu reden?«, fragte ich versöhnlich.

Er schloss einen Moment die Augen und fuhr sich mit der Hand gequält über die Stirn. Dann sagte er leise: »Ich will jetzt nicht reden.«

Ich sah ihn an. Er war der Mann, den ich liebte, den ich versuchte zu verstehen und zu durchschauen. Warum machte er es mir nur so verdammt schwer, an ihn ranzukommen? Warum konnte er sich nicht einfach mit mir auf dieses Sofa setzen und wenigstens versuchen zu erklären, was ihm im Kopf herumging oder welche dubiosen Geschäfte ihn mit Shannon verbanden.

Ich spürte den Frust in mir zu einem unbeherrschbaren Drücken anschwellen.

»Ich habe dein Apartment wieder herrichten lassen. Wenn du möchtest, kannst du in zwei Tagen wieder einziehen.«

»Mein Apartment?« Ich sah ihn überrascht an.

»Ich habe dir versprochen, mich darum zu kümmern, und das habe ich getan«, erwiderte er.

»Mich würde mehr interessieren, warum deine Schwester mich bedroht. Sprich mit mir darüber«, flehte ich und sah ihn erwartungsvoll an. Doch für Devon war das Gespräch an dieser Stelle beendet.

»Ich will nicht mehr reden und nicht mehr nachdenken«, sagte er. »Ich will jetzt einfach nur noch diesen fürchterlichen Tag vergessen.« Er zog mich an sich und küsste mich sanft. »Nichts und niemand wird uns trennen. Das verspreche ich dir.«

Ich sah zu ihm auf und nickte fest, obwohl ich mir nicht sicher war, ob Shannon sich mit der Rolle als Verliererin wirklich abfinden würde.

KAPITEL 25

Ihr wohnt jetzt zusammen?« Sarah sah mich erstaunt an. »Na ja, er hat viel für dich getan, aber dass es so schnell geht.«

»Nur vorübergehend, bis sich die Situation beruhigt hat. Er traut Shannon nicht über den Weg«, entgegnete ich, während ich die Vollkorn-Ravioli mit Fenchelgemüse zum Tisch trug.

»Zu Recht, oder?«, sagte Sarah. »Schließlich hat die Kampfemanze in einem Augenblick völliger geistiger Umnachtung dein Apartment in ein Riesenpuzzle zerlegt.«

»Mir ist immer noch nicht ganz klar, warum sie so ausgetickt ist«, sagte ich nachdenklich. Die letzten Tage mit Devon waren mit Organisatorischem vergangen, und nachdem sich Shannon weder bei mir noch bei Devon gemeldet hatte, gingen wir davon aus, dass sie sich endlich beruhigt hatte. Wir waren beschäftigt gewesen, und es hatte keinen Grund gegeben, sich noch länger mit dem unangenehmen Thema zu beschäftigen.

»Da geht es sicher nicht nur um Geschäfte, auch wenn sie das behauptet hat. Ich denke, sie ist nach wie vor eifersüchtig.«

»Das ist auch möglich, jedenfalls ist es vorbei, und wir sehen jetzt nach vorn. Devon hat auch vorgeschlagen, dass ich die Stadt verlasse, bis er hundertprozentig sicher ist, dass Shannon keinen Unsinn mehr macht, aber ich wollte nicht weggeschickt werden, und deswegen wohnen wir nun eben zusammen«, erwiderte ich lächelnd.

»Nur zu deiner Sicherheit, soso!«, lachte Olivia.

»Im Moment ist es doch schön so. Es ist Samstagabend, und wir können gemütlich zusammensitzen, während Devon in meiner Nähe ist und sich jederzeit davon überzeugen kann, dass es mir gutgeht.«

»Und wie geht es jetzt weiter?« Sarah sah mich skeptisch an.

Ich holte tief Luft. Die Anya Summers, die ich hier gewesen war und deren Hosenanzüge noch nebenan in meinem Schrank hingen, gab es nicht mehr.

Meinen Job hatte ich inzwischen offiziell verloren, doch darüber war ich schon längst nicht mehr unglücklich. Allerdings hinterließ dieses Fehlen meiner beruflichen Seite eine Leere, die ich bald wieder füllen musste. Ich hatte auch schon einen hervorragenden Plan, wie es weitergehen sollte. Ich musste nur noch den Mut finden, Devon davon zu überzeugen.

Ich musste mich wiederfinden, denn ich war noch so viel mehr als nur eine Mitarbeiterin bei TC. Ich war auch eine Freundin und eine Tochter. Was ich für Devon war, wusste ich mittlerweile sehr genau. Ich war die Frau, die mit ihm eine leidenschaftliche Nacht verbringen konnte, und ich war auch die Frau, die er ins Vertrauen zog, wenn er Probleme hatte, zumindest nach einer gewissen Bedenkzeit.

»Kann er die Schreckschraube nicht einfach in die Wüste schicken?« Sarah klapperte laut mit dem Besteck, während sie Messer, Gabeln und Löffel auf dem Tisch verteilte, und holte mich in die Realität zurück.

»Das hat er. Shannon wollte, dass Devon sie auch weiterhin bei ihren geschäftlichen Aktivitäten unterstützt, aber Devon hat deutlich nein gesagt. Darüber bin ich auch ehrlich froh.«

»Was für einen Job hat Shannon denn, scheint ja was enorm Wichtiges zu sein?«, fragte Sarah.

»Ich habe keine Ahnung, und Devon will auch nicht mehr über das Thema Shannon sprechen. Er hat gesagt, dass er das alles hinter sich lassen will.« Ich beugte mich zu Sarah hinüber, die mittlerweile Platz genommen hatte. »Ich habe ja den Verdacht, dass Shannon in irgendwelche Drogengeschäfte verwickelt ist, anscheinend hat sie ein Millionending laufen.«

»Ist nicht wahr!« Sarah riss die Augen auf.

»Doch, aber Devon hat mir versichert, dass es nicht illegal wäre.«

»Dann wird das hoffentlich auch so sein. Zutrauen würde ich ihr ja so etwas«, murmelte Sarah nachdenklich. »Aber dass er nicht darüber sprechen will, ist kein gutes Zeichen.«

Ich sah zu, wie Olivia einen Obstkorb neben dem Tomatenpüree arrangierte und ebenfalls am Tisch Platz nahm. »Nein, so ist das nicht«, sagte ich. »Devon braucht manchmal ein wenig Zeit, bis er sich mir öffnen kann und die richtigen Worte findet.«

»Also hat er den Konflikt mit Shannon einfach noch nicht verdaut.«

»So sehe ich das im Moment. Shannon wird sich schon wieder beruhigen, ich mache mir da keine Sorgen.«

»Gut, es ist also Zeit, dass wir uns neuen Projekten zuwenden, oder?«, fragte Sarah gut gelaunt. »Ich habe richtig Lust auf Regenwürmer, Karomuster und Sex im Stroh.«

»Wir haben eine ehrenvolle Mission«, sagte Olivia mit deutlicher Empörung in der Stimme. Ihre Augen blitzten grüngrau und bildeten einen hübschen Kontrast zu ihren rotblonden Haaren, die sie heute wieder zu einem Zopf geflochten hatte.

»Ehrenvoll?« Sarah lachte. »Du vergisst, dass die Sache hauptsächlich Spaß machen soll. Also, wie geht es weiter?«

»Ich werde die Farm übernehmen, meine Eltern bereiten gerade den ganzen Papierkram vor, sodass ich dann bald stolze Eigentümerin einer Farm in Minnesota bin.«

»Dann geht es also wirklich bald los?«, fragte Sarah erwartungsvoll. Ich betrachtete eingehend ihr herzförmiges Gesicht mit den leuchtenden grauen Augen.

»Das tut es. Wir können uns jetzt in Ruhe überlegen, wie wir mit der Farm Geld verdienen wollen.« Ich hatte mich an meinem Job festgehalten wie an einem Rettungsanker, doch eigentlich war es albern gewesen, es gab noch so viele andere Möglichkeiten, den Tag sinnvoll zu gestalten.

»Wie findet Devon deine Zukunftsplanungen?«, fragte Sarah, während Olivia ihr den Teller vollllud.

»Er möchte gern, dass ich in New York bleibe, bei ihm und die Arbeit auf der Farm einem Verwalter übertrage.«

»Verständlich«, meinte Sarah.

»Ja, aber das ist nicht das, was ich wollte. Ich wollte immer gern nach Minnesota zurück, aber das hat noch Zeit. Im Moment kann ich mir nicht vorstellen, dass eine Fernbeziehung zwischen Devon und mir gut funktionieren würde.«

»Also wirst du vorerst nicht ausziehen.« Olivia betrachtete mich erleichtert.

»Nein, sobald wir wissen, wie es weitergeht, können wir das in Angriff nehmen, aber in dieser Saison können wir ohnehin nicht mehr viel ändern. Ich denke, wenn wir im Frühjahr vor Ort sind, reicht das völlig aus. Bis dahin hat sich vielleicht auch Devon an den Gedanken gewöhnt, dass ich New York verlassen will, und zwar am liebsten mit ihm zusammen.«

»Also Francesco war ganz begeistert davon, eine Auszeit zu nehmen, um sich der Landwirtschaft zu widmen«, sagte Sarah.

»Wirklich?«, fragte Olivia misstrauisch. Den Buchhalter eines Designer-Labels konnte sie sich wohl schlecht in Gummistiefeln vorstellen.

»Ja, ein Sabbatical«, bestätigte Sarah. »Und mich reizt etwas Abwechslung genauso.«

»Sehr schön, am Anfang können wir jeden brauchen, der kräftig zupacken kann. Kommt Emilio auch mit, oder überlässt du ihm deinen Bioladen in New York?« Ich sah Olivia fragend an.

»Also, Emilio ist nicht mehr an Bord.« Sie stocherte in ihrem Essen herum. »Ich kann erst nachkommen, wenn ich eine zuverlässige Vertretung gefunden habe. Aber es ist ja noch reichlich Zeit, bis es ernst wird.«

»Ja, natürlich«, sagte ich. »Sobald die Maisernte im Herbst eingebracht ist, können wir erst mit der Umstrukturierung beginnen. Zumindest unsere Planung sollte dann fertig sein. Devon hat schon einige Ideen und er kennt auch eine Farm, bei der wir uns ansehen können, wie so etwas funktioniert.« Ich sah Olivia durchdringend an. »Was ist los mit Emilio? Vor ein paar Tagen war doch noch alles in Ordnung.«

»Es gibt da ein Problem«, sagte Olivia langsam. Jetzt blickte sie schon länger zu Boden.

»Sag bloß, er sitzt im Gefängnis, weil er irgendwo wieder gegen die Fleischesser randaliert hat«, spekulierte Sarah.

Erstaunt nahm ich wahr, dass Olivia nicht lachte und auch nicht widersprach.

»Na ja, im Moment ist er noch in Gewahrsam«, sagte sie leise. »Ich war blind auf diesem Auge. Emilio hat geplant, auf der großen Pressegala im New York Palace eine Aktion zu starten. Die ganze High Society von New York soll dabei sein und natürlich die ganze Presse der Stadt.«

»Ich bin zu diesem Ball mit Monica eingeladen«, sagte Sarah empört. »Das werdet ihr schön bleiben lassen.«

»Keine Sorge, ich habe mitbekommen, wie Emilio geplant hat, sich mit einem Flammenwerfer auf das Büfett zu stürzen, und nicht nur ich. Er hat wohl irgendwo zu laut herumerzählt, was er vorhat. Jedenfalls stand da plötzlich die Polizei vor seiner Tür. Da habe ich begriffen, dass das zu weit geht. Er hätte ernsthaft Menschen verletzen können.« Olivia war die Farbe aus dem Gesicht gewichen.

»Nein!«, sagte ich schockiert.

»Doch. Ich war so dumm und habe mich von Emilio mitreißen lassen. Aber es war das erste Mal, dass ich jemanden getroffen habe, der meine Ziele ernst nimmt. Ich weiß, dass Tom seltsam findet, was ich tue, und selbst ihr seid oft skeptisch. Dabei habe ich meinen Weg aus den Augen verloren. Man kann mit Worten viel mehr erreichen als mit Gewalt. Mir sind eure Ermahnungen wieder eingefallen, dass ihr mich gar nicht mehr wiedererkennt, und da habe ich es selbst gesehen. Das war nicht mehr ich.«

»Wir nehmen dich ernst«, sagte Sarah. »Auch wenn wir nicht immer derselben Meinung sind, bedeutet das nicht, dass ich nicht respektiere, was du tust.«

»Jedenfalls werden Emilio und ich in Zukunft getrennte Wege gehen.«

»Es ist besser so«, sagte ich. »Stell dir vor, du würdest jetzt im Gefängnis sitzen. Dann wäre es aus und vorbei mit unserer Zukunft auf der Farm.«

»Ich weiß«, murmelte Olivia bedrückt.

»Du glaubst gar nicht, wie erleichtert ich bin, dass Emilio sich selbst ins Abseits befördert hat. Ich hatte schon richtig Angst, dass du genauso wirst und wir dir in Zukunft den Möhren-Zucchini-Kuchen im Gefängnis vorbeibringen müssen.« Sarah lächelte sichtlich erleichtert. »Und als Dankeschön werde ich dich mit zu diesem Presseball schleifen, damit du mit Worten kämpfen kannst. Wann hat man schon einmal die Gelegenheit, der gesamten Presse der Stadt gegenüberzustehen. Außerdem ist der Höhepunkt des Abends ein kleiner Wettbewerb um die Schlagzeile des Tages.«

»Die Schlagzeile des Tages?« Olivias Interesse schien geweckt zu sein.

»Genau, jeder Teilnehmer darf einen Beitrag einreichen, und am Ende des Abends wird der Gewinner gekürt, und dieser Beitrag wird dann am nächsten Tag in jeder Zeitung der Stadt stehen. Das ist ein Karrieresprungbrett für alle angehenden Journalisten und ein Forum, um auf besondere Dinge aufmerksam zu machen. Ich kenne einen Journalisten aus der Jury, der schuldet mir noch einen Gefallen. Wenn du willst, dreh ich da was für dich.«

»Das klingt genau nach meinem Ding. Ich setz mich sofort hin und schreib etwas Passables.« Olivias Augen blitzten entschlossen. »Und nein, du musst nichts für mich drehen. Wenn, dann möchte ich gewinnen, weil meine Reportage wirklich gut ist und auch als Schlagzeile des Tages etwas taugt.«

»Da musst du dir Mühe geben, letztes Jahr hat eine Journalistin gewonnen, die ein Preiskartell auffliegen ließ.«

»Wow!«, sagte ich beeindruckt. »Die explosivste Schlagzeile gewinnt also?«

»Eindeutig, es geht schließlich um Auflagen und Verkaufszahlen«, erwiderte Sarah. »Du solltest dein Thema also gut verpacken, Olivia. Und falls du doch Unterstützung brauchst, ein Anruf reicht, und ich schenke dir meinen Gefallen bei Mr. Luis.«

»Das wird nicht nötig sein, ich habe da schon eine Idee.« Olivia holte tief Luft. »Wenn wir gerade bei großen

Gesten sind. Ich möchte dich von deiner Wettschuld erlösen.«

»Du meinst, du erlässt mir die letzte Woche mit Tofuwürstchen und Vollkornkeksen?«, fragte Sarah ungläubig und gleichzeitig begeistert.

Olivia nickte. »Wenn du Fleisch essen möchtest, tu es. Ich respektiere deine Weltanschauung.«

»Dass ich das noch erlebe«, schmunzelte Sarah verzückt. »Im Gegenzug verspreche ich dir, dir nie wieder Vorwürfe wegen deines langweiligen Liebeslebens zu machen. Wenn du fair gehandelten Feinripp erotisch findest, ist das in Ordnung für mich.« Sie schluckte tapfer, damit Olivia klarwurde, wie viel sie dieses Zugeständnis gekostet hatte.

»Wenn Devon nur immer so entspannt wäre wie ihr«, seufzte ich beeindruckt von der übergroßen Toleranz, die Sarah und Olivia plötzlich an den Tag legten. Vermutlich hielt diese Laune nicht länger als eine Woche, aber immerhin war es schön, die beiden einmal so harmonisch miteinander zu erleben.

»Wenn du möchtest, Sarah, kannst du dir gern ein paar Würstchen holen oder was du sonst gerne magst«, sagte Olivia.

»Nicht nötig.« Sarah winkte ab. »Ehrlich gesagt schmeckt es gar nicht so schlimm, wenn man sich einmal an deine Vollkorngerichte gewöhnt hat.«

»Ihr erschlagt mich noch mit eurer Harmonie«, stöhnte ich.

»Lass dich ruhig von uns anstecken«, sagte Olivia lachend. »Du brauchst Energie, um in Schwung zu kommen. Ich koche dir dann gleich noch einen Yogi-Glückstee.«

»Dann kann ja nichts mehr schiefgehen«, antwortete ich und grinste.

»Mit dieser Einstellung gefällst du mir.« Sarah lächelte zufrieden.

KAPITEL 26

Am Samstagmorgen stand ich um acht Uhr auf und zog meine Laufsachen an.

»Wollen wir nicht lieber im Bett bleiben?«, sagte Devon und zog mich am Arm zu sich heran. Ich spürte die verlockende Wärme seines Körpers.

»Nein, am Montag fliege ich nach Minneapolis, um die Unterschriften unter die Kaufverträge zu setzen und meinen Gewinn sinnvoll zu investieren. Ich will heute noch einmal laufen gehen. Du musst nicht mitkommen, du bist die ganze Woche tapfer mit mir gelaufen.«

»Joggen ist ein langweiliger Sport«, beschwerte sich Devon murrend und stand auf.

»Mit dem Fallschirm von einem Hochhaus zu springen kommt heute Morgen aber für mich nicht infrage«, erwiderte ich keck.

»Schade!« Devon grinste und zog mich an sich.

»Einmal noch, dann bist du erlöst«, sagte ich. »Wir können nachher gemeinsam duschen«, schlug ich vor.

»Jetzt hast du mich überzeugt«, entgegnete er. »Du läufst aber vorneweg, damit ich wenigstens den Anblick deines Pos genießen kann.«

Lachend zog ich ihn zur Tür hinaus.

Für Devon war es ein weiterer langweiliger Spaziergang im Central Park, doch für mich war es ein Sport, den ich mochte und auch brauchte. Wir schlenderten durch die ruhigen Straßen, und ich sog tief die Luft ein. Es war Sommer in New York, und der Tag versprach heiß zu werden.

Es waren viele Läufer in den frühen Morgenstunden unterwegs, denn in der Hitze des Tages verspürten vermutlich nur wenige die Lust, sich körperlich auszuarbeiten.

Mit Devon hinter mir lief ich in geruhsamem Tempo. Im Schatten der Bäume war es angenehm, und mit jedem Schritt wurde mir wehmütiger zumute, denn ich hatte eine ganze Woche in Minnesota eingeplant und gerade in diesem Moment fiel es mir schwer, Devon hier in New York zurückzulassen.

Ich lief schneller, um der drückenden Stimmung zu entkommen, die mich überfallen hatte. Bald erreichte ich eine der Straßen, die den Central Park kreuzten, und bliebt verdutzt stehen.

Ein schwarzer Geländewagen mit abgedunkelten Scheiben parkte genau an der Stelle, an der ich die Straße immer überquerte. Ich sah mich kurz nach Devon um und sah ihn relativ weit entfernt von mir an einem Baum stehen und hitzig telefonieren. Er hatte gar nicht gemerkt, dass ich ihm davongerannt war, und auch den schwarzen Geländewagen hatte er noch nicht bemerkt.

Ich fragte mich, wie er wohl hierhergekommen war, denn am Wochenende war der Central Park für den Autoverkehr eigentlich gesperrt. Vielleicht war der Bürgermeister auf einem privaten Ausflug, da galten ja durchaus manchmal andere Gesetze. Ich beschloss weiterzulaufen, Devon kannte die Strecke und würde mir ohne Probleme folgen können. Wenn er wollte, war er ohnehin viel schneller als ich.

Gemächlich setzte ich mich wieder in Bewegung, umrundete den Geländewagen und wollte schon wieder auf der anderen Seite der Straße im Park verschwinden, als ich meinen Namen hörte. Die Stimme sorgte dafür, dass meine Nackenhaare sofort strammstanden.

Blitzschnell fuhr ich herum und erstarrte. »Shannon«, stieß ich verächtlich hervor, »was willst du hier?«

»Ich habe euch gerade beim Vorbeifahren gesehen. Ich will mit Devon reden.« Ihre Stimme klang wenig einladend, eher herrisch und befehlend.

»Warum?«, fragte ich misstrauisch und betrachtete ihre schlanke und große Gestalt. Sie war nicht dünn, sondern athletisch, bemerkte ich mit einem Blick auf die eng anliegende dunkle Kleidung, die sie trug. Wahrscheinlich war Nachtschwarz ein Dresscode für Familie Draper.

»Ich ...« Sie holte tief Luft, als ob es sie schwere Überwindung kostete weiterzusprechen. In diesem Moment trat Devon neben mich und sah Shannon überrascht an.

»Shannon!«, sagte er erstaunt. Auch wenn ich ein Lächeln auf seinem Gesicht sah, so spürte ich doch auch das Misstrauen, das in seinen Worten mitschwang. Nach dem letzten Treffen der beiden war das auch nur allzu verständlich.

»Hallo, Devon.« Sie warf ihm einen entschuldigenden Blick zu, der wohl sagen sollte, dass ihr all das schrecklich leidtat.

»Was treibt dich in den Central Park?«, fragte er.

»Ich bin gerade vorbeigefahren und habe euch gesehen.« Sie zögerte kurz, und an dem hilflosen Blick, den sie Devon jetzt zuwarf, merkte ich deutlich, dass Shannon nicht halb so taff und abweisend war, wie sie eben noch getan hatte. Doch diese verletzliche Seite, die sie Devon gegenüber nun durchscheinen ließ, hatte sie bisher sorgfältig vor mir verborgen gehalten.

»Also«, fuhr sie langsam fort, als ob sie jedes Wort schwerste Überwindung kostete, »ich möchte mich entschuldigen. Dein Apartment zu zerstören und dich zu bedrohen war falsch. Ich mache euch ein Friedensangebot.« Sie holte tief Luft und lächelte Devon und mich gewinnend an, sichtlich erleichtert, dass sie die Worte über die Lippen gebracht hatte.

»Das ist wunderbar«, sagte Devon.

»Ja, wir müssen die Situation aus der Welt schaffen und noch einmal von vorn beginnen.« Shannons Worte klangen wirklich ernst, und ich war geneigt, ihr zu glauben.

»Das sehe ich genauso, ich bin so froh, dass du deine Meinung geändert hast, Shannon. Du wirst sehen, das ist der richtige Weg.« Devon legte ihr freundschaftlich eine Hand auf die Schulter, doch irgendwie kam bei dieser Geste nicht wirklich Freude in mir auf.

»Ich lade euch heute Abend ein, wir könnten zum Presseball ins New York Palace gehen und …«

»… und der Öffentlichkeit zeigen, dass wir eine glückliche Familie sind?«, fragte ich skeptisch.

»Ja«, sagte Shannon leise, und wieder rührte mich ihre Verunsicherung.

»Einverstanden«, sagte ich mit einem prüfenden Blick zu Devon. Er schien nicht abgeneigt zu sein, und vielleicht war Shannon ja wirklich bereit, das Kriegsbeil zu begraben.

»Wunderbar.« Shannon lächelte. »Ich lasse euch die Karten zuschicken. Dann sehen wir uns heute Abend.« Sie winkte uns noch einmal zu und dann stieg sie wieder in ihren Wagen.

»Denkst du, sie meint es ernst?«, fragte ich, nachdem Shannon in ihrem Wagen davongefahren war und wir in leichtem Tempo weitertrabten.

»Ich hoffe es«, entgegnete Devon nachdenklich. »Manchmal ist mir auch nicht ganz klar, was in Shannon vorgeht. Ich weiß, dass sie hart kämpft, um ihre Ziele zu erreichen, aber was in der letzten Woche vorgefallen ist, ist selbst für Shannon absolut grenzwertig. Vielleicht hat sie sich jetzt endlich gefangen und kommt mit der Situation klar.«

»Das kann man nur hoffen«, erwiderte ich und bog in einen Seitenweg ein, um den Central Park zu verlassen. Das ungute Gefühl einer drohenden Gefahr begleitete mich noch immer, auch wenn die Eindrücke langsam verblassten.

»Sie scheint sich endlich gefangen zu haben. Ich bin bereit, ihr zu verzeihen, was vorgefallen ist.« Devon blieb stehen und nahm meine Hände in seine. »Man spürt, dass sie sich Mühe gibt. Aber ich kann ihr nur verzeihen, wenn du es auch kannst.«

»Natürlich kann ich es«, sagte ich sofort. »Ihr seid eine Familie, und ich möchte nicht der Keil sein, der euch auseinandertreibt. Wenn du Shannon vertraust und sie bereit ist, das alles hinter sich zu lassen, dann kann ich das auch.« Ich dachte an ihre Vergangenheit zurück, und deswegen war meine Entscheidung ganz logisch. Es lag mir nicht, nachtragend zu sein.

»Ich liebe dich jeden Tag mehr.« Devon drückte mir einen Kuss auf die Stirn. »Komm, wir müssen noch ein atemberaubendes Kleid für dich besorgen«, sagte er und zog mich weiter.

KAPITEL 27

In nagelneuer Abendgarderobe, einem sündhaft teuren Kleid von Marc Jacobs und schwindelerregend hohen Stilettos, betrat ich am Abend das New York Palace, sicher geleitet an Devons Arm. Hier hatte alles angefangen, schoss es mir durch den Kopf, als er mich durch das elegante Foyer hindurch zum Ballsaal führte.

Devon lächelte mir mit einem vielsagenden Blick zu, als wir unsere Jacken abgaben und in den Saal traten. Ihm gingen wohl ähnliche Gedanken durch den Kopf wie mir.

»Wer hätte vor einigen Monaten gedacht, dass du heute freiwillig mit mir diesen Saal betrittst«, raunte er mir ins Ohr, als wir uns unter die Menschen mischten, und ein feiner Schauer rieselte meinen Rücken hinab.

»Hattest du je Zweifel?«, fragte ich und sah ihm tief in die Augen. Sein Blick war es gewesen, der mich aus der Fassung gebracht hatte, ein einfacher Blick aus diesen blauen Augen, die mich so schmerzhaft schön an den wolkenlosen Himmel eines Sommertages in Minnesota erinnerten.

»Du warst dir deiner Sache doch so sicher.«

»Überraschenderweise war ich mir bei dir ganz und gar nicht sicher«, gestand er.

»Davon hast du dir nichts anmerken lassen«, antwortete ich, während er mich zur Tanzfläche führte.

»Ich lasse mir doch nicht so einfach in die Karten schauen«, erwiderte er lächelnd. »Ich bin froh, wie alles gekommen ist.« Er führte mich zu einem langsamen Stück über die Tanzfläche, und ich überließ ihm nur zu gern die Führung.

Als der Titel verklungen war, zog ich Devon zur Bar, wo ich Sarah und Olivia entdeckt hatte.

»Da seid ihr ja endlich, ich dachte schon, ihr kommt nicht mehr. Was für ein Prunk, nicht wahr?«, sagte Olivia, die ich kaum wiedererkannte, abgesehen davon, dass sie schrecklich aufgeregt war. Sie trug eines von Sarahs schwarzen Abendkleidern und sah mit den hochgesteckten Haaren und dem zarten Make-up umwerfend elegant aus.

»Olivia«, sagte ich beeindruckt, »du siehst toll aus!«

»Wirklich?« Sie errötete leicht. »Sarah hat mich überredet, dieses Kleid anzuziehen.«

»Ich habe es dir doch schon zig mal gesagt, du siehst wirklich gut aus in dem Kleid«, seufzte Sarah. »Morgen darfst du wieder in deine formlosen Säcke schlüpfen, aber den heutigen Abend würde ich an deiner Stelle als Femme fatale genießen.«

»Wenn mich die Ladys kurz entschuldigen. Ich muss einen Geschäftspartner begrüßen«, sagte Devon in diesem Moment und winkte einem Mann im Anzug zu. Ich nahm es ihm nicht übel, dass er der sich anbahnenden Diskussion um Kleider aus dem Weg gehen wollte.

»Gern«, sagte ich lächelnd und sah Devon zu, der sich durch die Menge drängte.

»Ihr seht toll aus zusammen«, seufzte Sarah und bestellte Champagner für uns, nachdem Devon verschwunden war.

»Es fühlt sich auch toll an«, erwiderte ich. Das Hochgefühl der letzten Tage begann sich zu festigen, und ich war so unglaublich glücklich wie schon seit langem nicht mehr. »Nachdem Devons Schwester jetzt auch noch eingelenkt hat und Frieden schließen möchte, ist alles perfekt.«

»Ich freu mich für euch, Anya«, sagte Olivia. »Du hast dein Glück verdient nach all dem Durcheinander, und leichtgemacht habt ihr es euch ja nun wirklich nicht.«

»Umso mehr genieße ich jetzt diesen Moment«, erwiderte ich. »Wo steckt eigentlich Tom? Du wolltest ihn doch fragen, ob er mit zum Ball kommt.« Ich dachte an unser Gespräch am Nachmittag zurück. Sarah und Olivia hatten es auch seltsam gefunden, dass Shannon so plötzlich einlenken wollte und bereit war, einen friedlichen Weg einzuschlagen. Aber letztendlich waren wir uns einig gewesen, dass sie vermutlich in Anbetracht der Tatsache, Devon sonst ganz zu verlieren, eingelenkt hatte und es richtig gewesen war, ihre Einladung anzunehmen.

Und Olivia schließlich hatte den Entschluss gefasst, die Sache mit Tom wieder in Ordnung zu bringen. Manchmal begriff man tatsächlich erst, wie viel eine Sache wert war, wenn man sie verloren hatte.

»Tom hat sich über meinen Anruf gefreut, so ein Ball ist allerdings nicht sein Ding«, sagte Olivia. »Aber er hat mich morgen zu sich eingeladen und will für mich kochen. Er sagt, er ist bereit, mit mir zu reden.«

»Das klingt ganz stark nach Versöhnung«, sagte ich lächelnd.

»Mal sehen«, erwiderte Olivia. »Ich hoffe, er kann verstehen, dass ich unsicher geworden bin.«

»Wie meinst du das?«, fragte Sarah.

»Na ja, eigentlich war ich mir immer völlig im Klaren darüber, was ich will und warum, und ich war auch zufrieden mit meinem Leben. Doch irgendwie habe ich Zweifel bekommen.« Olivia strich sich eine rotblonde Haarsträhne hinter das Ohr, die sich aus ihrer kunstvollen Frisur gelöst hatte.

»Du meinst, Sarah hat Zweifel gesät, indem sie dir von ihrem explosiven Liebesleben erzählt hat«, sagte ich.

»Meine Worte haben nur gewirkt, weil sie auf fruchtbaren Boden gefallen sind«, erwiderte Sarah sofort.

»So ist es«, bestätigte Olivia seufzend. »Sarah hätte mich nicht verunsichern können, wenn ich mir meiner Sache absolut sicher gewesen wäre, und das war ich nicht.«

»Und jetzt bist du dir wieder im Klaren darüber, was du willst?«, fragte Sarah. »Ich finde deinen neuen Stil übrigens exquisit.«

»Weil es dein Stil ist«, sagte Olivia lächelnd. »Aber ja, ich weiß jetzt wieder, was ich will. Ich will auf jeden Fall weiter die Welt retten, und zwar auf meine Weise. Es gibt noch viel zu tun, was selbst ich mit meinen bescheidenen Mitteln erreichen kann.«

»Ja, und bitte ohne Gewaltexzesse oder dergleichen«, sagte Sarah mit mahnendem Unterton.

»Kommt nie wieder vor«, versprach Olivia. »Aber ich habe auch gemerkt, dass ich noch nicht am Ende bin. Ich möchte auch weiterhin Neues ausprobieren und mich noch nicht endgültig festlegen und ja, Sarah, ich werde sicher mal wieder mit dir ausgehen, und zwar in so einem Kleid.« Sie strich über den samtenen Stoff, der in der warmen Beleuchtung des Raumes matt schimmerte. »Aber die Beziehung zu Tom bedeutet mir sehr viel. Wir passen zusammen, und er macht mich wirklich glücklich. Es fehlt etwas in meinem Leben, wenn er nicht da ist. Also, ich möchte beides, das Gute behalten und Neues ausprobieren, und genau darum geht es auch in meinem Artikel, den ich vorhin abgegeben habe. Ich stelle Altbewährtes vor und kombiniere es mit neuesten wissenschaftlichen Erkenntnissen am Beispiel einer weitverbreiteten Nahrungsmittelallergie.«

»Wenn das nichts ist«, sagte Sarah anerkennend. »Ich hatte ja keine Ahnung, dass du so ein Profi bist. Darauf sollten wir anstoßen.« Sarah hob feierlich ihr Glas.

»Einen besseren Grund werden wir so bald nicht finden«, stimmte ich zu und stieß mit Sarah und Olivia an. »Ich wünsche dir viel Glück für deinen Artikel. Du hast es verdient.«

»Ich bin schon so aufgeregt«, sagte Olivia, als sie ihr Glas wieder abstellte. »Ich habe die letzten Nächte daran gearbeitet. Der Gewinner wird in zwei Stunden bekanntgegeben. Wenn sie mich wählen, wird morgen die ganze Stadt etwas von mir lesen können. Das ist eine unbezahlbare Werbung, und stellt euch die ganzen Leute vor, die dann zu mir kommen werden.«

»Falls du ein paar männliche Models brauchst, die dich unterstützen, sag mir einfach Bescheid!« Sarah grinste. »Apropos, ich muss mal rüber zu Monica, ein paar Hände schütteln. Die Arbeit ruft.« Mit diesen Worten verschwand Sarah im Getümmel.

»Ich platze bald vor Nervosität«, sagte Olivia und holte tief Luft.

»Mach dich nicht verrückt«, sagte ich. »Jetzt kannst du die Entscheidung ohnehin nicht mehr beeinflussen.«

»Du hast recht.« Olivia seufzte leidgeplagt. »Wo ist eigentlich Shannon?« Sie sah sich prüfend um. »Sie hat euch doch extra eingeladen und wollte mit euch einen freundschaftlichen Abend verbringen.«

»Ich weiß«, erwiderte ich. »Bis jetzt habe ich sie noch nicht entdeckt. Am besten gehe ich mal eine Runde durch den Saal.«

»Tu das, und ich werde mal nachfragen, ob die hier einen Tee zur Beruhigung haben, der Champagner macht mich nur noch nervöser. Wir sehen uns dann gleich. Du musst meine Hand halten, wenn der Gewinner verkündet wird.«

»Versprochen«, sagte ich. Dann lief ich in großem Bogen um die Tanzfläche, immer auf der Suche nach Devon oder

Shannon. Der Raum war gut gefüllt, von überall her klangen Lachen und das Klirren von Gläsern.

Auf einer großen Tafel am hinteren Ende des Saals fand ich eine Übersicht des Abendprogramms und der Sponsoren der heutigen Veranstaltung. Die Ansprachen der größten Verlage hatten wir tatsächlich schon verpasst. Eine Band spielte Tanzmusik und überbrückte damit die Wartezeit bis zum Höhepunkt des Abends, der Verkündung der besten Story des Presseballs.

Ich drängelte mich gerade an der anderen Seite des Saals durch eine Gruppe älterer Herren, die ich mir gut Zigarre rauchend in einem Salon vorstellen konnte, als ich Shannon entdeckte, die an einer Seitentür stand und mir zuwinkte.

Ich winkte zurück und kämpfte mich Entschuldigungen murmelnd durch die Menge.

»Hi«, sagte ich. »Ganz schön viel los hier.« Ich nickte ihr freundlich zu, während ich nach unverfänglichen Smalltalk-Themen suchte. »Danke für die Einladung.«

»Keine Ursache«, erwiderte Shannon mit einem warmen Lächeln auf den Lippen. »Ich bin glücklich, dass ihr mir verzeihen könnt. Kann ich dich mal etwas fragen?«

Ich nickte, weil in diesem Moment die Band zu einem schnellen und lauten Stück ansetzte und die Menge der Menschen in Bewegung geriet, da alle plötzlich zur Tanzfläche wollten.

Shannon winkte mir zu, und ich folgte ihr durch eine Seitentür hinaus in einen Nebenraum. Es war ein kleines Zimmer, in dem Stühle aufgestapelt waren und Flipcharts und Projektoren standen.

»So ist es schon viel besser«, sagte Shannon und ließ sich in einen der herumstehenden Stühle fallen.

»Ja, es ist wirklich laut«, sagte ich. Die Ruhe tat gut nach dem Gedränge. »Und dabei ist der Höhepunkt des Abends noch gar nicht erreicht.«

»Ja«, erwiderte Shannon gedehnt, und ihr Blick veränderte sich mit einem Mal.

Plötzlich visierte sie mich mit einer solch ausgemachten Bosheit an, dass ich es einen überraschten Moment lang nicht wagte, auch nur einen Ton zu sagen. Stille breitete sich zwischen uns aus, während der Lärm hinter der Tür nur ganz gedämpft wahrzunehmen war.

Schlagartig überkam mich eine ungeahnte Furcht vor Shannon, und gleichzeitig begriff ich, dass sie irgendetwas plante. Und doch verbot ich mir in diesem Moment, meine Panik zu zeigen, und konzentrierte mich.

»Ich geh mal wieder rein«, sagte ich, als wenn nichts Seltsames passiert wäre, und genau genommen war auch nichts passiert außer ein paar Blicken und Gedanken, die man durchaus hätte falsch deuten können.

Langsam bewegte ich mich in Richtung der Tür. Doch bevor ich sie erreicht hatte, stand Shannon plötzlich vor mir, auf den Lippen ein zweideutiges Lächeln.

»Also, Anya«, sagte sie und grinste mich an.

»Lass mich sofort raus!«, sagte ich mit einem drohenden Unterton in der Stimme und trat neben sie.

Ich suchte nach einem Moment, in dem ich flüchten konnte, doch Shannon ließ mich nicht aus den Augen und bewegte sich immer so, dass sie zwischen mir und der Ausgangstür stand.

»Ich weiß, dass du wütend bist, aber du wirst jetzt einen Moment hierbleiben. Keine Sorge, nicht lange, nur bis zur Verkündung der Gewinner des Wettbewerbes.«

»Wie bitte?« Ich verstand rein gar nichts.

»Ich werde dich im richtigen Moment wieder rauslassen, denn du hast eine so explosive Geschichte abgegeben, dass du sicherlich gewinnen wirst. Und ich nehme an, dass du deinen Preis entgegennehmen möchtest.«

»Was soll das bedeuten?«, fragte ich tonlos. »Hast du etwa in meinem Namen irgendwelchen Quatsch eingereicht?«

»Genau, aber es ist nicht irgendwelcher Quatsch, sondern du hast einen tollen Beitrag über den Sittenverfall der obersten Elite der Stadt geschrieben und dabei hast du aufgedeckt, dass der Unternehmensberater Devon Draper nicht nur Mitglied in einem dubiosen Sexspiel ist, sondern es sogar inszeniert.«

»Nein«, hauchte ich. Devon würde mir nie verzeihen, wenn er annahm, dass ich sein Vertrauen derart missbraucht hatte.

»Es muss leider sein, ich sehe keinen anderen Weg mehr, um dich endlich aus seinem Leben zu entfernen«, seufzte Shannon. »Devon ist blind vor Liebe, außerdem schuldest du mir noch was.«

»Warum tust du das alles?«, fragte ich und konnte nicht leugnen, dass ich langsam, aber sicher immer mehr Angst vor ihrer unberechenbaren Seite bekam.

»Ich habe dir gesagt, dass du die Finger von Devon lassen sollst«, sagte sie drohend. »Ich habe dir klipp und klar gesagt, dass es Konsequenzen hat, wenn du dich nicht von ihm trennst. Die Verantwortung für deine Situation trägst du ganz allein. Du hast meine Warnungen ignoriert und du hast einfach nicht begriffen, dass ich es ernst meine. Mir war bewusst, dass er nicht loslassen kann. Deswegen war es deine Aufgabe gewesen, Devon zu verlassen. Verstanden?«

»Nein«, sagte ich zornig.

»Er wird schon noch zur Vernunft kommen«, sagte Shannon.

»Woher weißt du überhaupt über all das Bescheid?« Ich konnte mir einfach nicht vorstellen, dass Devon seiner Schwester davon erzählt hatte, was in der *Black Lounge* vor sich ging.

»Du hast keine Ahnung, nicht wahr?« Shannon grinste.

»Was meinst du?«, fragte ich mit einem kalten Gefühl im Magen.

»Ich bin die Eigentümerin des *Club 5*«, sagte sie mit sichtbarem Hochgenuss, während sie genau beobachtete, wie mir die Farbe aus den Wangen wich.

»Du?« Meine Stimme zitterte, bebte und verendete schließlich in einem heiseren Keuchen.

»Ja, genau so ist es. Es lief alles wunderbar. Devon war glücklich, ich war glücklich. Es war perfekt, und alle waren zufrieden. Ich habe gutes Geld verdient, und Devon hatte seinen Spaß. Wir haben uns gut verstanden und wir haben auch gut zusammengearbeitet. Es hätte noch viele Jahre so weitergehen können.«

»Du bist total durchgeknallt«, sagte ich verächtlich, doch jetzt wurde mir so einiges klar. Devon war die Umsatzgarantie für den *Club 5* und vermutlich war er auch die treibende Kraft, die den *Club 5* am Leben hielt. Für Shannon war ich die ultimative Bedrohung, ich hatte ihr nicht nur ihren Bruder genommen, sondern auch gleich ihren Geschäftspartner. Und um 250 000 Dollar hatte ich sie am vergangenen Wochenende nun auch noch erleichtert. Klar, dass sie nicht gut auf mich zu sprechen war. Doch ich erinnerte mich noch gut an das Gespräch, das ich zwischen Devon und Shannon belauscht hatte. Es war also um den Club gegangen, für den Shannon nicht viel Geschäftssinn bewiesen hatte. Devon wollte sie nicht weiter unterstützen, weil sie seine Ratschläge in den Wind geschlagen hatte und lieber darauf aus war, dass er die Arbeit gleich selbst übernahm.

»Ich bin nicht durchgeknallt«, zischte Shannon. »Wir haben uns aus dem Nichts etwas aufgebaut, und seitdem du aufgetaucht bist, machst du alles kaputt. Devon hat sich von mir zurückgezogen. Er hat keine Zeit mehr für mich, sondern ist ständig bei dir. Und dann will er plötzlich auch noch aus dem Club aussteigen, und Marc und Ralph stellen sich nicht halb so gut an wie Devon. Die Gästezahlen schrumpfen, und die Umsätze gehen zurück. Der Untergang ist im Prinzip nicht mehr aufzuhalten. Doch anstatt mir endlich zu helfen, stößt er mich von sich. Es wird Zeit, dass ich der Sache ein Ende bereite.«

Das war also das gemeinsame Projekt der beiden. Ich überlegte fieberhaft, wie ich den Schaden noch abwenden konnte.

»Das kannst du nicht tun!«, sagte ich eindringlich. »Wenn das rauskommt, wird Devon dir nie wieder vertrauen, verstehst du?«

»Es wird nicht rauskommen«, erwiderte sie, ohne nachzudenken. »Denn warum sollte dir Devon auch nur ein Wort glauben, nachdem du ihn verraten hast. Du kennst Devon noch nicht so lange, aber ich kann dir sagen, dass er sehr aufbrausend und störrisch sein kann, und Verzeihen ist nicht wirklich seine Stärke.« Shannon schien sich ihrer Sache absolut sicher zu sein.

»Lass uns da jetzt gemeinsam rausgehen, und dann klären wir die Sache auf, bevor Schaden entsteht«, sagte ich eindringlich und so verständnisvoll, wie es mir in dieser Situation möglich war. »Du kannst doch nicht ernsthaft in Erwägung ziehen, Devons berufliches Lebenswerk zu zerstören und deines gleich mit. Dir ist doch klar, dass du auch dem *Club 5* den Todesstoß versetzt, wenn das mit dem *Black Game* publik wird. Keiner will offiziell etwas mit einem Sexclub zu tun haben. Jetzt könntest du noch einen neuen Weg einschlagen und den Club neu ausrichten. Devon hilft dir sicher dabei.«

»Helfen? Wenn er mir hätte helfen wollen, hätte er es längst getan.« Shannon schnaubte verächtlich und ging nicht weiter auf meinen Vorschlag ein. Anscheinend hatte sie völlig ausgeblendet, dass Devon die Verantwortung für den Club schon längst in ihre Hände gelegt hatte. »Du bist schuld daran, dass er sich nicht mehr in den Club einbringt. Wie konntest du es nur wagen, dich an meinem Bruder zu vergreifen?«, sagte sie mehr zu sich selbst. »Wenn ich schon untergehen muss, dann werde ich dich auch ruinieren.«

Es war aussichtslos, mit ihr zu reden, stellte ich fest. Sie hatte sich völlig in die Idee verrannt, dass ich an allem schuld war und sie mich dafür bestrafen musste. Ich musste hier raus und Devon warnen.

Ich betrachtete Shannon, die sich vor mir aufgebaut hatte. Sie war vielleicht größer und kräftiger als ich, aber ich war fit und ausdauernd und konnte vielleicht durch einen Überraschungsmoment an ihr vorbeikommen.

Mit wilder Entschlossenheit stürzte ich mich auf sie und versuchte mich an ihr vorbeizudrängen, um den rettenden Ausgang zu erreichen. Während ich wie ein Rugby-Spieler ihre Seite rammte, begann ich laut um Hilfe zu schreien.

Doch ich hatte Shannon eindeutig unterschätzt. In einer schnellen Bewegung hatte sie mich gepackt und von den Füßen gerissen. Das musste irgendeine komplizierte Nahkampftechnik sein, denn ich fand mich völlig verdattert auf dem Fußboden wieder.

»Schalldichte Türen und ich habe mir von einem Kellner einen Schlüssel besorgt.« Sie stieg über mich hinweg und verließ den Raum. »Wir sehen uns gleich!«

Ich hörte das Schließen der Tür, dann war ich allein.

Verdammt. Mühsam rappelte ich mich wieder auf und warf einen Blick auf die Wanduhr. Nur noch dreißig Minuten Zeit und mit jeder Sekunde rückte die Zerstörung meines großen Glücks immer näher.

Ich rüttelte an der Tür und schrie laut nach Hilfe, doch nichts rührte sich dahinter. Die Aussichtslosigkeit meines Vorhabens blockierte mich kurz, und ich lehnte erschöpft meine Stirn gegen die weiß lackierte Tür, während Shannons Worte in mir hochkamen.

Das Licht in den Neonröhren über mir summte unerträglich laut. Ich hörte eine Fliege immer wieder gegen eine Fensterscheibe stoßen. Das leise raschelnde Geräusch ihres unermüdlichen Irrsinns trieb mich beinahe in den Wahnsinn, während ich regungslos verharrte.

Die Wahrheit, die ich erfahren hatte, war so komplex und verheerend, dass ich sie nicht begreifen wollte. Doch unerbittlich setzten sich in meinem Kopf die Details zusammen.

Marc, Ralph, Shannon und Devon hatten auf den ersten Blick nur einen erfolgreichen Club aufgebaut, aber wenn man hinter die Kulisse des *Club 5* sah und bis in die schmutzigsten Winkel seiner düsteren Lounges vordrang, war das Erfolgsgeheimnis dieses Clubs an Absurdität nicht zu überbieten.

Doch war Devon ein schlechter Mensch, weil er darin verwickelt gewesen war? Hatte ich wirklich das Recht, ihn zu verurteilen? Er hatte nie etwas Illegales getan, und allein das Sexspiel in diesem Club war nichts Verbotenes, da hatte er mich nicht belogen.

Bei Shannon lagen die Dinge anders. Sie schien nicht von dem *Black Game* besessen zu sein, sondern von Devon. Ich begriff langsam, dass sie Devon mit dem *Club 5* an sich gebunden hatte. Es war ihre Art, Aufmerksamkeit von Devon einzufordern.

Und nun war ich dahergekommen und zerstörte dieses mühsam geknüpfte Band. Ich konnte ihren Hass gegen mich durchaus verstehen, jetzt mehr noch als je zuvor. Dennoch war ich nicht bereit, mein Lebensglück dem ihren zu opfern.

Auch wenn Devon bis zuletzt gehofft hatte, dass seine Schwester den Absprung schaffte, um aus dem Strudel der Extreme herauszufinden, war an diesem Punkt klar, dass diese Hoffnung vergebens war.

Doch wenn ich nicht schnellstmöglich aus dieser Abstellkammer herauskam, blieb mir nur noch übrig, dabei zuzusehen, wie Shannon triumphierte.

KAPITEL 28

Nur noch fünf Minuten!

Seit einer Viertelstunde schon bearbeitete ich die Tür und schrie und rief, was das Zeug hielt. Doch noch immer hatte mich niemand gehört.

Fiel denn niemandem auf, dass ich nicht mehr da war?

Nun gut, gab ich mir selbst die Antwort. Bis meine Freunde das gesamte New York Palace abgesucht hatten, war die knappe Zeit längst verstrichen, und Sarah und Olivia hatten im Moment sicher andere Dinge zu tun, als nach mir zu suchen.

Gewieft, wie Shannon war, hatte sie sicher Devon abgepasst und ihm eine passable Lüge aufgetischt, warum ich nicht im Ballsaal sein konnte.

Ich verfluchte wieder einmal die Tatsache, dass in diese winzige Abendtasche außer einem Schlüssel und einem Taschentuch nichts hineinpasste. Was gäbe ich jetzt dafür, mein Smartphone in den Händen zu halten.

Ich ließ von der Tür ab und begann den Raum nach etwas Geeignetem zu durchsuchen. Textmarker, Papierrollen, Blöcke und Kisten voller Kugelschreiber kamen mir entgegen, als ich mich durch die Regale wühlte. Ich fluchte, als ich nichts Nützliches fand, keinen Hammer, kein Werkzeug, um das Türschloss zu knacken. Nichts. Ich gab dem Regal einen Tritt.

Ha! Vielleicht war hinter dem Regal eine Zwischentür versteckt. Geistesgegenwärtig begann ich, mich gegen das riesige Möbelstück zu stemmen, das gequält ächzte. Es bewegte sich nicht. Wütend zog ich die Stilettos aus und warf sie in die Ecke. Dann stemmte ich mich mit voller Kraft wieder gegen das Regal, und nun endlich begann es zu wackeln.

Langsam, Stück für Stück schob ich es zur Seite.

Als ich genügend Platz geschaffen hatte, um durch den Spalt zu entwischen, warf ich einen Blick dahinter.

Oh nein! Die blanke weiße Wand schien mich auszulachen.

Doch plötzlich sah ich in der Ecke etwas schimmern. Ich stemmte das Regal noch etwas weiter von der Wand weg und jetzt erkannte ich ein altes Schnurtelefon, das an der Wand angebracht war. Vermutlich war es bei Renovierungen vergessen worden.

Ich flehte und betete innerlich, dass es noch funktionierte, während ich meine Hand langsam zum Hörer ausstreckte. Ein schneller Blick zur Uhr verriet mir, dass meine Zeit beinahe abgelaufen war.

Mit einem Ruck nahm ich den Hörer ab und hielt ihn an mein Ohr.

»Sie sprechen mit der Rezeption. Was kann ich für Sie tun?«, sagte eine angenehme und dienstleistungsgeschulte Stimme, und ich atmete tief durch.

Ich wusste, dass es zu spät war, jemanden zu dieser Tür zu schicken und mich zu befreien. In zwei Minuten konnte es selbst der pfiffigste Hotelmitarbeiter nicht bewerkstelligen, mit einem Ersatzschlüssel durch ein Meer aus Menschen zu drängeln, vorausgesetzt er war überhaupt motiviert genug, sich diese Mühe zu machen. Und wie sollte ich ihm in der Kürze der Zeit klarmachen, dass es um Leben und Tod ging?

Ich räusperte mich kurz und dann begann ich zu erklären, was passiert war.

KAPITEL 29

Wenig später hörte ich ein leises Klicken an der Tür. Ich warf einen Blick zurück. Das Regal stand wieder an seinem Platz, die Meeting-Unterlagen waren halbwegs ordentlich eingeräumt, und meine Füße steckten wieder in meinen Schuhen. Ich war bereit.

»Es ist so weit«, sagte Shannon sanft und öffnete die Tür. Ich sah den vor ihr liegenden Triumph schon in ihrem Blick. So viele Wochen hatte sie gegen mich gearbeitet, vermutlich hatte sie jede freie Minute damit verbracht, sich Gedanken darüber zu machen, wie sie mir am besten schaden konnte, damit Devon das Interesse an mir verlor. Und nun waren wir an dem Punkt, an dem sie alles riskierte, ihre eigene Existenz und die von Devon. Denn dass auch der *Club 5* von dieser negativen Publicity betroffen sein würde, musste ihr doch klar sein. Niemand konnte dort mehr einen Fuß in die Tür setzen, ohne dass der Schatten des *Black Game* auf ihm lag. Das wäre auch ihr eigener finanzieller Ruin, und ich glaubte kaum daran, dass ihre Beteiligung an TC ihr den Lebensstil ermöglichte, den sie gewohnt zu sein schien.

»Willst du wirklich alles kaputt machen?«, fragte ich leise. Noch war es sicher nicht zu spät einzuschreiten.

»Es ist schon alles kaputt«, erwiderte sie bedeutungsschwanger. »Ich bringe es wieder in Ordnung. Der *Club 5* bedeutet mir nichts. Der Einzige, der mir etwas bedeutet, ist Devon. Und um ihn zurückzubekommen, opfere ich gern alles. Komm! Das ist dein Moment. Genieße ihn!«

Ich erhob mich schwerfällig von dem Stuhl, auf dem ich gesessen hatte, und ging schnell zur Tür, während ich versuchte, den offensichtlichen Sarkasmus in Shannons Worten auszublenden. Doch anstatt mich vorbeizulassen, stemmte sie ihren Arm gegen den Türrahmen, sodass ich nicht vorbeikam.

Ich seufzte. Natürlich würde sie mir nicht die Gelegenheit geben, das Unheil durch lautes Schreien noch abzuwenden. Bevor ich den Mund aufmachen konnte, hatte sie mir vermutlich wieder die Tür vor der Nase zugeschlagen.

Eine tiefe Stimme klang mir entgegen: »… und deswegen freue ich mich sehr, dass ich jetzt den Gewinner des diesjährigen Pressepreises verkünden darf.«

Über Shannons Arm hinweg sah ich, wie ein grauhaariger Mann feierlich ein Blatt Papier aus einem Umschlag zog.

Shannon warf mir einen erwartungsvollen Blick zu. Sie stand vor der Erfüllung ihrer Träume und Devon und ich vor den Trümmern unserer Beziehung.

»Der erste Preis geht an Shannon Draper. Herzlichen Glückwunsch zu der offenen Reportage über ihren eigenen Bruder. Diese explosive und gut recherchierte Geschichte konnte die Jury absolut überzeugen.« Applaus setzte ein, und während der grauhaarige Herr den Umfang des Preises zu erklären begann, wandte ich mich Shannon zu.

Ich sah regelrecht, wie ihre Gesichtszüge erstarrt waren und sie immer noch versuchte zu begreifen, was soeben passiert war. Doch als ihr langsam die Farbe aus dem Gesicht wich, wusste ich, dass sie die Worte ganz langsam begriff.

»Herzlichen Glückwunsch«, sagte ich leise. »Den Sieg hast du dir wirklich verdient.«

»Wie hast du das gemacht?« Sie sah mich erschüttert an und plötzlich wirkte sie auf so eine verletzliche Art schockiert, dass ich kurz vergaß, was sie mir eben noch hatte antun wollen.

»Das bleibt mein Geheimnis, aber eines rate ich dir. Mache nie wieder den Fehler, mich zu unterschätzen.« Mit diesen Worten schlüpfte ich unter Shannons Arm hindurch und tauchte in die Menge ein.

Zwischen all diesen Menschen fühlte ich mich sicher, sicher vor Shannon und sicher vor dem Mitleid, das sie immer wieder in mir auslöste.

Ich wusste, dass sie in dieser Starre nicht lange verharren würde. Es war eine Frage der Zeit, bis die Wut überhandnehmen würde und sie anfing, einen neuen Schlachtplan auszuhecken, um sich gebührend an mir zu rächen. Ihre Niederlage würde sie mit Sicherheit nicht erhobenen Hauptes annehmen.

Nervös ließ ich meinen Blick schweifen. Wo war nur Devon? Ich musste ihn finden, vielleicht konnte er noch einschreiten, bevor die Geschichte in den Druck ging.

»Anya«, sagte Olivia erleichtert, als ich mich bis zur Bar vorgekämpft hatte, »Sarah hat sich einen Ersatzschlüssel besorgt und sucht dich schon.«

»Danke für eure Hilfe, das war Rettung in letzter Sekunde. Wenn du nicht noch an der Bar gesessen hättest, hätte dich der Barkeeper niemals so schnell ans Telefon holen können.« Ich nahm Olivia in den Arm und drückte sie fest.

»Danke nicht mir. Das war Sarahs Werk«, erwiderte Olivia. »Ich habe Devon abgefangen und ihm die Lage erklärt. Er ist auf dem Weg, um Shannon abzupassen, bevor sie das Land verlassen kann. Ich bin froh, dass er nicht auf mich sauer ist. Ich glaube, er kann allein mit diesem Blick jemanden töten.«

»Den Verdacht hatte ich auch schon«, seufzte ich erleichtert.

»Da bist du ja«, hörte ich Sarah neben mir erleichtert ausatmen.

»Danke«, sagte ich ergriffen und nahm sie in den Arm.

»Schon gut«, entgegnete sie und erwiderte meine feste Umarmung. Dann trat sie an die Bar und bestellte einen Bourbon. »Den Schreck muss ich erst einmal runterspülen.«

»Für mich auch einen«, rief ich dem Barkeeper hinterher.

»Los, erzähl, wie hast du das angestellt?!« Ich sah Sarah erwartungsvoll an.

»Das war gar nicht so wild«, antwortete sie locker, während der Barkeeper uns die Getränke servierte. »Ich hab dir doch gesagt, dass ich jemanden in der Jury kenne. Jedenfalls habe ich Mr. Luis aus dem Beratungsraum herausholen lassen und gefragt, ob du gewonnen hast. Nachdem es tatsächlich so war, habe ich ihm erklärt, dass du dich nicht mit fremden Federn schmücken willst und eigentlich Shannon die Autorin dieser Zeilen ist. Die Jury hat sich ohnehin schon gewundert, wie ein Außenstehender an so viele Informationen gekommen ist. Jedenfalls hat er mir die Geschichte der schüchternen Shannon abgekauft, die sich nicht ins Licht der Öffentlichkeit traut, obwohl ihr innerster und geheimster Wunsch eine Karriere als Journalistin ist und ich als ihre beste Freundin ihr diese Chance ermöglichen will.«

»Du bist unglaublich«, sagte ich anerkennend. »Ich kann dir gar nicht genug danken.« Erleichtert nahm ich einen Schluck Bourbon.

»Kein Problem, du weißt, dass ich bei einem Mann in der Regel erreiche, was ich will. Bisher ist Devon die einzige Ausnahme. Doch ich konnte nur das Schlimmste verhindern. Dir ist klar, dass Devon seine Unternehmensberatung zumachen kann. In dieser Stadt ist er erledigt.« Sarah hob ihr Glas und trank es in einem Zug aus.

»Ich weiß«, erwiderte ich mit einem klammen Gefühl im Bauch, das auch der Bourbon nicht vertreiben konnte, der heiß in meiner Kehle brannte. Devon würde kochen vor Wut, und vielleicht war es ganz gut, dass er nun erst einmal mit Shannon sprechen wollte.

Ich wandte mich Olivia zu. »Es tut mir leid, dass Shannon dir die Gelegenheit verdorben hat, für deine Sache zu kämpfen.«

»Vergiss es«, sagte Olivia. »Nächstes Jahr gibt es wieder einen Presseball. Es ist viel wichtiger, dass es dir gutgeht und dass jemand Shannon endlich das Handwerk legt. So kann es doch nicht weitergehen. Also, wenn Devon seine Schwester jetzt nicht endlich ernst nimmt, dann weiß ich auch nicht.«

»Das sehe ich auch so. Devon muss endlich einen Schlussstrich unter die Angelegenheit ziehen und wenn er es nicht tut«, Sarahs graue Augen funkelten gefährlich, und ein strenger Zug lag plötzlich um ihre Lippen, »dann werde ich das übernehmen. Noch einmal lasse ich nicht zu, dass Shannon dich bedroht.«

»Keine Sorge«, sagte plötzlich eine dunkle Stimme hinter uns. »Shannon wird es nicht noch einmal wagen, auch nur in Anyas Nähe zu kommen.«

»Devon«, rief ich erleichtert und fiel ihm um den Hals.

»Wo ist sie?«, fragte Sarah misstrauisch und sah sich um.

»Sie hat das New York Palace verlassen«, sagte Devon entschlossen, und mir wurde klar, dass die beiden keine lockere Unterhaltung geführt hatten. Er hatte einen Schlussstrich gezogen.

»Hat sie dir auch gesagt, worum es in diesem Artikel geht, den sie unter meinem Namen eingereicht hat?«, fragte ich.

»Ja«, sagte Devon bitter. »Ich hatte nie gedacht, dass es so zu Ende geht. Sie hat meine Existenz vernichtet und ihre eigene gleich mit, und das alles nur, um uns auseinanderzubringen. Nicht auszudenken, wenn ihr Plan aufgegangen wäre und sie dir das alles angehängt hätte.«

»Hättest du geglaubt, dass ich zu so etwas fähig sein könnte?«, fragte ich leise und vertiefte mich in das Blau seiner Augen.

»Nein, natürlich nicht«, antwortete er sofort. »Aber ich hätte es zumindest in Erwägung gezogen und die Möglichkeit durchdacht, dass du es sein könntest. Sie hätte einen giftigen Samen in mein Herz gesät und vermutlich hätte sie ihn weitergenährt, wenn ihr Sarah nicht in die Quere gekommen wäre.« Er fuhr sich durch die Haare. »Ehrlich gesagt hätte ich es vor einer Stunde auch nicht für möglich gehalten, dass Shannon so etwas tut. Von der eigenen Schwester verraten zu werden ist unverzeihlich.« Seine Lippen waren zu einem schmalen Strich gepresst, und die Enttäuschung war ihm deutlich anzusehen. »Es tut mir leid, dass sie dir all das angetan hat und ich es nicht verhindert habe.«

»Du konntest ja nicht ahnen, zu welchen Höchstleistungen sie sich noch aufschwingen würde. Was willst du jetzt tun?«, fragte ich.

Devon seufzte, dann lächelte er gequält und warf einen Blick auf die Uhr. »In knapp acht Stunden wird mein dunkelstes Geheimnis der gesamten Stadt zum Morgenkaffee präsentiert. Ich denke, es ist noch genug Zeit, zum Flughafen zu fahren und die Stadt zu verlassen.«

»Willst du nicht kämpfen?«, fragte ich.

»Ach, Anya.« Er lächelte. »Solange du mit mir kommst, ist alles, wofür ich im Moment kämpfen würde, in meiner Nähe. Gegen eine Verleumdung würde ich sofort vorgehen, aber, ganz ehrlich, was soll ich der Wahrheit entgegensetzen?« Er sah von mir zu Sarah und Olivia, aber auch die beiden hatten keine Antwort auf diese Frage.

»Lass uns packen«, sagte ich. »Es wird Zeit weiterzuziehen. Es gibt da einen Ort, den ich dir gern zeigen würde.«

»Gern, ich glaube nicht, dass ich das Presseecho auf diesen Artikel vor Ort mit verfolgen muss.« Devon seufzte und zog mich in seine Arme.

»Dann ist die Sache ja entschieden«, sagte ich und lächelte ihn zufrieden an. »Du begleitest mich nach Minneapolis, und wir fangen noch einmal von vorne an.«

»Nie ist mir eine Entscheidung leichter gefallen als diese«, sagte Devon und küsste mich zärtlich.

KAPITEL 30

Agar-Agar ist eine Alge und kommt in dieses Regal!« Olivia zeigte auf ein grün lackiertes Regal, in dem schon Dinkelvollkornmehl, Hirse, Amaranth und andere Raritäten ordentlich aufgereiht standen.

»Ich bin leider keine Fachfrau für vegane Ernährung«, sagte ich und sortierte die Algen in das richtige Regal.

»Musst du auch nicht«, erwiderte Olivia. »Entschuldige! Ich bin einfach so aufgeregt. Dass mir diese Idee nicht eher gekommen ist. Na ja, Devon ist schließlich nicht umsonst Unternehmensberater.«

»Ja, die Idee, aus deinem Laden eine landesweit agierende Kette aufzubauen und die Farm meiner Eltern zu deinem neuen Hauptlieferanten zu machen, ist wirklich genial und viel besser, als mit Gasbrennern Büfetts anzuzünden«, bestätigte ich.

»Erinnere mich bloß nicht daran.« Olivia schoss sofort eine zarte Röte ins Gesicht. »Wenn ich nicht inzwischen eine zuverlässige Vertretung gefunden hätte, hätte ich das gar nicht machen können, außerdem sind wir von einer landesweiten Kette weit entfernt. Das hier ist erst mein zweiter Laden, und wie es danach weitergeht, werden wir sehen. Wenn meine Schwester und Tom nicht begeistert eingesprungen wären, hätte ich mich gar nicht getraut, einen neuen Laden zu eröffnen. Man braucht zuverlässige Leute für so einen Laden, die mit Überzeugung bei der Sache sind.«

»Ich finde es toll, dass du wieder mit Tom zusammen bist«, sagte ich. »Und ja, man muss den Menschen vertrauen können, die man einstellt«, bestätigte ich und befestigte eine Girlande an einem der Regale.

»Du klingst schon wie Devon.« Olivia schmunzelte.

»Kein Wunder«, erwiderte ich. »Ich habe hautnah miterlebt, wie er hier in Minneapolis die neue Hauptniederlassung seiner Unternehmensberatung aus dem Boden gestampft hat, und du bist eine Kundin der ersten Stunde. Dir gebührt besonderer Dank. So, das war die letzte Girlande. Für deine Eröffnungsparty morgen ist alles bereit.« Ich klappte die kleine Leiter zusammen und verstaute sie in einem Nebenraum. Olivias neuer Laden in einer der großen Einkaufsstraßen von Minneapolis sah im Prinzip genauso aus wie ihr Laden in New York. Es gab Grüntöne, Wasserplätschern und ein schier unendliches Angebot an veganen Produkten.

»Ich muss los«, sagte ich und warf einen Blick auf meine Uhr. »Devon hat uns einen Tisch zum Abendessen reserviert, und danach wollen wir noch ins Kino.«

»Heute darfst du also das Programm bestimmen?«

»Ja«, seufzte ich. »Dafür habe ich mich verpflichtet, nächste Woche eine Wildwassertour mit ihm zu machen. Mir ist jetzt schon schlecht, wenn ich daran denke.«

»Geh schon, den Rest schaffe ich allein. Außerdem ist Tom gleich mit der letzten Warenladung da. Wenn die eingeräumt ist, machen wir auch Schluss für heute. Wir sehen uns dann später zu Hause.« Olivia scheuchte mich aus dem Laden, und lächelnd ließ ich es zu.

Es war nur wenige Monate her, dass wir New York verlassen hatten, doch es kam mir vor, als lägen Jahre zwischen diesem Abschied und dem Neuanfang, den ich mit Devon in Minneapolis gewagt hatte. Es war gut gewesen, dass wir noch in derselben Nacht New York verlassen hatten. Sarah und Olivia hatten uns von dem großen Medienecho berichtet, dass Shannons Reportage ausgelöst hatte. Der *Club 5* war mittlerweile geschlossen. Nach einem ersten Besucheransturm waren die Umsatzzahlen so weit in den Keller gerutscht, dass Shannon Konkurs anmelden musste. Devon hatte seine Unternehmensberatung in New York sofort geschlossen, und tatsächlich waren in New York beinahe alle Kunden von Draper Consulting abgesprungen.

Hier in Minneapolis schienen die Leute dagegen nicht viel von dem Skandal um das *Black Game* mitbekommen zu haben. Shannon war aber auch wirklich auf jedes Detail eingegangen, das es zu berichten gab. Kein Wunder, dass Devon keine Lust verspürte, nach Manhattan zurückzukehren.

Glücklicherweise waren zumindest seine übrigen Niederlassungen von dem Skandal in New York nicht betroffen gewesen, sodass sich der finanzielle Schaden für ihn in Grenzen hielt. Bis auf ein paar wenige Kunden, die nicht mit Devons Geheimnis leben konnten, waren ihm die meisten seiner zufriedenen Klienten treu geblieben.

Wir hatten ein nettes Apartment in Stadtnähe gemietet, und seit ihrem letzten Besuch bei uns war Olivia von Devons Idee begeistert gewesen, noch mehr ihrer Läden zu eröffnen. Nur einen Monat später war sie neben uns eingezogen, und es war fast wieder wie in New York.

Während ich in der anbrechenden Nacht die kurze Strecke zum Restaurant zu Fuß zurücklegte, zog ich mein Smartphone aus der Tasche und rief Sarah an.

»Hi, Anya!« Sarah klang unruhig. »Na, endlich meldest du dich. Ich warte schon seit einer Ewigkeit auf deinen Anruf.«

»Hast du es geschafft?«, fragte ich nicht minder nervös.

»Ja!«, rief Sarah, und ich musste den Hörer meines Telefons vom Ohr nehmen. »Ich habe eine geschlagene Stunde auf deine Eltern eingeredet, bis sie endlich zugestimmt haben.«

»Du bist und bleibst eine Meisterin der Überredungskunst.« Ich grinste.

»Erstaunlicherweise hat deine Mutter sofort zugestimmt. Dein Vater war es, der tausend Bedenken hatte. Er ist aber auch echt ein harter Brocken, ich hatte ja keine Ahnung, dass er so knallhart verhandeln kann. Er macht sonst immer so einen friedlichen Eindruck. Es hat ewig gedauert, bis sie Devons Angebot, eine Weltreise zu machen, endlich angenommen haben. Ich verstehe deinen Vater echt nicht. Wir wollen ihm alle Arbeit abnehmen, und anstatt seine Lebenszeit zu nutzen und noch etwas zu sehen und zu erleben, will er weiter Traktor fahren und Mist wegkarren.«

»Er kann erst gehen, wenn er absolut sicher ist, dass die Farm in guten Händen ist«, seufzte ich.

»Das ist sie. Francesco und ich haben uns in den letzten zwei Wochen die Hände wund gearbeitet, um ihn davon zu überzeugen, dass wir es ernst meinen. Nächste Woche geht die Ernte los, und sobald der Mais vom Feld ist, tritt der nächste Schritt in Kraft.«

»Ich weiß, er muss sich erst daran gewöhnen, dass wir etwas anderes anbauen wollen als Mais.« Sarah hatte die beinahe unlösbare Aufgabe erledigt, meine Eltern von ihrer Farm loszueisen.

»Ich hoffe, Devon legt sich ordentlich ins Zeug. Wenn die Sache mit Olivias Ladenkette floppt, haben wir keinen Abnehmer für die ganzen Biosalatköpfe und -fenchelberge und wehe, ich habe die Fashion Week in New York umsonst sausen lassen.«

»Das wird schon«, versuchte ich auch meine eigene Unruhe zu vertreiben. Wir würden ein hohes Risiko eingehen, wenn wir die Farm meiner Eltern auf eine neue Produktpalette umstellten, aber Devon und Olivia waren sich sicher, dass der Biomarkt wachsen würde.

»Gibt es sonst noch Neuigkeiten, die ich wissen muss?«, fragte ich.

»Nur das Übliche«, erwiderte Sarah. »Im Stroh zu schlafen ist übrigens bei weitem nicht so romantisch, wie man sich das so vorstellt.«

»Das stimmt«, erwiderte ich lachend.

»Und Gummistiefel reiben und verlieren auf Dauer deutlich an Charme, besonders wenn sie tatsächlich voller Schlamm sind.«

»Das hätte ich dir auch sagen können.« Ich musste grinsen. »Wie kommt Francesco klar?«

»Gut, wenn ihr am Wochenende rüberkommt, müssen wir trotzdem besprechen, wie es weitergeht. Du weißt, dass Francesco begeistert ist von der Idee, ein paar Monate auf einer Farm zu leben und ein neues Geschäft anzukurbeln, aber wir sind keine Landwirte, und auch wenn sich dein Vater Mühe gegeben hat, uns noch so viel wie möglich beizubringen, brauchen wir trotzdem noch Hilfe.«

»Ich weiß, aber Devon hat mich so bei Draper Consulting eingespannt, dass ich gar nicht mehr zum Nachdenken komme«, seufzte ich. »Im Moment kann ich hier nicht weg, und Olivia und Tom müssen sich noch eine Weile um den neuen Laden kümmern, bis sie ihn dann tatsächlich völlig in der Obhut von Olivias Schwester lassen können. Ich rede mit Devon, vielleicht entbindet er mich von ein paar Projekten«, sagte ich nachdenklich und bemerkte, dass ich vor dem französischen Restaurant stand, in dem ich mit Devon verabredet war. Ich sah ihn schon von weitem. Sein Anblick versetzte mein Herz zuverlässig in helle Aufregung.

»Wir reden später weiter«, sagte ich zu Sarah und verabschiedete mich.

Ich betrat das Restaurant und steuerte auf Devon zu.

»Hi«, sagte ich.

»Du hast mich warten lassen«, beschwerte er sich. »Du weißt, wie ich über Unpünktlichkeit denke.«

»Ja, Sir«, erwiderte ich keck, weil ich genau wusste, wie sehr ihn das reizte.

»Oh, Anya«, seufzte er gequält. »Sobald wir zu Hause sind, wirst du die Konsequenzen dafür tragen müssen.«

»Ich kann es kaum erwarten«, flüsterte ich.

»Dann sind wir uns ja einig«, sagte er mit einem dunklen Summen in der Stimme, das mich zuverlässig erregte. »Ich war übrigens so frei und habe schon einmal für uns bestellt.«

Ich nickte und nahm ihm gegenüber endlich Platz. »Wir haben Olivias Laden noch den letzten Schliff verpasst«, sagte ich. »So aufgeregt, wie sie ist, wird sie heute Nacht kein Auge zubekommen.«

»Ja, das erste Mal ist immer das aufregendste«, sagte er zweideutig.

»Stimmt«, sagte ich, und eine Erinnerung blitzte in meinen Gedanken auf. Ja, ich hatte mich auf Bonding eingelassen und es war eines der verrücktesten Dinge, die ich je getan hatte. Nun gut, das war ja bei Devon nichts Ungewöhnliches, mit ihm erlebte ich beinahe jeden Tag etwas Neues oder Erstaunliches.

»Bei der zehnten Ladeneröffnung ist Olivia dann relaxter. Wie geht es dir, du siehst angespannt aus?«

»Ich habe gerade mit Sarah gesprochen. Sie braucht Hilfe auf der Farm. Es geht jetzt in die heiße Phase«, begann ich zögernd. »Wir brauchen mehr Leute vor Ort.«

»Ist das eine gute oder eine schlechte Nachricht?«

Ich lachte. »Das kommt ganz darauf an.«

»Dann ist es jetzt also doch so weit?«, fragte Devon ernst.

»Was ist so weit?«, fragte ich verdutzt.

»Es ist Zeit für dich, nach Hause zurückzukehren.«

»So einfach geht das nicht. Ich habe hier einen Job, und du brauchst mich«, protestierte ich.

»Keine Ausreden, Anya, du weißt genauso gut wie ich, dass du dich nur vor dem Heimkehren gedrückt hast. Seitdem wir in Minneapolis wohnen, fährst du mindestens einmal in der Woche nach Mankato.«

»Ich weiß, aber endgültig zurückzukehren ist nicht so einfach.«

»Warum machst du es dir so schwer?«, fragte Devon und nahm meine Hand.

Ich holte tief Luft und sah Devon in die Augen. »Wenn ich zurückkehre, möchte ich, dass es für immer ist. Ich will mich endlich fallen lassen und glücklich werden, richtig glücklich meine ich, und zwar mit allem, was dazugehört.«

»Dann lass es uns tun!«, sagte Devon eindringlich.

»Du weißt, was das bedeutet?«, fragte ich vorsichtig, immer darauf bedacht, Devon mit meinen großen Erwartungen nicht zu überrumpeln.

»Das weiß ich schon seit langem.« Devon lächelte. »Du hast nie ein Geheimnis daraus gemacht, was du dir für deine Zukunft wünschst.«

»Und was wünschst du dir?«, fragte ich, denn Devon hatte mir bezüglich seiner Zukunft nie irgendwelche langfristigen Pläne verraten.

»Ich bin bereit«, sagte er mit ernster und ergriffener Miene.

»Wozu?«, fragte ich misstrauisch.

»Ich bin bereit für alles, für ein echtes Zuhause, für weiße Gartenzäune und alle Konsequenzen, die daraus erwachsen.« Er lächelte.

»Wirklich?«, fragte ich sacht.

»Das Einzige, was jetzt noch fehlt …« Er strich sanft mit einem Finger an meiner Wange entlang, und ich spürte das zarte Kitzeln auf meiner Haut. »… ist, dass du dir endlich erlaubst, glücklich zu sein.«

»Hast du eine Ahnung«, flüsterte ich, »wie weh es tut, wenn dieses Glück zerbricht?«

»Das habe ich, aber ich weiß auch, dass du dieses Glück niemals erleben wirst, wenn du nicht endlich deine ganzen Vorbehalte, Sorgen und Ängste wegpackst und einfach loslässt.«

Ich schluckte, als ich begriff, wie treffend Devon wieder einmal meine Gedanken umschrieben hatte.

»Bist du wirklich bereit für ein biederes und langweiliges Leben auf dem Land?«, fragte ich zögernd.

»Du kannst dir sicher sein, dass es mit mir nicht langweilig wird.« Er zog einen Würfel aus seiner Tasche und ließ ihn über den Tisch rollen, bis er neben meinen Fingern zum Liegen kam. »Bis du einverstanden?«

Ich nahm den Würfel in die Hand und betrachtete ihn lange. Ich wusste, wofür er stand. Er stand dafür, Kompromisse einzugehen, Risiken in Kauf zu nehmen und sich überhaupt die Möglichkeit einzuräumen, etwas Ungewöhnliches zu erleben.

»Einverstanden«, sagte ich mit fester Stimme. »Aber eine letzte Frage musst du mir noch beantworten, bevor wir unsere Vergangenheit endgültig ruhen lassen.«

»Gibt es noch Fragen, über die wir nicht ausführlich gesprochen haben? Shannon ist vor meinem Zorn nach Europa geflüchtet und hat sich dort unsterblich in einen Musiker verliebt, den sie jetzt mit ihren Eskapaden quält. Du hast sogar meine Mutter kennengelernt, und selbst Marc und Ralph habe ich dir noch einmal in einem ganz gesitteten Rahmen vorgestellt. Nächsten Monat plane ich übrigens einen gemeinsamen Abend, nur wir vier, und ein Nein akzeptiere ich nicht. Also, wenn jemand seine Vergangenheit hervorragend aufgearbeitet hat, dann sind wir das.«

»Das stimmt.« Nachdenklich drehte ich den Würfel zwischen den Fingern. »Aber du hast mir nie verraten, wofür die Zehn gestanden hat.«

Devons Lächeln wurde breiter.

»Gut, diese letzte Frage beantworte ich dir gern. Es gibt Frauen, die einen starken Mann mögen, aber du wirst es kaum glauben, es gibt auch die eine oder andere dominante Frau, die selbst gern die Führung übernimmt. In ganz wenigen und ausgewählten Momenten habe ich mich darauf einlassen können, denn schließlich hatte ich einen Ruf zu verlieren.«

»Die Orgasmusgarantie, richtig!«, murmelte ich, während ich das eben Gehörte versuchte zu verstehen.

»Jetzt ist es aber an der Zeit, das *Black Game* endgültig und für immer ruhen zu lassen, zumindest in dieser umfangreichen Fassung.«

»Einverstanden.« Ich hob mein Glas. »Auf den nächsten Neuanfang.«

»Du wirst es nicht bereuen«, erwiderte Devon lächelnd, nahm sein Glas und stieß an. »Ich liebe dich.« Devon küsste mich. Seine Lippen waren warm, und der Kuss schmeckte nach mehr.

»Nicht so sehr, wie ich dich liebe«, entgegnete ich lächelnd.

Das Leben war voller Überraschungen, man musste jederzeit mit allem rechnen, dem größten Glück und dem größten Unglück zugleich.

Doch Drama hin oder her, es war mein Leben, und ich würde nie wieder den Fehler machen, es nicht mit aller Kraft zu leben, zu fühlen und zu lieben.